Desabandono

Ricardo Josua
Desabandono

TORDSILHAS

Copyright © 2012 Ricardo Josua
Copyright desta edição © 2013 Tordesilhas

Todos os direitos reservados. Nenhuma parte desta edição pode ser utilizada ou reproduzida — em qualquer meio ou forma, seja mecânico ou eletrônico —, nem apropriada ou estocada em sistema de banco de dados, sem a expressa autorização da editora.

O texto deste livro foi fixado conforme o acordo ortográfico vigente no Brasil desde 1º de janeiro de 2009.

PREPARAÇÃO Elisa Campos
REVISÃO Raquel Nakasone
PROJETO GRÁFICO Kiko Farkas e Thiago Lacaz/Máquina Estúdio
CAPA Thiago Lacaz
1ª edição, 2013

Todas as epígrafes foram traduzidas pelo autor, exceto as que estão relacionadas no final do livro, na seção de notas.

CIP-BRASIL. CATALOGAÇÃO NA PUBLICAÇÃO
SINDICATO NACIONAL DOS EDITORES DE LIVROS, RJ

J72d

Josua, Ricardo
Desabandono / Ricardo Josua. - 1. ed. - São Paulo: Tordesilhas, 2013.

ISBN 978-85-64406-79-7

1. Romance brasileiro. I. Título.

13-05713   CDD: 869.93
                                                       CDU: 821.134.3(81)-3

2013
Tordesilhas é um selo da Alaúde Editorial Ltda.
Rua Hildebrando Thomaz de Carvalho, 60
04012-120 — São Paulo — SP
www.tordesilhaslivros.com.br

Sumário

Desabandono   7
Trilha sonora   340
Árvore da vida   341
Agradecimentos   342
Notas   343

Desabandono

Para a minha família

Vaidade das vaidades, diz o pregador,
vaidade das vaidades. Tudo é vaidade.

Eclesiastes 1, 2

Sopro dos sopros, diz o congregador,
sopro dos sopros. Tudo é sopro.

קֹהֶלֶת 1, 2

O início da sabedoria é chamar as coisas
pelo seu nome correto.

Provérbio chinês

Prólogo

Nado em transe
na resplandecente água escura.
Uma longa nota de tuba chega.
É a voz de um amigo:
"Assuma a sua cova e ande".

Tomas Tranströmer, "Två Städer"

Ibur

Ignora-se largamente a importância do enquadramento. Depois de uma noite previsivelmente insone, Jonas escova os dentes em seu banheiro pela última vez. A experiência parece inédita, surpreendentemente intensa. Ele sente o prazer das cerdas roçando a gengiva, a queimação da menta nas mucosas da boca. No quarto do filho, transformado num *closet* improvisado, detém-se por alguns instantes, observando cada camisa antes de escolher a que vai vestir. Na cozinha, descasca uma banana, ouvindo nostalgicamente o canto dos canários da vizinha. Mas sua nostalgia não é melancólica, é um contraponto confortável para o frio na barriga. De perto, a liberdade parece mais um salto de paraquedas do que um voo do Super-Homem. Tranca a porta da casa e sai sem fazer barulho, sem se despedir da mulher.

É fácil achar uma vaga na Avenida Atlântica às seis e vinte da manhã, mas Jonas quer uma vaga especial, simbólica. Ele nunca ligou para o carro, mas depois de estacionar à sombra de uma amendoeira, bate no capô e despede-se dele afetuosamente. Caminhando na direção do quiosque, sua respiração está rasa. Tenta inspirar fundo, acalmar-se para não hiperventilar. Como sempre, entrega seus pertences para Vânder, o dono do quiosque, mas dessa vez faz questão de estender a mão para cumprimentá-lo. Vânder

limpa a mão na toalha que traz pendurada no ombro antes de aceitar o cumprimento.
— Vai encarar a água gelada sozinho, patrão?
— É. Hoje vou mais longe, quero o mar todo só pra mim.
— Pode deixar, seu coco gelado vai estar esperando quando o senhor voltar.

Jonas caminha pela areia fofa até a beira do mar. A água lambe seus pés enquanto ele alonga os braços acima da cabeça. No silêncio matinal, as sístoles e as diástoles do mar sobre a areia fazem um chocalho. Jonas fecha os olhos e presta atenção na cadência regular das ondas, o som da água e o som da espuma. Respira fundo, abre os olhos, dá quatro pulinhos rápidos, coloca os óculos de natação e corre para o mergulho solitário no oceano Atlântico.

Há dois anos, Jonas treina no mar, mas a sensação de vulnerabilidade persiste intensa como na primeira vez. Deslizando sobre a água, ele vê de relance vultos de monstros marinhos inexistentes, sente calafrios com as correntes geladas, fica aflito com águas-vivas imaginárias roçando seu rosto, queimando suas pernas. Mas há também a sensação de voo, a respiração ritmada, a vida numa densidade onírica. Sua mulher, sua mãe e seu filho revezam-se batendo na porta da sua consciência, impacientes, suplicantes, decepcionados. Mas ele não deixa ninguém entrar. Porque hoje Jonas vai morrer.

Primeira parte

Quando Adam Ha-Rishon, o primeiro homem, pecou, maculou todas as faíscas [que emanaram dele] através da forma espiritual da sua nefesh, *a sua alma. O lugar para onde as faíscas são exiladas no reino das* kelipot *depende do aspecto da alma de Adão da qual ela emanou. Se veio da cabeça, então é exilada na cabeça, se dos olhos, nos olhos etc. Esse é o* sod, *o segredo, da ideia do "exílio das almas". Aquele que não sabe de onde a sua alma foi talhada, não conhece sua própria história. Consequentemente, nunca pode entender completamente as coisas que lhe acontecem.*

Rabino Shabtau Teicher, Portal das Reencarnações

Se a resposta fosse sim, então o mundo, o mundo social, era insuportavelmente complicado, dois bilhões de vozes, os pensamentos de todo mundo a se debater, todos com igual importância, investindo tanto na vida quanto os outros, cada um se achando o único, quando ninguém era único.

Ian McEwan, *Reparação*[1]

Yesod — Fundação ou Útero

A moça está calçando as sapatilhas enquanto o médico anota algo em sua caderneta de consultas. Ela se arruma na cadeira, tenta esticar o vestido que já está curtíssimo por conta do tamanho da barriga e faz sua melhor cara de dissimulação.

— Uma cliente minha, que comprou aquele apartamento imenso no Leme, sabe aquele que eu falei, pertíssimo do Copacabana Palace? O doutor deve lembrar, comentei na última consulta, imenso, muita luz, tubulação de cobre, ótimo negócio.

O médico continua escrevendo mesmo enquanto desvia os olhos para o relógio de pulso. Fecha a caderneta, suspira e se levanta, mas a moça continua sentada.

— O marido dela é riquíssimo, estudou na Itália, parece. Então, ele é obstetra. O senhor talvez até conheça. — O médico a encara, mas ela desvia o olhar e continua a falar, enquanto empurra de leve o umbigo para dentro com a ponta do indicador. — Bom, ela me garantiu que já dão anestesia aqui no Brasil. Mesmo para parto natural. — Ela se levanta e arruma a bolsa no ombro, com o olhar agora suplicante. — Por que não posso ter anestesia? Eu quero dormir e acordar já com o bebê todo limpinho e enfaixado do meu lado.

O ginecologista apoia de leve os dedos enrugados sobre a barriga dela e repete pela vigésima vez.

— Eu já lhe disse nas outras consultas. Você ainda é moça, ainda não tem trinta anos, é saudável. É magra, mas tem as ancas largas. Garanto que vai ser tranquilo. Mulheres têm filhos sem anestesia desde o início dos tempos. Se fosse tão ruim, paravam de ter relação e não tinham mais nenhum, não é? Seu bebê parece que está bem encaixado, vai escorregar que nem sabonete. Pode ter certeza de que as contrações vão ser muito piores do que o parto em si.

— As contrações vão ser piores do que uma cabeça rasgando minha vagina? Isto é pra eu me sentir melhor?

Como um dançarino experiente, o ginecologista conduz a paciente para fora do consultório com dois dedos firmes nas costas dela. Na sala de espera, Lia, sua única amiga, rói as unhas.

— E então?

— Ele não vai me dar anestesia.

Lia sacode a cabeça.

— Está certo. Mas e o parto? Quando vai nascer?

— Ele disse que ainda estou sem dilatação nenhuma. Pode demorar uma ou duas semanas ainda.

Lia cospe um pedacinho de unha para o lado enquanto segura a porta para a amiga.

— Eu não posso esperar tanto tempo.

— Como assim?

— Já lhe disse mil vezes, mas você não presta atenção. Você está vendo o que está acontecendo com este país? Eu sei que você não ama os comunistas por causa do seu pai, mas eu estou falando de justiça. Se você tivesse vindo comigo para o comício da Central do Brasil você ia entender. Se tivesse ouvido o Zé Serra falando. Mas agora não adianta nada, eu preciso sair do país logo. Depois que incendiaram a UNE lá do Flamengo estão prendendo gente a torto e a direito. Está todo mundo apavorado, o Jango já jogou a toalha e foi para o Uruguai. Não dá pra ficar aqui esperando me prenderem. Dizem que no Nordeste estão torturando todo mundo ligado aos movimentos. Amiga, eu preciso sair daqui.

— Mas e eu? Como eu vou ter esse filho sozinha, Lião? Se você não estiver aqui, quem vai segurar a minha mão? — A moça grávida ri e continua. — Viu? Até rimou! A Lião é que vai segurar a minha mão! Ai, não posso rir senão o xixi sai.

Lia aceita a mão da amiga e a aperta entre as suas, mas não diz nada.

Os militares, os comunistas, a turma do DI-RJ, tudo não passa de ruído de fundo para a mãe de Jonas. Tudo que ela quer é ter mais coisas, mais tempo. Quando Lia começa a recitar seus panfletos, ela se entedia, diz que não é estudante, que toda essa história de comunismo é um engodo. Já cansou de contar para ela como os comunistas fizeram seu pai imigrar às pressas para o Brasil, deixando para trás uma verdadeira fortuna na Bulgária. "Nós éramos riquíssimos", repetia, tanto que passou a acreditar.

Na realidade, seu pai fugira de Ruse em 1944, poucos dias depois da Frente pela Pátria, o movimento comunista, tomar a capital e obrigar a Bulgária a encerrar sua aliança precária com o Eixo e juntar-se aos Aliados. Apesar de ser Volksdeutsche, ele não aderira ao *Heim ins Reich*, a campanha de repatriação de descendentes germânicos para a Alemanha. Também fora abertamente contrário ao envio dos judeus búlgaros para os campos na Operação Barbarossa, mas nada disso parecia importar. Todos em Ruse o chamavam de Alemão, e, nesses tempos conturbados, aos olhos do movimento antifascista e do Exército Vermelho, um alemão era um nazista. Ele vendeu por quase nada sua casa e sua loja de roupas femininas, tomou um navio até a Itália e de lá veio para o Brasil, trazendo a mulher, a filha e um baú de roupas e tecidos. A viagem complicadíssima (graças à guerra e à política de cotas, somente cerca de mil e quinhentos imigrantes conseguiram chegar a salvo nos portos brasileiros naquele ano) lhe custou quase todo o dinheiro e o fez contrair a tuberculose que trataria de matá-lo lentamente para depois levar sua mulher. Antes de morrer, a mulher entregou a filha aos cuidados das freiras do internato São José, na Tijuca. Tudo que restou à pobre garota foi um retrato dos pais em tempos felizes na Bulgária e dois sobrados geminados no Meier, cujos aluguéis pingavam regularmente para a menina naturalizada brasileira.

Talvez pelo sotaque nunca totalmente perdido ou por sua natureza rebelde, a menina cresceu essencialmente solitária. A única exceção era Lia, a amiga brigona e gorducha que a tomou como protegida. De certa forma, todos os amigos de infância são lembrados como protetores. Foi Lia que, anos mais tarde, a levou para o baile de carnaval do Tijuca Tênis Clube, onde ela conheceu Odo. O rapaz ruivo e beberrão era representante da Krupp no Brasil, mas dava a entender que era dono da empresa. O noivado com Odo foi mais por conveniência e circunstância do que por paixão ou mesmo afinidade. A moça falava alemão bem, e ele apreciava sua companhia, gostava do Brasil, queria estabelecer-se no país. Ela tinha um certo nojo do narigão dele, grande e vermelho, mas sabia que era um preço baixo a pagar por uma vida confortável e respeitável. Além disso, ele passava semanas a fio na Alemanha, e quando voltava ficava a maior parte do tempo trabalhando.

Foi só quando ela soube que a família viria com ele na sua próxima viagem ao Brasil, especialmente para conhecê-la e discutir os detalhes da cerimônia de casamento em Essen, que sentiu na pele que iria se casar. Seria a sra. Rotenase e sua vida estaria resolvida; não precisaria mais ter medo de morrer sozinha, não precisaria contar o dinheiro todo mês e não passaria mais vergonha como órfã; afinal, mulheres de família não são órfãs, são mães. Não reformaria roupas velhas. Poderia comprar todos os vestidos que quisesse, um para cada dia da semana, todos elegantes. Só usaria sapatos importados e não andaria mais de bonde. Teria uma cristaleira grande na sala de jantar da casa para expor suas taças de champanhe. Comeria com talheres de prata todas as noites. Ofereceria jantares, teria uma cozinheira de forno e fogão. Contrataria uma governanta, uma senhora grande e forte, uma viúva francesa falida e sofisticada. A senhora pentearia o seu cabelo e corrigiria o seu francês. A arrumadeira passaria a ferro seus lençóis, para que ficassem quentes antes dela deitar-se com o marido. O marido. O marido gordo e narigudo que faria com ela filhos gordos e narigudos. Mas e se a família dele não concordasse com o casamento? Um alemão casando com uma búlgara órfã radicada no Brasil? Ela se lembra de como Odo riu do seu sotaque na primeira vez que conversaram. Será que ela parece uma caipira falando alemão? Talvez fale tudo errado, sem concordância. Deve soar como uma ignorante analfabeta. Mas e ele, sabia português? Odo vinha ao Brasil há mais de dois anos e mal sabia dizer por favor e obrigado. Limpava a boca na manga da camisa e falava com a boca cheia de comida. E a forma como ele cobria as entradas da testa, penteando o cabelo para a frente? E as gorjetas magras que deixou no restaurante quando jantaram juntos pela primeira vez? Será que ele era mesmo tão importante na Krupp? Se era, o que foi fazer no baile do Tijuca? Por que não foi a um baile no Copacabana Palace?

    De qualquer forma, ela resolveu fazer um vestido para receber a nova família. Comprou tecido inglês e levou para a alfaiataria do sr. Giancarlo, mas não encontrou o velho alfaiate atrás do balcão. Quem a recebeu foi o sobrinho dele, um jovem italiano com um lindo nariz romano e cabelo negro emplastado de goma, brilhando como uma crina de puro-sangue.

Deitar-se com Leonardo pela primeira vez no quartinho de provas atrás da loja foi apavorante. Ela ainda era virgem e ele, impaciente, quase rude. Mas nem a memória da dor da penetração, nem o remorso, nem a vergonha de sair da alfaiataria com a calcinha molhada a impediram de voltar outras vezes. Não pelo sexo, que apesar de vigoroso e excitante por causa da aventura era sempre rápido demais e abrasivo. É que repousar a cabeça no peito liso do rapaz e tragar o cigarro da mão dele fazia com que ela se sentisse a Sophia Loren. Nem a Lia ela contara o segredo. Queria ir para a Itália com ele. Discutiam a ideia, ou tentavam, ele com um vocabulário de poucas palavras e ela acreditando que bastava adotar uma entonação mais aberta e acrescentar alguns "e" no final dos verbos para transformar magicamente português em italiano. Casariam, morariam na casa da família dele em Castel Gandolfo e fariam almoços para os filhos no jardim. Ou morariam sozinhos num pequeno apartamento em Roma, ela ajudaria a atender os clientes da alfaiataria, andaria de garupa na lambreta dele, tomariam café juntos numa *piazza* e envelheceriam juntos.

Graças aos encontros frequentes com Leonardo, os meses de ausência de Odo passaram num instante. Na noite anterior ao reencontro ela ensaiara tudo, sentada na cama. Diria, sem cerimônia: "Odo, este noivado é uma mentira, você não sabe o que é amor de verdade". Se ele reagisse mal, diria na cara dele que ele não tinha direito de caçoar do alemão dela se não sabia falar uma palavra sequer de português e o xingaria de porco. Diria que só porque é órfã e sem meios não significava que precisava aceitar a proposta do primeiro pretendente que aparecesse. Treinou as frases em alemão, exercitando a pronúncia meticulosamente em frente ao espelho. Tentou cavar toda a raiva e o ressentimento de que era capaz, mas foi difícil, afinal Odo era um bonachão e sempre a tratara com respeito. A situação piorou quando ele apareceu com os pais e a irmã caçula, trazendo caixas de presentes (um chapéu, um par de sapatos de salto, uma caixa de chocolates belgas e um lenço com o brasão da família). A irmã elogiou seu cabelo e a mãe, o seu alemão. Acharam o Rio de Janeiro lindo e a convidaram a ir para Essen antes mesmo do casamento, para conhecer o resto da família. Ralharam com Odo toda vez que ele se esqueceu de segurar uma porta ou de puxar uma cadeira para ela. O pai de Odo, um senhor com um espesso bigode conectado às costeletas e olhos azuis claríssimos, segurou sua mão com toda a doçura e recitou uma benção em alemão: "Com fé há amor, com amor há paz, com paz há benção, com benção há Deus e com Deus nada faltará". Mas ela ficou na dúvida se ele não estava dizendo: "Com fidelidade há amor...".

Depois de duas semanas com a família de Odo, estava exausta de tanto forçar sorrisos, de tanto pressionar a mentira para dentro do compartimento oculto do seu egoísmo. Quando Odo viajou a trabalho para São Paulo, ela foi correndo procurar Leonardo, pedir sua ajuda, antecipar a fuga com ele. Mas o rapaz não estava mais na alfaiataria. O velho Giancarlo disse que ele voltara para a Itália. Ela se recusou a acreditar. Como não volta? Como o senhor sabe? Enviou várias cartas, mas Leonardo só respondeu quando ela escreveu que havia descoberto que estava grávida dele. Na carta breve escrita numa mistura quase ininteligível de português com italiano, ele sugeria que ela tivesse o filho com Odo, que ele seria um péssimo pai, que não tinha jeito com crianças. Ela até concordava que Odo seria um ótimo pai, mas restava um pequeno problema: logo sua barriga começaria a aparecer, e Odo, aos vinte e seis anos, já confessara que ainda era virgem.

Chove a tarde inteira e o barulho contínuo das gotas batendo na calha é torturante. As contrações começam a ficar mais fortes e ela tem medo de morrer. Pior, morrer sozinha e não ser descoberta por semanas. Depois achariam seu corpo putrefato com um feto natimorto coberto de sangue ressecado entre suas pernas. As contrações dão uma trégua. Ela se levanta calmamente, apoiando as costas com uma mão e a base da barriga com a outra. Desce até o telefone do prédio e liga para Lia, mas a amiga não está em casa. Respira fundo e pede para a telefonista uma ambulância.

Eles chegam rápido. O enfermeiro, um jovem magrelo com o rosto perfurado por marcas de acne, coloca-a na maca. Dentro da ambulância, o rapaz comenta:

— Daqui a pouco vai ter o eclipse da lua. Tomara que pare a chuva e dê pra ver.

Ela pensa que devia chorar, mas as contrações a fazem falar palavrões em alemão para o enfermeiro. O rapaz apoia a mão na barriga dela e, embalado pelo motor da ambulância, repete num mantra sussurrado que tudo vai ficar bem. Ela não gosta muito de ser tocada, mas a mão do rapaz a reconforta; pensa no filho e sente uma brisa de coragem. Sente até vontade de rir quando as lágrimas escorrem mornas para dentro do seu ouvido.

O trabalho de parto demora quase onze horas. Nos momentos em que o médico e a enfermeira saem de perto do seu leito, seu coração acelera, seu primeiro medo materno. As contrações doem intensamente, mas ela fica ansiosa nos intervalos cada vez mais curtos, convidando a dor como sinal de que tudo está bem.

A enfermeira coloca uma toalha molhada na sua testa. Está encharcada de suor.

— Eu queria anestesia — ela diz, ofegante, para a enfermeira, que sorri empaticamente e ignora o pedido.

— Parou de chover — ela diz. — A noite está clara, acho que vai dar pra ver a lua sumindo. — A enfermeira deita a cabeça na maca para ver se a lua é visível pela janela por esse ângulo. — Não dá pra ver daqui. Pena.

— Está doendo demais. Falta muito?

— O doutor já vem.

— Já faz muito tempo, deve ter alguma coisa errada. A Lia não chegou? Vocês ligaram pra ela? Eu passei o número pra moça que me registrou. Pode ligar agora. Eu preciso dela.

A enfermeira pega a toalha, desdobra-a com uma mão enquanto sente a temperatura com as costas da outra na sua testa. Depois dobra de novo a toalha, põe na testa da parturiente e suspira.

— Ah, acho que deve dar muita sorte parir durante um eclipse.

Quando Jonas finalmente sai pelo canal vaginal, sujo e roxo, a mãe vira o rosto, assustada. Ele demora a chorar, mas assim que o choro aparece é como se viesse de outro lugar, um som miúdo e sem eco. Depois de cortado o cordão umbilical, o menino é colocado cuidadosamente sobre seu peito e para imediatamente de chorar. Ela olha de soslaio para o bebê. Ele é feio, cabeludo e minúsculo. O médico pega o menino.

— É pequenino, mas está perfeito. Quarenta e oito centímetros e dois quilos e novecentos gramas.

— O eclipse acabou?

— Já são quatro da manhã. O eclipse já deve ter acabado, mas aconteceu alguma coisa. — A enfermeira diz, enquanto lava as mãos.

— Como assim, aconteceu alguma coisa?

— Não sei. Disseram alguma coisa no rádio... que um vulcão que entrou em erupção no Pacífico fez uma refração na luz. Não sei, eu não entendo nada disso. E você precisa dormir um pouco.

— O que a erupção de um vulcão tem a ver com o eclipse do meu filho? Você deve ter entendido alguma coisa errada. Chama o médico aqui, agora!

— O doutor é obstetra, não é astrólogo — diverte-se a enfermeira.

— Astrônomo — murmura a paciente.

— Olha, tenta descansar. Daqui a pouco trago o bebê de novo pra amamentar. Qual o nome dele?

— Não sei. Esqueci de pensar nisso.

O pobre menino não mereceu nem um eclipse normal, ela pensa, exausta, enraivecida, injustiçada. A debilitante depressão pós-parto pesa como uma bigorna sobre seu peito. Ela adormece enquanto a enfermeira termina a limpeza. E acorda com o som do vento batendo nas janelas, fazendo um barulho na ida e outro na volta. Tum... tudum.

A Lia não aparece. Sua única visita no hospital é o sr. Giancarlo, que traz um buquê de flores e uma caixinha de *cantucci* caseiros de amêndoa. Ele se oferece para levá-la para casa e ela aceita. No carro, pergunta o nome do bebê, com um pesado sotaque italiano. Ela diz que não sabe, que sequer sabe o que vai fazer da vida. O velho franze a testa, sentindo culpa por procuração do sobrinho. O sr. Giancarlo a acompanha até o apartamento e ela o convida a entrar. O apartamento é novo, mas está desarrumado. Há roupas jogadas sobre o sofá, o abajur está sem a cúpula. As lâmpadas estão penduradas pelos fios elétricos do teto. Há pratos sujos empilhados na pia da cozinha. Ela oferece café, mas ele mesmo é quem acaba preparando-o para os dois, depois de lavar os pratos e colocá-los no escorredor. Ela coloca o menino no berço comprado pela Lia, senta numa poltrona e acende um cigarro, tragando longamente. O velho traz os cafés, senta-se numa cadeira e, olhando para a xícara, começa a falar:

— Sabe, minha città dorigine se chiama Castel Gandolfo. É uma città belíssima construída su le ruine de una famosa vecchia città chiamata Alba Longa. — Ele levanta os olhos. — Mio nonno diceva... dizia... que questa città, Alba Longa, foi fundada pelo figlio do Dio Janus e que nostra famiglia era tutta discendente de questo Dio. Lo sai, Janus?

Ela diz que não com a cabeça, distraída, com o cigarro queimando nos dedos. O velho toma um gole demorado de café e continua, agora olhando para ela.

— Janus tem due face... duas caras... uma voltada para a frente e outra rivolta para trás. Capicce? É uma para ogni lado... come se dicce, una para cada lado. Janus é o custode de tutte porte.

Ele come um biscoito de avelã e continua com o dedo em riste, olhando atentamente para ela.

— Ecco, ogni volte que atravessiamo una porta, lasciamo... deixamo... alguma cosa vecchia para trás e camminiamo a frente, para algo nuovo. Tutte cose della vita tem due faccie, você sceglere... escogli... para que direzzione guardare... olhare.

O esforço do velho em se comunicar seria comovente se a moça pudesse ver alguma coisa através da cortina da sua própria depressão. Ele bebe mais um gole do café e tenta continuar, em *staccato*, hesitante.

— Il vostro bambino é un inizio, una benedizione. E egli va besognare... precisare... molto de voi. Ma anche va retribuire moltissimo. Moltissimo. Mio figlio, dio benedica la sua anima, è morto en la guerra. Un figlio è la cosa più preziosa che si può tenere. Ecco.

Ele bebe o resto do café ruidosamente. A moça apaga o cigarro no cinzeiro do centro de mesa, pega a xícara do velho, empilha-a sobre a sua e leva tudo para a pia. O velho se levanta e com um gemido e estende a mão em despedida.

— Bene. Arrivederce e buona fortuna.

Ela entrega a mão mole para um cumprimento chocho.

— Muito obrigada por tudo, seu Giancarlo.

O bebê começa a chorar. Ela vira a cabeça lentamente na direção do quarto, coça a nuca por baixo do cabelo. O velho começa a sair, mas vira-se para a moça mais uma vez, com uma cara suplicante, de chapéu na mão.

— Eh, signorina... Ricordate: Janus!

A moça está impaciente.

— Está bem, seu Giancarlo. Eu entendi. Jonas.

Mestre Jonas

São nove da noite e ainda não terminei de redigir o contrato. O ar-condicionado central acaba de ser desligado, e sem seu zumbido o único som no escritório é o martelar dos meus dedos no teclado. Fantasiado no meu terno de risca de giz, minha energia é ilimitada, sou uma pilha de certezas.

Há menos de um ano, o escritório de advocacia para o qual eu estagiava desde os dezenove foi comprado por um escritório maior, com sede em São Paulo. Jovem promissor e recém-formado, eu fui imediatamente transferido do vigésimo andar do Edifício Argentina — com uma linda vista para a praia de Botafogo — para o oitavo andar do Condomínio São João, no Itaim — com vista para um paredão de concreto. A ironia dessa promoção me escapava totalmente. A transferência só reforçou a minha crença de que o meu rumo estava traçado e que, às vezes, a vida precisava ser encarada como óleo de fígado de bacalhau.

O telefone toca e atendo no primeiro toque, impaciente, com o olhar fixo no monitor. É a minha mãe, mas dessa vez não preciso fingir interesse por alguns minutos antes de explicar que estou ocupado demais. Dessa vez ela não começa a ligação com um comentário arbitrário, nem insinua uma queixa com uma pergunta retórica. Sua voz não tem o habitual tom obsequioso de ex-namorada apaixonada. Ela simplesmente diz, seca:

— Seu pai sumiu.

— Sumiu?

— É sumiu, não encontram ele — ela diz, irritada com o meu eco.

— Como assim não encontram ele, mãe?

— Não encontram seu pai, Dan. Ele não atende o celular, não foi pro escritório hoje. Ia passar o dia em visitas, então não deram falta dele. Já procurei por todo lado, liguei pra todo mundo que eu conheço e ninguém sabe de nada. Ninguém.

Não é do feitio do meu pai sumir assim sem falar nada para a minha mãe.

— Deve ter acabado a bateria do celular e ele está tomando um drinque com um cliente ou alguma coisa do gênero — digo sem acreditar muito nessa hipótese.

Ficamos em silêncio até eu tomar coragem e perguntar:

— Você ligou pra polícia?

— Não.

— Vocês brigaram ou alguma coisa?

— Não.

A conversa trunca mais uma vez e ficamos os dois em silêncio pelo que me parece um longo tempo. Ouço a respiração da minha mãe no telefone. Tusso seco duas vezes.

— Seu pai foi treinar hoje cedo — ela diz e faz uma pausa, como se estivesse sem fôlego. — Falei pra ele tantas vezes! Eu disse, mas ele não me ouve. Eu disse mil vezes pra ele não nadar sozinho no mar. Juro que eu disse mil vezes...

Ela parece indignada, inconformada. Posso até sentir o hálito quente do ódio pelo telefone. É como se o meu pai tivesse finalmente feito a Grande Burrada e ela não conseguisse parar de repetir para si mesma: eu sabia, eu sabia, eu sabia que ia acabar assim.

— Não deve ser nada sério, mãe. — Tento soar sensato e calmo, não sei se em benefício dela ou meu.
— Não — ela diz e suspira fundo. — Não sei. Estou sentindo uma coisa estranha, eu...
A sua voz some e ela solta um ganido estranho, alienígena. Não é um choro, é um soluço gutural, um som de embalar pesadelos. Tento tranquilizá-la, mas o seu choro é impenetrável, impossível de conter. Digo que vou direto para o aeroporto pegar um voo para o Rio e peço para ela ligar para a polícia e para os hospitais da Zona Sul.

Desligo o telefone e permaneço com a mão apoiada no aparelho, com medo de me mexer. Uma claustrofobia repentina se apossa de mim, uma dificuldade de respirar. Levanto-me e olho o escritório vazio, as baias cinzentas dos advogados juniores, as salas com portas de madeira dos advogados seniores, as pilhas de papéis amontoadas nas mesas. Caminho com a cabeça nebulosa em direção à saída, mas paro no *hall* de entrada para olhar as telas do Chamberlain penduradas na parede. No meu primeiro dia, um dos sócios me falou delas cheio de orgulho, explicando detalhes de cada uma. Mas eu estava tão compenetrado em mim, tão mobilizado em parecer inteligente e sóbrio que não ouvi uma palavra. São telas do Brasil imperial e retratam respectivamente a praia de Botafogo, o largo do Paço Imperial e um grupo de negros carregando um imenso barril pelas ruas do centro. Acho engraçado que eles tenham pendurado um quadro com uma cena de escravos trabalhando, e mais engraçado que eu nunca tivesse reparado nisso. Em que eu estava prestando atenção?

Quando chego no Rio, a polícia já localizou o carro do meu pai estacionado na Avenida Atlântica. Passamos a noite em claro ao lado do telefone, esperando algum retorno dos hospitais ou da polícia. Quando o dia nasce, vamos procurar o dono do quiosque que o meu pai frequentava. Perguntamos do meu pai e o sujeito abre um sorriso largo, com duas obturações metálicas visíveis. Claro que sabe quem é o seu Jonas. Minha mãe aperta a minha mão com força. O dono do quiosque pega os pertences do meu pai detrás do balcão e entrega para a minha mãe.

— Acho que ele esqueceu que deixou aqui comigo.

— Quando ele deixou isso aqui? — pergunto.

— Foi ontem. Lá pelas seis e meia. Eu estava abrindo o quiosque. Ele sempre deixa as coisas comigo quando vai nadar. Sou de confiança. Ele deixa até a carteira comigo — o sujeito diz com orgulho.

— E você não viu ele sair do mar? — a minha mãe pergunta, esmagando meus dedos sem perceber.

— Não — o dono do quiosque responde, aparentemente surpreso com a sua própria distração. — Achei que ele tinha esquecido as coisas aqui — ele diz, limpando as duas mãos na toalha suja pendurada no ombro.

Solto-me da minha mãe, apoio-me no balcão do quiosque e pergunto com a voz trêmula:

— E você achou que ele tinha ido embora de sunga e descalço, sem a carteira nem a chave do carro?

O dono do quiosque me olha com uma expressão estúpida de "é verdade, não tinha pensado nisso!". Depois arruma o cabelo e, evitando meu olhar, explica:

— É que está tendo uma convenção no Rio Palace e enche de cliente já de manhã. Eu fico aqui das seis da manhã até as seis da tarde, é muito corrido. Não é moleza não.

Esfrego o rosto com as duas mãos, massageio os olhos fechados até ver estrelas. Tenho vontade de matar o sujeito. Minha mãe se afasta e fica procurando o meu pai como se ele pudesse estar correndo no calçadão ou caminhando na areia. Apoio as duas mãos no balcão do quiosque. Sinto todo o cansaço do mundo.

— Será que tinha alguém mais na praia no mesmo horário, alguém que possa ter visto o meu pai? Um salva-vidas, algum vendedor, outro nadador?

O sujeito me olha desolado.

— A essa hora, acho que não.

Chamo a minha mãe, que se afastou e continua olhando para os lados, com uma das mãos apoiadas na lombar. Apesar de jovem, mas descabelada e com o olhar perdido, parece uma daquelas velhas loucas que vivem à procura de algum fantasma do passado. Ela demora para responder, aproxima-se e vira a cabeça de um lado para outro algumas vezes. Quando finalmente olha para mim, dou de ombros e sacudo a cabeça. Sem dizer uma palavra, ela pega as roupas do meu pai, o celular, as chaves e abre a carteira para contar o dinheiro.

Como uma descida ao inferno, cada etapa parece pior do que a anterior. Quando finalmente encontramos um salva-vidas, ele sugere que procuremos a guarda costeira. A guarda costeira diz que precisamos falar com a polícia. A polícia sugere entrarmos em contato com a capitania dos portos. A moça que atende o telefone nos transfere para um senhor, que depois de nos deixar na linha por longos minutos sugere o corpo de bombeiros. Ligamos para o corpo de bombeiros e eles sugerem que procuremos um salva-vidas no posto mais próximo. Depois de conseguir deixar os nossos dados para que entrem em contato conosco caso encontrem o meu pai, não resta nenhuma tarefa para nos distrair, e a morte dele parece finalmente decantar.

Sinto uma dor delineadora, um sofrimento que me deixa estupefato, como quem conhece o rim pela primeira vez numa crise de cálculo; não saberia descrever como era ter pai, mas agora tenho clareza absoluta de como é ser órfão.

No final do terceiro dia após o desaparecimento, o corpo do meu pai ainda não foi encontrado e o atestado de óbito continua esperando um posicionamento oficial do corpo de bombeiros ou da capitania dos portos. Mas, a essa altura, já sabemos que não há mais nada a fazer.

Minha mãe liga para o rabino Ariel para cuidar dos próximos passos. Infelizmente, a lei judaica não permite enterros sem corpo. Fazemos então uma reunião com o rabino Ariel e o rabino da Chevra Kadisha, a instituição judaica responsável pelos enterros, para decidir como proceder.

O rabino da CK recusa o chá de camomila oferecido pela minha mãe, provavelmente porque a nossa casa não é *kasher*, a nossa louça não é limpa o suficiente para a santidade dele. O rabino Ariel, um daqueles ruivos de compleição eternamente pueril, aceita o chá e bebe com cara de coitado, como uma criança à espera de uma bronca. Depois, com a sua voz de falar com idiotas (as pessoas parecem confundir tristeza com burrice), repete para mim e para a minha mãe o que o rabino da CK acaba de dizer:

— Meus queridos, antes de desistirmos de encontrar o corpo do Jonas, não podemos decretar o luto.

Caminho em círculos pela sala, indignado.

— A guarda costeira, os bombeiros, a capitania dos portos e a polícia já suspenderam as buscas. O que você quer? Que eu alugue um submarino pra procurar o meu pai no leito do oceano Atlântico? Ou você acha que o meu pai está nos esperando em alguma ilha deserta?

O rabino da CK acaricia sua barba hirsuta e diz, com um indicador em riste:

— Você precisa entender que é uma questão delicada. O decreto do luto define a liberação da viúva. A lei judaica é muito clara a esse respeito.

Minha mãe derrama um pouco de chá na saia quando se move para a ponta do sofá. Tentando conter a agressividade, diz com um sorriso forçado:

— Liberação? Liberação de quê? Eu não quero nem preciso de liberação nenhuma! Só quero poder enterrar o meu marido!

Limpando a saia, sacode a cabeça e retifica:

— Não enterrar. Fazer um enterro. Uma cerimônia de enterro. — Exasperada, vira-se para o rabino Ariel. — Você entende, não é, rabi?

O rabino da CK continua impassível.

— Sem corpo não há enterro — ele responde de olhos fechados, alisando a barba. — Se nós tivéssemos pelo menos um membro ou um pouco de sangue — continua, pensativo, agora amassando a barba num chumaço espesso.

Não suporto a forma como ele rouba sem pudor a dignidade de um momento como esse. O meu sangue começa a ferver e dou três petelecos na ponta do nariz para me acalmar.

— O meu pai morreu afogado, não atropelado! Ele sumiu há quase uma semana! O que vocês querem? Rabino Ariel, posso desconverter o meu pai pra fazer um enterro católico pra ele e dar alguma paz pra minha mãe?

O rabino da CK parece finalmente se mobilizar. Solta a barba e vira-se para o rabino Ariel com os olhos arregalados.

— O falecido é convertido?

O rabino Ariel olha para a minha mãe como se tivesse sido pego com a boca na botija.

— O Jonas era um membro estimado da nossa comunidade. Conhecia a Torá melhor do que muitos filhos de mães judias — ele diz, virando-se para o rabino da CK com a coluna muito ereta.

O rabino da CK faz uma careta de incredulidade.

— Ele estudava até a cabala! — o outro esbraveja, agitado.

— Convertido por quem? Foi aqui ou em *erets* Israel?

— A conversão do Jonas é indiscutível. Eu mesmo fiz o *bar mitsvá* e a conversão dele. E o casamento.

O rabino Ariel limpa com um lenço de pano as gotículas de suor que despontam na sua testa. Minha mãe se levanta e aponta na direção do vaso de árvore da felicidade que temos na sala.

— E eu tenho o prepúcio dele plantado aqui mesmo pra provar.

Saio da sala na direção do quarto dos meus pais e bato a porta com força. Se não fosse pela minha mãe, já teria expulsado os dois há muito tempo. Sento na cama e examino a foto do casamento deles na cabeceira. Duas crianças. Deito na cama e fico olhando as infiltrações no teto. As manchas escuras formam contornos cartográficos de um continente com istmos, penínsulas e pequenas ilhas que invadem o mar de tinta branca. Tento imaginar o meu pai chegando nesse continente novo depois de atravessar o oceano inteiro a braçadas. Bobagem. Não acredito nesses sentimentalismos. O meu pai morreu, simplesmente não existe mais.

Quando volto para a sala, fico sabendo que, depois do rabino da CK confirmar com alguma autoridade rabínica a impossibilidade do enterro, o rabino Ariel fez uma ligação para um amigo do meu pai. Esse sujeito pediu para falar com o rabino da CK e, em menos de quinze minutos, conseguiu acertar uma cerimônia. Uma espécie de lápide seria oferecida ao meu pai no cemitério judaico do Caju. O *kadish* e o luto judaico, o *shivá*, começariam nessa data.

Em enterros judaicos, segundo a tradição, os parentes se revezam, jogando terra com a pá sobre o caixão para selar a despedida do falecido de forma irrefutável. No serviço memorial oferecido ao meu pai, tudo que temos são símbolos e palavras, e por isso é difícil acreditar em sua partida. É impossível, quase ridículo, que a pequena lápide possa concretizar algo tão imenso, uma partida tão inesperada e precoce.

Depois das últimas palavras do rabino, ficamos todos nos entreolhando, com o choro contido, esperando algo acontecer, sem saber o que fazer. A minha mãe recusa o braço de amparo de um amigo da família. Permanece imóvel, de óculos escuros e terninho, com as mãos cruzadas na frente do corpo, uma perfeita Jackeline Kennedy judia. A minha avó precisa ser carregada até o carro, debatendo-se e amaldiçoando com todo tipo de insulto o Yoshua, o sujeito de branco que a segura pelos braços e tenta acalmá-la. Logo depois da cerimônia, voltamos para a casa da minha mãe e sentamos na sala de estar sem saber o que falar ou fazer.

Depois de algum tempo perdido num limbo sem pensamentos, pergunto se ela amava o meu pai. Ela fica muda por alguns instantes, com os olhos arregalados de incredulidade e indignação. Em seguida desata num ataque histérico:

— Como você pode perguntar isso? Você não pode ser o meu filho, o filho que morou sob o mesmo teto que eu e o seu pai por vinte anos!

Ela puxa o cabelo para trás a partir da testa, arregalando ainda mais os olhos borrados, numa expressão maníaca e um pouco assustadora. Depois de inspirar demoradamente, parece estar se acalmando, mas aproxima o rosto do meu e pergunta, cheia de ódio:

— Quem é você? Como você pode me perguntar isso? Cadê o meu filhinho? — Ela vai para o quarto chorando alto, repetindo: — Não pode ser, não pode ser, não pode ser.

Não sei se ela se refere a mim ou à morte do meu pai. Até formular a pergunta que tanto a ofendeu, nem havia pensado muito na questão. Para mim, a minha mãe desprezava o meu pai de uma forma natural, como qualquer mulher que tem a vida atropelada por uma gravidez indesejada odeia o culpado por sua tribulação. Para mim, esse ódio era compreensível, até justo.

Ouvir o choro sentido de minha mãe vindo do quarto me espeta, me lembra que perdi o meu pai e que raramente demonstrei o meu amor por ele. Eu amava o meu pai? Ele me amava? Será que a minha mãe está sentindo o mesmo medo, a mesma culpa? Quando o meu choro afinal chega, vem numa enxurrada salgada e dolorida que me deixa com cãimbras no rosto e na barriga. Mas o choro não é purgativo, termino mais angustiado e triste do que antes. Não há mais nenhuma oportunidade de redenção.

Apesar de não sermos religiosos, a minha mãe decide seguir todas as leis judaicas de luto para tentar dar alguma concretude à morte do meu pai. Rasgamos a roupa, cobrimos os espelhos da casa, sentamos em cadeiras baixas para receber as visitas que trazem uma quantidade indecente de comida. Surpreendentemente, as rezas da manhã e da noite sempre têm o *minyan*, o quórum mínimo de dez homens exigido na maior parte das cerimônias religiosas judaicas. Não conheço a maioria desses homens. Yoshua, que foi um tipo de guru, uma espécie de pai de santo judeu do meu pai, se aproxima de mim, vestido na sua costumeira indumentária branca (não, ele não é médico).

— O seu pai é uma pessoa muito especial. A passagem do seu segundo corpo não quer dizer que ele não vai estar mais com você. A cabala nos ensina que o primeiro corpo, o translúcido, é eterno. Aquilo que chamamos de morte é só uma ilusão. Uma mentira na qual nos acostumamos a acreditar.

Como se responde a um comentário desses? Apesar desse senhor ter sido sempre cordial e solícito — ele e os filhos é que levantaram minha cadeira no meu *bar mitsvá* —, a admiração que o meu pai nutria por ele me causava desconfiança e irritação.

Minha vontade é virar as costas e deixá-lo falando sozinho. Em vez disso, digo, azedo:

— Preferia que o segundo corpo dele tivesse ficado aqui mais tempo.

Ele fecha os olhos e faz que sim com a cabeça.

— Claro. Eu entendo. É muito difícil compreender que o mundo material é só a fina casca da totalidade da criação. Nosso cérebro tenta nos convencer o tempo todo de que isto é tudo que há. Nossos sentidos e nossa percepção nascem sintonizados exclusivamente para este plano.

Ele coça o queixo, passa o dedo no vale imberbe de uma imensa cicatriz que corre paralela ao maxilar e continua:

— O que o seu pai lhe ensinou sobre a cabala?

— Não muito. Contou umas histórias. Pra falar a verdade, nunca fui muito ligado em religião.

O sujeito entorta a cabeça e me examina, curioso. Depois sacode o pensamento e me dá um tapa nas costas.

— A cabala não depende de fé, Daniel. A cabala é descritiva e prescritiva. Explica o mundo, a parte visível e as invisíveis, e nos ensina a melhor forma de viver em harmonia com a criação. O seu pai sabia disso, viveu uma vida iluminada. Pode ter certeza de que a alma dele ascenderá alto.

No último dia de *shive*, Yoshua puxa a minha mãe para um canto da sala. Ele lhe sussurra alguma coisa, com as mãos apoiadas nos seus ombros. Ela o encara por alguns segundos, ambos em silêncio. Por fim ela o abraça, depois limpa os olhos com um lenço, aperta a mão dele entre as suas e o abraça novamente. Ele se aproxima de mim com um sorriso no rosto e pede a minha mão esquerda. Acedo com relutância. Segurando a minha mão, ele enrola um fiozinho de lã vermelha em volta do meu pulso. A amarração é feita em uma complexa coreografia litúrgica. São vários nós, contados em voz alta, e a cada nó ele reza um pouco em hebraico, num murmúrio. Quando termina, aproxima a boca do meu pulso e corta o excesso de fio com os dentes. Depois apoia a mão na minha cabeça e fala mais alguma coisa em hebraico. Por fim, como se fosse o avô que nunca tive, diz, olhando no fundo dos meus olhos:

— Tudo vai melhorar. Tudo vai ficar bem agora.

Fico incomodado, tenho vontade de chorar e de xingá-lo ao mesmo tempo. Quero expulsá-lo a pontapés para fora da minha casa, mas agradeço, comportado. Quando ele finalmente vai embora, vou até o banheiro e procuro uma tesoura de unha para cortar o fio vermelho, mas não encontro. Tento cortar com os dentes, mas a posição é ruim; tudo que consigo é desfiá-lo um pouco. A verdade é que acabo ficando com um pouco de medo de insistir. Melhor deixar a pulseirinha quieta, por via das dúvidas.

Saio do banheiro bufando e pergunto para a minha mãe quem o filho da puta pensa que é. Ela me encara, severa.

— Você não tem o direito de falar assim do Yoshua. A gente tem muito que agradecer a ele. O seu pai era um homem brilhante, mas teve que se adaptar a circunstâncias complicadas. O Yoshua foi a primeira pessoa que reconheceu o talento e o potencial dele. Se o seu pai não tivesse... — ela olha para cima para conter o choro. — Se ele não tivesse morrido tão cedo, teria ido muito, muito longe. Ele queria viver para sempre, ele tinha planos.

Ele tinha planos. O azar do meu pai foi a fertilidade das duas mulheres da sua vida. A primeira, sua mãe, que se dizia alemã mas era búlgara, dispensou um magnata alemão para se casar com o aprendiz de alfaiate de quem engravidara. O rapaz disse que iria para a Itália e voltaria depois de juntar algum dinheiro para criar o filho. Aparentemente, nunca ficou rico o suficiente. Minha avó morou anos com os meus pais, mas vivia se vangloriando da sua independência e destemidez, da sua modernidade. "Sou avó, mas não tenho nada de vovozinha. Pode até me chamar de tia." Mas suspeito que antes do meu nascimento não era bem assim. A vida toda ela repetiu: "Ah, se eu não tivesse feito essa burrada...". E apontava um indicador acusatório na direção do meu pai, no pior tipo de piada sem graça, a que machuca. Óbvio que o meu pai sempre se sentiu culpado por ter estragado a vida dela.

A segunda mulher, é claro, foi a minha mãe. Ela morava no apartamento ao lado e era dois anos mais velha. Foi com ela que o meu pai, que não tinha nada de destemido, perdeu a virgindade. E, para a inconsequência dessa primeira transa, eu fui o castigo. Quando fui concebido, meus pais mal se conheciam. Eram vizinhos do tipo bom-dia-boa-tarde. Ela estava com raiva de algum ex-namorado e encontrou no menininho do apartamento ao lado uma vingança suficientemente segura. Três meses depois da única transa, bateu na porta dele e sem cerimônia foi avisando que não tiraria. Ele, um magrelo de dezessete anos, deve ter demorado para entender. Duas crianças. Ela não acreditava no futuro, não sabia que a violência do tempo é indiferente ao que as pessoas escolhem acreditar. Acho que a minha mãe via na gravidez um passaporte para a liberdade; uma recruta que achava que guerra é lugar de glória. O meu pai, provavelmente, ficou só assustado e excitado.

Casaram-se dois meses depois, na sinagoga do Flamengo. Antes, o meu pai se converteu ao judaísmo e até se submeteu a uma circuncisão. Se para ele era uma oportunidade de ingressar num clube especial frequentado por gente como Freud, Einstein e Marx e repleto de símbolos exóticos e essências ancestrais, para a sua mãe tudo não passava de fraqueza, sinal de que o filho já deixava a mulher tomar as decisões por ele. Não que a religião em si a incomodasse; a minha avó jamais frequentou a igreja depois do orfanato. Com certeza, caso se desse ao trabalho de refletir sobre o assunto, concluiria ser ateia. Para ela, as duas únicas réguas que medem tudo no mundo são dinheiro e *status*. Ela explica sua objeção pela conversão para quem quiser ouvir ainda hoje: "O meu filho é a única pessoa que conheço que já nasceu por baixo e escolheu de livre e espontânea vontade descer mais um degrau".

O casamento para poucos convidados foi celebrado sob franco desagrado e hostilidade das sogras envolvidas. De um lado, a viúva judia: "Não bastava ser gói, tinha que ser um alemãozinho de calças curtas! Minha filha, você sabe o que nós passamos nas mãos desse povo? Ainda bem que o seu pai já morreu pra não ter que ver isso!". Ao que a filha lembrava a mãe que a sua família chegara ao Brasil muito antes da Segunda Guerra e que, mais relevante ainda, Jonas era tão brasileiro quanto ela. Além disso, a sogra era búlgara. Do outro lado, a desquitada repleta do fel acumulado pelas oportunidades perdidas admoestava o menino: "Seu burro! Uma polaquinha órfã! Na verdade, eu devia te agradecer. Comparada a essa sua burrada colossal, a minha parece até um pequeno deslize!". Aposto que o meu pai nem respondia. Com dezessete anos, devia estar ocupado demais com a pequena cicatriz no pênis e o medo dela abrir na noite de núpcias.

O meu pai saiu da carteira do Colégio Aplicação direto para uma mesinha numa corretora de seguros. O emprego, respeitável ainda que mal pago, só foi conseguido graças à insistência do rabino Ariel junto à comunidade. O meu pai detestava a vida de corretor e nutria planos mirabolantes, daqueles comuns aos que todas as noites se deitam sonhando e são acordados às seis da manhã com um tapa na cara dado pelo despertador. Como ele insistia em dizer aos meus amigos, para a minha mortificação, só *estava* corretor de seguros, mas era, na verdade: técnico de radioamador (até a minha alfabetização), inventor de utilidades domésticas (até a terceira série), programador de computador (até a sétima série), especulador financeiro doméstico (até o colegial) e estudante de inteligência artificial (primeiro ano da minha faculdade). Sua última obsessão era a natação de travessia. Justificava-se dizendo que precisava preservar o corpo para as décadas que sucederiam sua aposentadoria, quando poderia, enfim, seguir a sua verdadeira vocação (seja lá qual fosse quando o dia chegasse). Para o meu pai, a maior humilhação era precisar de um emprego, ao passo que a minha mãe o mantinha na rédea curta, argumentando que humilhação maior era não ter dinheiro.

Eu não via a esperança injustificada brilhando nos olhos do sonhador da noite. Mesmo quando ele saiu da corretora para trabalhar como gerente numa seguradora multinacional, tudo que eu enxergava era o sorriso de reconforto pouco convincente com o qual ele se despedia nas vésperas das suas cada vez mais frequentes viagens. Ele estufava o peito pronto para qualquer desafio, e eu só via um míope alegremente se aquecendo para um mergulho numa piscina vazia. Via a vida devorando-o pelas pernas e ele se comportando como um amputado em choque, tentando se levantar sobre os membros fantasmas como se nada tivesse acontecido. Enquanto isso, o buraco negro emocional da minha mãe me sugava para a massa implosiva do seu ressentimento. Pela falta de dinheiro, pela falta de perspectivas e pelo constrangimento de viver com um eterno adolescente.

Quando os dois discutiam, só ouvia o murmúrio ininteligível e suave do meu pai pontuado pelos berros da minha mãe, que começavam em desespero e terminavam em desalento. Aí ela me buscava, não importava qual fosse a hora da noite, me arrastava pelos braços e me expunha para o meu pai como quem mostra a foto de um bebê africano desnutrido num jantar beneficente: "Olha isso, Jonas, olha o seu filho! Que exemplo você vai dar pra ele? O que você quer oferecer pro seu filho?". Ele, acuado na cama, protegido por um livro, alguma invenção sem lógica ou um caderno de anotações, levantava o rosto e sorria para mim aquele seu sorriso sem convicção. Eu repelia qualquer cumplicidade, indignado com a forma como ele deixava a minha mãe humilhá-lo. E, apesar de odiar a minha mãe nesses momentos, tanto ou mais do que ele, me bandeava para o lado dela, pelo instinto de me associar com o verdadeiro macho alfa da família.

À medida que fui ficando mais velho, desenvolvi estratégias para evitar contato com os meus pais. Estudava na biblioteca da escola, inventava dietas que me liberavam dos jantares familiares, usava fones de ouvido com música alta para não precisar ouvi-los, lia livros para não precisar conversar com eles. Quando entrei na faculdade, mesmo continuando no Rio, passava longos períodos distante. Mesmo com a melhora da situação financeira do meu pai, ficar em casa sempre me fazia sentir como se eu tivesse oito anos de idade; era a mesma sensação de insegurança, de estar andando sobre ovos.

Agora a minha mãe diz que o meu pai tinha planos. Como se eu não soubesse. Como se ela não tivesse passado a vida toda fazendo o máximo esforço para que eu entendesse claramente o preço que o mundo real cobra dos sonhadores. Agora ela me diz que ele tinha planos! E num tom que parece dizer que, de alguma forma, a morte prematura do meu pai, em vez de reforçar o custo inaceitável do seu romantismo, redimia sua falta de pragmatismo. Não é justo.

Chesed — Bondade ou Amor

Os anos de chumbo e o milagre econômico passam sem que Jonas ou sua mãe vivenciem qualquer das duas coisas. Mesmo com o Carlos Alberto levantando a taça Jules Rimet acima da cabeça, com o Delfim se vangloriando das taxas de crescimento do Brasil e com o *Pasquim* publicando uma edição com a foto da Leila Diniz estampada na capa, para aquele mínimo núcleo familiar de dois os primeiros anos da ditadura militar não têm nada de momentoso. Trata-se de ganhar dinheiro, tirar boas notas na escola e achar maneiras de passar o tempo nos fins de semana.

E tudo só piora na década de 1970. Em 1972, a Leila Diniz morre, aos 27 anos; em 1973, a crise do petróleo mata o milagre econômico; e, para coroar, em 1974 a tricampeã seleção canarinho termina em quarto lugar na Copa. Uma nuvem de pessimismo estaciona sobre o Brasil. E o resto do mundo não parece muito melhor. Com o fracasso dos Estados Unidos na Guerra do Vietnã, fala-se mais uma vez em ameaças atômicas, no risco de uma terceira e final Guerra Mundial. Mas para Jonas e sua mãe tudo isso não passa de uma abstração distante. Movimentos políticos e sociais são tão imperceptíveis para eles quanto o movimento inconcebivelmente rápido da Terra pelo espaço. No final das contas, a maior parte das pessoas, preocupada demais com seu umbigo, vive à margem da história. Ou a reboque dela.

Enquanto janta distraído em frente à televisão, Jonas não se interessa pelas mazelas do regime militar. Sua mãe insiste em bater boca com o Cid Moreira com um comentário que se aplica, com poucas alterações, a qualquer notícia:

— Cid, você acha que faz alguma diferença, acha? Você acha que o dinheiro vai mudar de mão? Quem governa o país não é quem controla os tanques, é quem controla o *pari, das Geld*, o dinheiro!

É uma pragmática que só não sucumbe ao cinismo total porque acha que qualquer postura que possa ser entendida como filosófica é uma afetação de desocupados, uma falha de caráter. Quando o jornal noticia a seca no Nordeste, repete para o filho, com o garfo em riste:

— Que o Nordeste seque e caia do mapa. A única pobreza que me importa é a minha. Só me interessam duas coisas, Jonas, ganhar dinheiro e combater as rugas.

A infância de Jonas transcorre em um limbo urbano, sem jogos de pião, sem pipas e sem bola de gude, mas também sem cinema, teatro, museus ou parques. Nas tardes de ócio, Jonas faz planos mirabolantes em silêncio e estuda artes marciais repetindo movimentos em frente ao espelho, tentando decifrar o que se esconde entre as duas ilustrações bidimensionais do manual que a mãe lhe deu de presente de aniversário de onze anos. De certa forma, Jonas teve sorte de nascer quando nasceu. Por poucos anos, menos de uma geração, sua característica mais distintiva viraria carne de vaca, e ele seria só mais um jovem grudado num *video game*, à deriva num mar de possibilidades. Jonas é um menino visionário porque acredita em um mundo de infinitas possibilidades num Brasil que ainda parece dizer o contrário.

Quando começam as aulas da sexta série do Pedro II, sua nova escola, Jonas sabe que não terá dificuldade em trafegar em todos os grupinhos, inclusive entre as crianças populares, ricas, bonitas e esportistas. Mas sabe que precisa ser cuidadoso, evitando contato excessivo ou amizades íntimas. Não pode correr o risco de que descubram que é órfão de pai, ou as coisas podem terminar como terminaram na escola anterior. No final do primeiro dia de aula, em vez de ir jogar futebol com os meninos ou voltar para casa e ficar sozinho esperando a mãe, Jonas resolve conhecer a biblioteca que fica ao lado da escola. É muito maior do que a minúscula biblioteca da sua escola no bairro das Laranjeiras. Jonas empilha na mesa à sua frente revistas de notícia e manuais complicados, que estuda compenetrado, sem conseguir entender muita coisa.

— Olá, jovem.

Jonas olha para trás e vê uma senhora de cabelo curto e branco abraçando um livro contra o peito.

— Oi.

— Qual o seu nome?

— Jonas.

— Lindo nome. É por causa do profeta engolido pela baleia?

— Não. É por causa do deus romano.

— Que rapazinho culto. Quantos anos você tem?

— Quase doze.

— Quase doze — ela repete, enquanto examina as capas dos manuais empilhados na mesa à frente do menino. — Circuitos elétricos integrados? — ela pergunta, segurando o livro pesado na mão.

— Estou aprendendo.

Ela olha desconfiada. Ele desvia o olhar.

— Posso sugerir uma leitura?

Ele faz que sim com a cabeça. Ela levanta o dedo indicador, pedindo um instante, e desaparece num corredor formado por prateleiras, apoiando-se numa bengala. Volta com um sorriso vitorioso.

— Você já leu Júlio Verne?

— Não.

Ela sacode a cabeça lentamente.

— Ah, isso é terrível. Terrível.

Jonas sente as bochechas esquentarem.

— Mas é remediável, meu caro, facilmente remediável.

Ela lhe entrega uma cópia do livro *Viagem ao centro da Terra*.

Ele olha a ilustração da capa, um sujeito de chapéu descendo uma encosta íngreme.

— Ensina alguma coisa?

— Claro.

— O quê?

— A prever o futuro.

— Prever o futuro?

— Sim, senhor.

No fim da tarde, a bibliotecária repousa a mão sobre o ombro de Jonas. Ele instintivamente foge do contato. E ruboriza outra vez.

— A biblioteca já vai fechar, querido. Por que você não leva o livro para casa?

Jonas volta no dia seguinte e procura a bibliotecária, agitado.

— Tia — ele chama, aproximando-se da mesa dela.

— Não sou sua tia, meu amor. Me chame de dona Ester.

Ele lhe estende o livro do Júlio Verne.

— Dona Ester, acabei. Tem outro?

Dona Ester ri e vai buscar outro livro para o menino. Ele estica a mão para pegá-lo, mas ela esconde o volume atrás das costas.

— Antes, me conta o que você achou.

Ela escuta com os óculos pendurados na correntinha, balançando a cabeça para cima e para baixo com os olhos bem abertos e as sobrancelhas pintadas arqueadas bem alto. E bate palmas de surpresa com os comentários mais originais e incisivos. Depois, entrega ao menino uma cópia do *Minotauro*, de Monteiro Lobato.

Jonas acaba de fazer sua primeira amiga de verdade. Conversa diariamente com ela. Conta da escola, dos meninos, dos professores severos. Conversam sobre livros e sobre notícias de jornal como se ele fosse um adulto em miniatura. O único assunto proibido é família.

Dona Ester parece infinitamente interessada nas opiniões de Jonas e deslumbrada com sua curiosidade ilimitada, sua capacidade de guardar as informações. Vive repetindo, alegre: "Você vai longe, menino".

E ele vive acreditando.

Jonas continua frequentando a biblioteca mesmo nas férias de julho. É, aliás, a melhor época do ano. A biblioteca vazia parece toda dele e a atenção da Dona Ester é exclusiva. Nesses dias, Jonas adora entrar sorrateiramente, na ponta dos pés, antes que dona Ester perceba sua chegada. Fica imóvel a poucos metros de distância, observando-a atrás de sua mesinha de compensado descascado, lendo um livro ou dando baixa nas fichas de empréstimos. Adora permanecer parado, segurando o riso, até que ela pressinta sua presença. Quando a bibliotecária finalmente levanta o rosto e o avista, ele pode ver o rosto dela se iluminando. É como se o mundo todo ficasse mais claro.

Em uma tarde de outubro, Jonas entra na biblioteca e não encontra dona Ester. Uma senhora com uma verruga embaixo do nariz diz que a velha bibliotecária não está se sentindo muito bem, mas deve voltar logo.

Como o dia é longo! Jonas folheia o livro *Eu, robô* impaciente, olhando o relógio na parede a cada cinco minutos. Vai para casa cedo e dorme mal. No dia seguinte, mais uma vez, não encontra dona Ester. Ela demora duas semanas para voltar.

Quando finalmente a revê, Jonas está de mau humor.
— O que foi, seu Jonas? Por que esse bico?
— Onde você estava? — ele pergunta, zangado.
— Eu estava doente. A dona Mercedes te disse, não?
— Tão doente que não podia nem ficar sentada aqui?
— Infelizmente.

Jonas está com raiva, não consegue perdoá-la. Fica distante, monossilábico. Certo dia, ela senta ao seu lado. Ele finge ignorá-la, mas ela não se importa. Começa a contar que mora sozinha, que a filha única mora em Londres, que o marido morreu há dois anos. Que ficou internada por complicações de sua diabete. Que o médico ralhou com ela porque ela não controla a alimentação como deveria. Ele finalmente a olha.

— Por que você precisa controlar a alimentação?
— Eu não posso comer doces.
— Então não come, ué.
— Mas eu adoro bombons!

Eles riem juntos. Ele fala sobre a mãe e, depois de tomar coragem, sobre o pai. Conta que escreveu para ele na Itália, mas nunca recebeu uma resposta. Que o tio do pai, que mora no Brasil, disse que ele se mudara para a Espanha e não mandara mais notícias. Fala que a mãe diz que eles estão muito melhor sem o pai, mas quando fica nervosa grita que engravidar foi a sua maior burrada. Jonas sente uma leveza inédita depois de contar tudo para dona Ester.

Ela sorri, mas está visivelmente abatida. Seu rosto não se ilumina mais como antes. Seu sorriso é triste. Ela diz mais uma vez que ele vai longe, mas sem a jocosidade usual. Diz isso com intensidade, espremendo os olhos com raiva. Como se ir longe fosse a mais doce vingança. A despeito dessa mudança de tom, Jonas ainda acredita nela. Ela tenta abraçá-lo, mas ela tem um cheiro estranho e ele não consegue resistir ao impulso de fugir de seu toque. À noite, sente-se culpado e pensa em comprar bombons para ela. Mas com que dinheiro? Quando ganhar dinheiro, ele promete a si mesmo olhando para o teto do quarto, quando ficar rico, vai comprar uma caixa bem grande de chocolates para ela. Mas Dona Ester morre, por complicações da diabete, antes do final do ano letivo. A mãe de Jonas recusa-se a levá-lo ao enterro.

— Ir para Vilar dos Teles num dia de aula? Você está louco! Nem sei quem é essa mulher.

Jonas pensa em discutir, em dizer que ele já falou mil vezes para ela sobre dona Ester, mas sabe que é inútil. Cabula a aula, pede informações na rua e, depois de três horas de peregrinação solitária, finalmente consegue chegar ao cemitério. Pergunta ao porteiro sobre dona Ester, e ele lhe dá o endereço do jazigo, mas diz que o enterro já acabou. Jonas não fica com raiva da mãe, da vida ou de si. Encontra o túmulo, senta no meio-fio e inspira fundo o cheiro de terra molhada. Sem ninguém por perto, sente um certo alívio de não ter de dividir dona Ester com ninguém. Sob o céu azul de primavera, nenhum pensamento mórbido ou triste se insinua. Ao contrário, Jonas sente-se orgulhoso de ter conseguido chegar ao cemitério. Em vez de chorar por dona Ester, rouba um lírio de uma lápide próxima e o coloca sobre o túmulo da amiga, sorrateiramente, imaginando a cara dela se iluminando quando perceber a flor.

Dois anos depois, a mãe de Jonas passa semanas falando de uma venda espetacular que está prestes a se concretizar. À noite, no jantar, ela nem liga o televisor.

— É amanhã! Se eu vender todos os lotes, minha comissão vai ser uma baba, Jonas. Vamos de primeira classe para Paris. Ou para Roma.

Jonas não a contraria, detesta bater boca. Especialmente com a mãe, que parece ter infinitos subterfúgios para sempre ganhar qualquer discussão.

Quando ela chega em casa na noite do dia seguinte, Jonas não pergunta nada. Tenta manter os olhos no livro que está lendo, mas tem consciência plena de que o silêncio é um mau sinal. Ela vai até o banheiro sem dizer palavra. Jonas repousa o livro no colo, ansioso. Quando ouve a descarga, volta a se esconder atrás da sua cópia de *Estranho numa terra estranha*. A mãe entra na sala e para na frente dele, séria.

— Você não está interessado em saber como foi o negócio da Tijuca?

— Claro que estou.

— Não parece. Parece que você acha que dinheiro brota em árvore. Que eu não tenho que trabalhar feito uma cachorra pra ganhar dinheiro.

Por que dizem isso, trabalhar como um cachorro? Os cachorros que Jonas conhece são todos folgados. Recebem casa, comida e carinho sem precisar mover uma pata. Ele fica mudo, olhando para a mãe, esperando que ela continue.

— Me deram dois lotes!

— Isso é ruim?

— Se isso é ruim? Você está brincando! Se isso é ruim! É uma cafajestada! Só dois lotes para trabalhar! O Augusto, que tem um ano de casa, levou três lotes. Teve corretor que ficou com dez lotes. Dez lotes! Sabe por que fizeram isso comigo?

— Por quê?

— Por que eu sou a única corretora mulher. Por que sou mãe solteira. Não sou respeitável.

— Tudo bem, mãe.

— Tudo bem uma pinoia. Mas quer saber? Nós vamos viajar assim mesmo.

— A gente tem dinheiro pra isso?

— A gente tem dinheiro pra isso? — ela repete, zombando.

Jonas olha para a capa do livro no colo. Queria ser um marciano como o Valentine Michael Smith.

Os dois mal entram no ônibus de turismo e sua mãe já parece entediada. Fica o tempo todo retocando a maquiagem com um espelhinho de bolso e tecendo comentários maldosos sobre os outros turistas do ônibus, em sua maioria senhoras idosas com cheiro de naftalina. Jonas não liga, está animadíssimo. Tirando a visita a Vilar dos Teles, dois anos antes, é a primeira vez que sai da cidade do Rio de Janeiro.

Depois de um passeio sem graça no centro da cidade de Teresópolis e uma parada para compras e almoço numa taberna típica alemã, o ônibus para no Parque Nacional da Serra dos Órgãos. Jonas se afasta do grupo, seguindo a margem do rio até chegar numa piscina natural formada por uma represa de pedras arredondadas. O sol da tarde projeta sombras dramáticas dos contornos da mata Atlântica. A água cristalina escorre sobre as pedras lisas como uma gelatina. Um pássaro gorjeia do alto de um ipê-roxo. Jonas conta mentalmente os cricris dos grilos e, usando um truque aprendido num almanaque, divide o número de cricris em vinte e cinco segundos por três, soma quatro e estima a temperatura em vinte e quatro graus. É impossível resistir ao convite do rio. Jonas tira a camiseta e os sapatos e mergulha de bermuda na água gelada. Nada desajeitado e fica pegando pedras lisas e coloridas do fundo e arranjando-as por cor e tamanho na margem do rio. Sente que renasceu, que tudo vai dar certo. Quando sai da água, sua pele está vermelha do frio, os pelos eriçados. A felicidade que sente é quase dolorida de tão intensa. Ele veste a camiseta e os sapatos. Pega o relógio e percebe que está atrasado para voltar ao ônibus. Quando chega no estacionamento, correndo, encontra a mãe enfurecida. Desajeitada, ela lhe segura os braços e lhe bate na cabeça com as mãos abertas, com raiva. Jonas vê os turistas se amontoando nas janelas do ônibus para ver o espetáculo.

— Você não sabia que tinha que voltar às quatro e meia? Eu não te dei um relógio? Está todo mundo te esperando. Você quer me matar de vergonha? E essa bermuda molhada? Vai viajar assim até o Rio?

Jonas nunca esquecerá esse dia, a primeira vez que sentiu ressentimento, não pelos tapas descoordenados da mãe, mas porque ela arruinara um momento mágico.

No ano seguinte, Jonas passa em segundo lugar no exame para o prestigioso colegial do Colégio Aplicação. É um aluno dedicado, mas não é querido pelos professores. Suas dúvidas nunca têm fim, sua implacável incapacidade de aceitar a autoridade dos adultos deixa a todos sem saber como reagir. As coisas se agravam com o novo professor de física. Com um prisma e uma lanterna, ele está explicando para a turma que o arco-íris tem sete cores. Jonas levanta a mão. Alguns alunos dão risadinhas, outros soltam grunhidos de impaciência.

— Pois não, senhor Esdras?

— Só queria dizer que não são só sete cores. Não são cores discretas, sólidas.

— O senhor quer discutir com Isaac Newton, o pai da física?

— Não vou ser o primeiro.

— Vejo que sua reputação é merecida.

— Reputação?

— Os professores me avisaram que você era um rapaz extremamente petulante e difícil.

— E avisaram que eu costumo estar certo?

— Eu tenho uma aula para dar, senhor Esdras. Vou pedir gentilmente que o senhor cale a sua boca e pare de atrapalhar os outros alunos.

— É melhor interromper a aula do que deixar todo mundo aprender errado.

— Se o senhor me interromper de novo, vou mandá-lo para a direção.

— Mas o senhor concorda que não são sete cores?

— Senhor Esdras, o senhor pode se retirar.

Jonas é suspenso por um dia, mas não fica em casa. No dia seguinte, passa a manhã na biblioteca, onde, depois de falsificar a assinatura da mãe, prepara um relatório detalhado nas quatro faces de um papel almaço, explicando que, dada a natureza dos prótons emitidos pelo Sol, o arco-íris tem mais frequências distintas de cor do que há estrelas no universo. Dado que os seres humanos contam com somente três tipos de cones na retina, sensíveis a cerca de cem frequências de luz cada, só podemos enxergar um milhão de cores diferentes no arco-íris (exceto os daltônicos, que só conseguem distinguir dez mil). Newton originalmente demonstrara a decomposição da luz branca num prisma, simulando as gotículas de água que formam o arco-íris, e convencionara cinco cores primárias. Como Newton era, além de físico brilhante, um místico amalucado, resolvera acrescentar duas cores para compatibilizar a quantidade de cores primárias com as sete notas musicais. É daí que vem o arco-íris de sete cores. Uma mera convenção cultural.

Jonas assina o relatório satisfeito. No dia seguinte, entrega-o ao professor de física, esperando receber um pedido formal de desculpas. Mas o professor pega o papel, enfia-o sem cuidado na gaveta da escrivaninha e, no início da aula, exige que Jonas se desculpe na frente de todos os alunos pelo comportamento anterior.

— Me desculpar? Mas eu estou certo! Você nem leu o que eu escrevi!

— Você acha que sabe tudo sobre física? Que não tem mais nada a aprender aqui?

O professor está com o rosto todo manchado de vermelho.

— Claro que não.

— Ah, não?

— Claro que não acho que já sei tudo — Jonas tenta explicar, mas o professor está possesso.

— Venha aqui na frente.

Jonas demora para se levantar. O professor o espera com um pedaço de giz branco na mão, estendido na sua direção. A sala está mergulhada num silêncio sepulcral, como se fosse uma arena romana e todos os alunos estivessem esperando o golpe fatal do mestre. Finalmente Jonas se levanta da carteira e aproxima-se do professor, de quem pega o giz. O professor, com os braços cruzados sobre o peito e os olhos fechados, diz:

— Escreva na lousa a equação da lei universal da gravitação de Newton.

— Mas nós ainda não estudamos isso!

— O tempo está correndo. E esse exercício valerá metade da sua nota no bimestre.

Jonas devolve o giz para o professor, mais perplexo do que assustado. O professor pega um livro de física da sua mesa, procura alguma coisa revirando ruidosamente as páginas. Depois segura o livro com a mão esquerda e, com a direita, pega o giz da mão de Jonas e copia do livro a fórmula para a lousa.

Apesar de ter pesquisado no mesmo dia, Jonas não leva para o professor a equação da gravidade definida por Einstein na sua teoria geral da relatividade, que desde 1916 substituiu a equação de Newton. Não que isso fosse fazer muita diferença. O professor passa o ano todo perseguindo-o. Faz chamadas orais com perguntas capciosas, tenta humilhá-lo toda vez que ele comete um deslize.

No final, o professor não tem coragem de reprová-lo. Sem querer ensinara a Jonas uma lição importantíssima: ter razão não é especialmente importante. Saber de tudo não é necessariamente útil. Na vida real, pode ser até contraproducente.

Aos dezessete anos, Jonas já beijara algumas meninas, mas todas eram bobinhas e apáticas. Bocas e línguas, corpos e cabelos. Sentado na escadaria de acesso do pequeno prédio da Rua Presidente Carlos de Campos, no bairro das Laranjeiras, absorto em maquinações, procurando trampolins ou portas de saída, Jonas vê o caminhão de mudanças do apartamento 22 estacionando em frente ao edifício.

O prédio de três andares, construído como um quadrado vazado, tem dois apartamentos em L no primeiro e no segundo andar e um apartamento ocupando o perímetro do quadrado na cobertura, no qual moram um casal de professores universitários com dois filhos pequenos. Jonas mora com a mãe no apartamento 21.

Fica observando a nova inquilina, uma senhora de pele extremamente branca com um lenço azul-marinho amarrado na cabeça, orientando os homens da companhia de mudanças. Ele demora para perceber a moça encostada no caminhão, com uma cara de tédio que ele interpreta como superioridade. Ela é magra e branca como a mãe, tem um longo cabelo castanho ondulado escorrendo pelos ombros e um rosto fino e delicado, escondido parcialmente por óculos escuros. Jonas não consegue tirar os olhos dela, fica procurando uma metáfora perfeita para descrevê-la.

No dia seguinte, ele senta no pátio interno, com as costas apoiadas na parede e um livro no colo, sem conseguir ler uma linha sequer. Seu olhar foge incontrolavelmente na direção da vizinha, que está fumando em pé no outro canto do pátio. Ela troca acenos de cabeça com a mãe de Jonas, que está em pé ao lado dele, tragando com bem menos gana, deixando o cigarro queimar lentamente entre os dedos. Quando a moça avista a mãe voltando para o prédio, apaga sem pressa o cigarro com uma pisada e, dando as costas para ela, caminha na direção do apartamento com as mãos para o alto, repetindo "eu sei, eu já sei" e desarmando o ataque da outra.

A mãe de Jonas, capturando o olhar do filho vidrado na moça, puxa-o pela orelha carinhosamente, infantilizando-o. Antes que ele proteste, segura com força um tufo grande de cabelo do topo da sua cabeça, no gesto mais próximo de carinho físico de que é capaz, e sussurra em tom de cumplicidade:

— Nossa, que vulgar uma menina nova assim fumando!

Jonas trabalha como contínuo nas férias escolares sem reclamar. Em vez de admiração, sua mãe demonstra irritação, como se ele estivesse trabalhando por puro despeito.

— Por que você não vai pra praia e tenta tirar essa cor de doente da cara?

— Prefiro trabalhar.

E o dinheiro extra é bem-vindo, pensa, sem coragem de falar.

— Você acha que eu não sou capaz de te sustentar? Me diz uma vez que eu deixei alguma coisa faltar nesta casa.

Silêncio. Suspiros.

— Eu estou quase fechando um negócio gigante na Lapa. Minha comissão vai ser uma baba. Está no papo. Aí nós dois vamos pegar todo o dinheiro e fazer uma viagem de verdade. Nem que seja para Ciudad del Este pra comprar perfume importado.

Mas o negócio não sai. A mãe chega tarde com frequência, entra em casa descalça, andando na ponta dos pés. Explicações não são demandadas nem oferecidas.

Algumas semanas mais tarde, Jonas está sozinho em casa quando seu apartamento é invadido pelo som abafado de *Não chore mais*, do Gilberto Gil, vazado do 22. A música é tocada tão incessantemente que o estalo de parada e o zumbido da fita cassete rebobinando parecem fazer parte da composição. Jonas não consegue se concentrar no livro que tem nas mãos. A voz melada do Gilberto Gil insiste em lembrá-lo da presença da vizinha no apartamento ao lado. Saturada sua capacidade para a masturbação, Jonas toma coragem. Bebe um gole do precioso vinho do Porto da mãe, direto do gargalo, e bate na porta do apartamento vizinho.

No 22, a vizinha já odeia a melodia do Bob Marley, a voz do Gilberto Gil, o ex-namorado. Odeia a mãe, a falta de dinheiro, o cheiro desse apartamento, o ar parado, as férias. Odeia o pai idiota e fraco, tão fraco que não aguentou chegar aos cinquenta e cinco anos de idade. Odeia o curso normal, a ideia de ser professora, de ensinar crianças. Odeia sua vida, todos os sacos de areia pendurados nos ombros. Aperta o botão *stop* do aparelho de som Sanyo da sala de estar no meio do refrão e apura os ouvidos.

Parece que alguém está batendo na porta. Desvia das caixas e abre-a. É o menino do apartamento ao lado.

Na terceira sequência de batidinhas, a música já havia parado e Jonas quase corre de volta para seu apartamento. Mas quando está prestes a virar as costas, a porta se abre com tanta violência que parece sugá-lo de volta. Ela está vestindo uma bata rosa, sem calças, está despenteada e com o nariz vermelho e os olhos inchados. Está iluminada por trás, emoldurada pela luz amarelada da sala de estar.
— O quê?
— Eu... a música... meio alta.
Ele não consegue resgatar os olhos das coxas brancas da menina. Ela não foge do olhar, escancara a porta com a mão direita, a esquerda apoiada na cintura. Sabe que o menino vive olhando para ela e o desejo dele é exatamente o alimento de que precisa.
— Você bateu na minha porta só pra me ver de calcinha ou quer alguma coisa?
— Não. Eu...
Ela levanta as sobrancelhas e torce a boca, esperando.
— Quer dizer, eu... eu queria pedir pra você abaixar o volume da música, mas se for pra te ver de calcinha pode deixar o volume no máximo que eu bato na porta de novo.
Ela bate a porta na cara dele. Ele espera um compasso. Vira-se para seu apartamento.
— Eu até gosto do Gilberto Gil — ele diz alto.
Ela abre a porta.
— Quer ouvir o resto da fita? Foi uma amiga que gravou.
A sala de estar tem um sofá bege desbotado e uma dúzia de caixas de papelão, algumas abertas e outras ainda com fita ade-

siva. O papel de parede com quadrados laranja sobre um fundo marrom está queimado no local onde quadros estavam pendurados. O apartamento tem cheiro de feijão, de refogado. Entrar nele é um abraço apertado de uma tia-avó de quem você não sabe se gosta. Ela pega a fita do aparelho de som da sala e caminha para o quarto. O fato do apartamento dela ser um espelho do dele empresta à situação uma qualidade sobrenatural. O quarto da garota tem apenas, além do armário, uma cama e uma escrivaninha velha, sem cadeira. Há pôsteres de cantores de MPB colados na parede branca que está descascada onde encontra o teto manchado por infiltrações que parecem geológicas.

Jonas pensa em elogiar o apartamento, mas desiste. Ela senta na cama em pose indiana e ajusta a bata para cobrir a calcinha. Estende a fita cassete na direção dele.

— Você pode colocar pra tocar?

Ele obedece e a voz da Rita Lee sai em volume alto demais, cantando *Baila comigo*. Jonas não conhece a música, mas diz:

— Eu gosto dessa.

— Eu só gosto da Rita Lee da fase Mutantes. As músicas solo dela são todas medíocres.

— Eu também gosto dos Mutantes.

Ela arruma o cabelo num coque preso no alto da cabeça. Algumas mechas castanhas escorrem pelo pescoço leitoso. Com um grampo na boca, ela diz:

— Ah, também gosta dos Mutantes.

— Gosto dos Beatles também.

— Nossa, que original!

Ele pensa um pouco no que responder, dando petelecos na ponta do nariz.

— Acho que gostar ou não das coisas depende mais do sujeito do que do objeto. Prefiro tentar ser uma pessoa que gosta das coisas.

— Experimenta morar com a minha mãe uma semana...

— Ela parece simpática.

— Você diz isso porque não sabe o que ela fala da sua mãe.

— Minha mãe é... diferente. Muitas pessoas têm dificuldade em lidar com ela.

— Você é bem irritante, sabia?

Ele não lida bem com a ironia. Não sabe se ela está sendo agressiva ou carinhosa. Fica sem ter o que dizer e começa a se encaminhar lentamente para a porta. Ela pode resgatá-lo, pode dizer que está brincando, pedir para ele sentar ao seu lado. Mas sente um desejo incontrolável de constrangê-lo, um prazer perverso em seu desconcerto.

Ela solta o coque, estica-se para pegar uma escova na escrivaninha e começa a pentear o cabelo com as pernas abertas, os pés apoiados na cama. Na mudança de posição, sente o contato do ar com a calcinha e espreme os olhos, concentrando-se na sensação. Jonas continua recuando lentamente, sem saber o que fazer com as mãos geladas, que parecem apêndices novos. Onde é mesmo que as mãos costumam ficar? Ele quase diz alguma coisa, mas quando ultrapassa o batente vira de costas e caminha certeiro para fora do apartamento. Quando entra em casa, esmurra a porta do armário da cozinha, fazendo a louça tremer.

A estranha atração por Jonas inquieta a vizinha, deixa-a irritada. O brilho nos olhos dele são quase uma afronta; seu otimismo, um cuspe na cara. Onde ele pensa que está? Monte Carlo? Ela telefona para o ex-namorado, judeu e estudante de medicina, inteligente e imberbe. O sonho da mãe. O sujeito repete no telefone que é melhor não se encontrarem de novo, que teme ser fraco demais para resistir se a vir tão pouco tempo depois do rompimento etc. Ela se inflama e sai para fumar no pátio do prédio. Como não poderia deixar de ser, lá está Jonas, com o rosto enfiado num livro, sentado ao pé de uma das estátuas, esfriando as costas no vestido de concreto de uma ninfa sorridente que derruba vinho invisível de uma ânfora. Ele a vê tragando um cigarro e acena timidamente com a mão colada ao corpo.

— Está rindo do quê? — ela pergunta, cuspindo fumaça do outro lado do pátio.

Ele olha em volta para confirmar que a garota está falando com ele.

— Desculpa?

Ela se aproxima com as mãos no bolso e o cigarro pendurado na boca entreaberta.

— Não, sério. Por que você sempre está com esse sorriso bobo na cara?

Ele fecha o livro e encara a garota. Depois, desce o olhar lentamente por seu pescoço, pelos mamilos que pressionam levemente a camiseta de algodão, pelo sutilíssimo volume do sexo apertado pelos *shorts*, pela sombra das coxas e seus pelos claros, pelo esmalte descascado no dedão apertado pela tira do tamanco. O exame prolongado equilibra a dinâmica. Ela assume uma postura mais defensiva, cruzando as pernas, dando um passo para trás e tragando o cigarro devagar.

— O que você está lendo, *Pollyanna moça*?

Jonas mostra a capa. Ela puxa o livro um pouco mais para perto para conseguir ler o título (ela nunca vai usar aqueles óculos ridículos).

— *Third Wave*? — ela diz com sotaque carregado. — É sobre o quê?

Ela não consegue disfarçar totalmente o fato de ficar impressionada por ele estar lendo um livro em inglês.

— Meu chefe me deu para ler. Ele acabou de voltar dos Estados Unidos. A gente não tem ideia de como estamos atrasados. Mal entramos na era industrial e eles já estão falando que a era industrial acabou. A terceira onda já está formada, o mundo vai ser diferente, baseado na informação. Isso muda tudo. Não vai mais adiantar ser latifundiário, não vai adiantar herdar uma fábrica. Quem tiver conhecimento vai liderar o mundo.

— E suponho que esse alguém é você.

— Claro. Eu não tenho pai, não tenho dinheiro, não tenho sobrenome. Mas sou curioso, sou esforçado. Se o mundo não estivesse mudando eu não teria chance, me consolaria em ser contínuo pra sempre. Mas o mundo está se transformando completamente, e as possibilidades são infinitas. Eu poderia ser mais um proletário no mundo, mas agora sei que vou ser um *cognitário*. As antigas estruturas estão ruindo e sendo substituídas por novas estruturas, fluidas. Um dia, todo mundo vai trabalhar com computadores, talvez ligados diretamente no cérebro.

— Ai, você fala muito. Já estou com dor de cabeça.

Jonas enrubesce. Olha para o livro que tem nas mãos. Ela sente uma pontada de culpa.

— E o que isso significa? O que você vai fazer?

— Ainda não sei. Mas vai ser alguma coisa incrível, garanto. Estou pensando em estudar economia, ou talvez engenharia. Depois vou conseguir uma bolsa pra estudar finanças ou robótica nos Estados Unidos. Depois, tudo é possível. E você?

— Vou ser professora.

— Excelente! Professor também é uma profissão de conhecimento, é fundamental. Você precisa ler este livro!

Ela pede para ele contar sobre o livro e senta-se a seu lado. Jonas fala de um jeito engraçado, formal, usa palavras em inglês. Ela escuta em silêncio, deixando o cigarro queimar sem tragá-lo.

Ele fala dos seus planos mirabolantes. Fala sobre ser cientista, sobre ganhar fortunas no mercado financeiro com modelos matemáticos, sobre computadores, telecomunicações. Fala de lugares dos quais ela nunca ouviu falar. Ele é muito novo, mas fala com uma segurança estranha. É reconfortante ouvir alguém tão certo do que quer. Todo mundo procura respostas simples para a vida, mas poucos as encontram. É por isso que um forte senso de propósito exerce nas pessoas uma atração proporcional à sua intensidade. Jonas conta para ela que vai ser imortal. Que a tecnologia para congelar animais vivos já existe e que ele vai ser colocado em suspensão criogênica para ser acordado quando a ciência tiver descoberto uma cura para o envelhecimento. Ela diz que já se sente velha e, pensando na mãe se arrastando pela casa, que uma vida infinita parece terrível, uma calamidade. E é verdade, ela está concluindo o curso normal, mas se sente pronta para se aposentar. Sem acesso a fluoxetinas, mirtazapinas ou clonazepans, a única saída parece ser o estoicismo.

— Acho que seria horrível viver para sempre — ela repete.

Jonas fica genuinamente chocado, segura a mão dela e diz:

— Você não pode acreditar nisso de verdade. Todo mundo quer viver, é um instinto. E a vida é tão curta! Há tanta coisa pra ver e fazer que nem mil anos seriam suficientes.

A vontade de maltratar o menino aumenta, mas também aumenta o desejo de transar com ele, batendo nele, cuspindo nele, arrancando-lhe os espessos fios negros do couro cabeludo.

O sol desaba, abandonando a relutante defesa contra o frio invernal. Jonas está voltando do trabalho, olhando para o par de mocassins pretos e pensando que precisa de sapatos de verdade. Com sapatos novos e uma barba hirsuta, ele fará um estrago, não será mais considerado café com leite. Quando levanta os olhos, vê a vizinha sentada no degrau da escada de pedra abaixo do portal arqueado que dá acesso ao prédio. Ela está vestindo *shorts* curtos e uma camiseta amarela com uma serigrafia grande e rosa-choque que diz "PINK!". Tem as pernas próximas ao tronco e um cigarro apagado nas mãos.

O ímpeto da paixão torna todo o resto opaco, apagado. Quando Jonas vê a menina sentada no degrau em toda a sua deslumbrante imperfeição, vê a mulher de sua vida, o alimento total e suficiente para sua subsistência. Ele não quer agradá-la, conquistá-la. Quer encerrar o mundo todo na existência dos dois.

Ele se aproxima e senta ao lado dela.

— Não tem isqueiro?

— Minha mãe agora cheira as minhas roupas. Você acredita nisso?

Seu semblante é um desânimo absoluto. Sua fala está quase arrastada. Para Jonas, a aparentemente indecifrável personalidade dela, a amplitude entre fragilidade e violência absolutas, são imensuravelmente atraentes. É como querer acariciar uma onça ferida.

— Eu posso te emprestar uma camiseta. Se você quiser.

Ela olha Jonas com uma perplexidade apagada, como se o esforço para entendê-lo fosse grande demais para tentar. Depois, enrola o cigarro entre o indicador e o polegar, com força, até o papel se romper. Esfarela o tabaco no chão e chuta-o para o canteiro com a lateral da sandália. Depois pega o filtro e os restos do cigarro e arremessa tudo na calçada. Jonas controla o ímpeto de repreendê-la pela sujeira. Os carros começam a acender as lanternas, as luzes dos postes começam a formar estrelas pálidas. O silêncio o está matando.

— Você acredita que os militares vão entregar o poder?

Ela suspira fundo.

— Não sei, não me importo com política.

— Parece que proibiram o encontro da UNE na UFRJ, mas os estudantes estão acampados lá.

— Você não é da UNE, é?

— Não. Mas acho legal que existam pessoas engajadas em mudar o mundo. A maior parte das pessoas que eu conheço só reclama, não faz nada pra mudar as coisas.

— Você vai?

— No encontro da UNE? Acho que não. É pra universitários. Além disso, se minha mãe descobrir que eu fui, me mata com uma faca de cozinha. Ela acha que é tudo coisa de comunista.

— Meu pai era comunista.

— Legal.

— Não muito. Não sobrou muito dinheiro pra gente se virar. A gente trocou nosso apartamento por esse e comprou uma sala comercial no centro. Dá raspando. Todo mês minha mãe reclama.

— Eu sei como é.

— Eu queria ser rica, podre de rica.

Ela descera do apartamento para não ter que assistir a mais uma reportagem sobre o casamento da Diana com o príncipe Charles. Não bastassem as repórteres repetindo incessantemente minúcias irritantes (o véu de dez mil madrepérolas, as carruagens douradas, a cauda de quase oito metros), sua mãe ainda precisava lhe dizer: "Viu? Ela também é professora e tem quase a sua idade, pena que o príncipe Charles é gói". E a mãe não diz isso com humor ou ironia, mas como uma pessoa maluca e ressentida. Agora ela precisa ficar aqui fora, ao relento, esperando o caldo fervente de tristeza e ódio esfriar um pouco.

— E como você imagina conseguir isso? — ele pergunta.

Ela fecha os olhos e cheira os dedos. Depois, põe o indicador debaixo do nariz de Jonas. Apesar de odiar o cheiro de cigarro, ele inspira fundo, tentando separar o cheiro do tabaco do dela. Mas ela logo retira a mão e fica esfregando a ponta do indicador e a do polegar debaixo do próprio nariz.

— Na verdade, eu queria casar com um homem rico.

Nem sua linguagem corporal nem sua entonação parecem confirmar a afirmação.

— Eu vou ser rico — ele diz baixinho e ruboriza. Ela parece não registrar, então ele emenda: — Você teria coragem de passar o resto da vida com uma pessoa só por causa do dinheiro?

Ela expira fundo. Estica as pernas. Alonga os braços acima da cabeça. Boceja. O olhar embaçado atravessa a rua em direção ao nada.

— Não sei. Na verdade mesmo, eu não sei. É difícil imaginar. Eu sempre digo isso, que quero casar com um homem rico, pras minhas amigas. Elas nem comentam mais, supõem que é verdade. Mas eu não conheço ninguém rico. — Ela o encara com uma expressão de confissão resignada. — Juro.

Jonas procura freneticamente algo interessante para dizer, como se sua vida dependesse disso. Como se agora fosse o momento de convencê-la de que ele é o melhor partido. Estranhamente, atipicamente, nenhuma palavra lhe ocorre, ele não consegue tirar os olhos das pernas da vizinha. Ela começa a se levantar, dá tapinhas no moletom para limpar restos de tabaco.

— E só de pensar em casar tenho calafrios. Os homens que eu conheço são...

Ele se levanta junto com ela, mas os dois permanecem no mesmo lugar. Lado a lado, acompanham o movimento de um carro que sobe a ladeira. Ela sente uma tristeza profunda escalar seu peito sem aviso. Ele ouve o soluço e vê a moça limpando as lágrimas.

— Acho que estou pegando uma virose — ela mente, tentando um sorriso, mas conseguindo apenas uma careta.

Devagar, ele se vira na direção da garota e a abraça. Ela parece menor agora, com o rosto encaixado no seu ombro, molhando sua camiseta. Ela nunca entenderá plenamente aquela tristeza, nem por que se sentiu compelida a subir para o apartamento dele de mãos dadas, conduzida. Jonas a leva para o quarto e ela se deita na cama de solteiro desarrumada, no quarto com cheiro de moleque. Ele se deita de lado, olhando para ela. Ela fica impaciente. Incomodada em ser escrutinada dessa forma. Beija-o na boca. Ele enfia a língua na boca dela com um vigor desconcertante. Ela pensa que vai engasgar, começa a empurrar a cabeça dele para trás, mas ele resiste e aperta os lábios abertos contra os dela. Ela cede e, hesitante, recebe o beijo; o incômodo dá lugar à excitação. Ele apoia a mão no seio dela, sobre a camiseta. Ela empurra a mão, mas ela volta, esganada, apertando-lhe o mamilo. Ela solta um gemido e morde o lábio inferior dele com raiva, até sentir o gosto ferroso de sangue. Ele começa a mover seu corpo para cima dela, usando todo o seu peso, procurando cada centímetro de contato. E começa a simular o ato sexual, vigoroso. Ela empurra o queixo dele para cima, obrigando-o a afastar um pouco o corpo. Ele a encara com a respiração presa. Ela estica a mão entre o corpo dos dois, desabotoa a calça dele e segura-lhe o sexo. Ele começa a fechar os olhos, mas ela o aperta com força. Ela examina a expressão no rosto dele enquanto afasta os *shorts* e a calcinha para o lado com a outra mão. Ele tenta se mexer, mas ela o faz parar com um novo aperto. Lentamente, ela conduz a penetração com a mão. Ele goza quase imediatamente, mas ela não fica frustrada. Imóvel sob o peso ofegante daquele corpo, ela fica trançando os dedos pelo espesso cabelo negro de Jonas, convidando sem reservas o cheiro forte do suor dele.

 Ela pode nunca ter entendido plenamente por que se deitou com ele naquele dia, mas sabe que sentiu um controle que nunca sentira antes, um calor envolvente, interno, o florescimento de uma confiança e uma despreocupação que, naquele momento, a fez sentir-se mulher pela primeira vez. Diferentemente de todas as vezes que se deitara com o ex-namorado. Mas o que ela sentiu não foi serenidade, foi uma certeza mais incômoda. Sabia que aquele choro que começou no portão do prédio voltaria a visitá-la.

A sogra de Jonas afunda em depressão com a notícia da gravidez da filha. A reação da mãe dele é mais enérgica.

— Seu idiota! O que adianta estudar tanto se não sabe as coisas mais óbvias? Quantas vezes eu te falei sobre como eu fiquei grávida?

— Muitas. Você sempre fez questão de deixar bem claro como eu arruinei a sua vida.

Ela urra de raiva, puxa um chumaço de cabelo pela raiz até quase arrancá-lo, derruba os livros da estante, joga o aparelho de som no chão. Jonas observa em silêncio.

— Ela vai tirar esse bebê. Ah, vai. Nem que eu mesma faça o aborto!

— Mãe, a gente já decidiu se casar.

— Casar? Casar? Essa é ótima, realmente impagável. E vão morar onde, queridinho?

— A gente ainda não discutiu isso, mas eu imaginei que ela podia se mudar pra cá. Se você não quiser ajudar, eu me viro, como der. Entre o trabalho no escritório e as aulas particulares, já juntei algum dinheirinho. E ano que vem, quando eu estiver na faculdade, vou estudar à noite e arranjar um emprego melhor.

— Jonas, seu tonto, seu burro. — Ela põe a mão na testa e senta na cama ao lado do filho.

— Qual o problema, mãe? Que diferença faz pra você? É só até a gente se arrumar.

— Jonas, ai, Jonas, Jonas.

— O quê?

— Sabe o terreno da Lapa?

— Claro. O que ele tem a ver com isto?

— Eu comprei o terreno.

— Como? Você vive reclamando que não tem dinheiro pra nada.

Ela se levanta e põe a mão na cintura.

— Você já ia pra faculdade ano que vem de qualquer jeito. Como eu ia saber que você ia fazer a burrada de engravidar uma menina? E ainda por cima dura. Só pode ser castigo divino.

— Mãe, do que você está falando?

— O terreno da Lapa ia ser uma Mesbla imensa. Eu entrei com uns colegas da corretora numa cota da incorporação, a um preço ridículo. Um negócio pra duplicar, triplicar o investimento.

Ela se vira para a janela e apoia as mãos na esquadria.

— E qual o problema, então?

— O negócio estava praticamente fechado. Mas o desgraçado do Chagas não olhou as certidões direito. O terreno está inventariado. Está tudo travado na justiça.

— Tudo bem, mãe. Um investimento ruim, enrolado. Não é o primeiro, nem será o último. Quanto dinheiro você empatou nesse terreno?

Ela se volta para o filho com uma expressão beligerante.

— Eu vendi os sobrados dos meus pais no Meier.

— Tudo bem. Ninguém gosta de perder dinheiro, mas quando o negócio desenrolar, você recupera o investimento, certo?

— Certo.

Ela coça a cabeça, evitando o olhar do filho. Levanta as sobrancelhas e torce a boca, esperando as palavras saírem.

— Tem mais alguma coisa, mãe?

— Eu também precisei hipotecar este apartamento.

— Hipotecar?

— É. E já estou duas parcelas atrasada. Se você não quiser que a gente more na rua, vamos precisar das suas economias pra me dar um fôlego até eu arranjar mais algum dinheiro. Tem um advogado amigo do Chagas olhando a papelada do terreno. No máximo em dois meses eles desenrolam o negócio ou o incorporador me devolve o dinheiro.

Paraíso perdido

Nas semanas seguintes ao *shivá*, vejo a minha mãe chorando — algo que até a morte do meu pai era inédito para mim — mais duas vezes. A primeira enquanto arruma as caixas dos sonhos protelados do meu pai, guardadas no minúsculo quarto de empregada que ele transformara numa espécie de microestúdio, com cadeira, um tampo de escrivaninha preso na parede e prateleiras até o teto. A segunda quando conto que não voltarei para o escritório de advocacia. Estamos no quarto dela, escutando fitas cassete antigas no velho aparelho de som da Sanyo, que o meu pai se recusara a jogar fora. Estou deitado no colo dela, num raro momento de intimidade física. Ela não protesta, não pede, não me fala do tamanho da oportunidade que eu estou jogando fora (em menos de dois anos de formado eu já recebera três promoções, cada uma alardeada por ela para Deus e o mundo como se eu tivesse recebido um Nobel). Fica alisando meu cabelo distraída, acompanhando com os dedos o ritmo das músicas de Sá e Guarabira, fitando-me com o olhar desfocado de uma cega. Quando me viro para ela, noto que está chorando em silêncio, ainda com as mãos no meu cabelo. Meus olhos se enchem de água e as lágrimas escorrem pelo meu rosto. Choro por mim e pela velhice precoce que a minha mãe parece convidar.

Com o passar dos dias, a tristeza começa a ceder e sinto-me acordado e lúcido como jamais me sentira. A vida adquire uma condição tátil, como se o meu entorno tivesse se adensado numa experiência mística, na qual o significado de cada coisa ficava mais aparente. É a compensação injusta das desgraças extemporâneas. A minha mãe me conta histórias do meu pai.

— Por que você nunca me contou essas coisas antes?

— Você nunca perguntou.

É verdade. Não houvera tempo para nostalgia na nossa família, tudo parecia ainda muito inicial. O Jonas que aparece nas lembranças da minha mãe não se parece em nada com o sujeito ingênuo e distante das minhas.

— Mãe, será que você não está idealizando o papai só porque ele morreu?

— Por que você acha isso?

— Tudo que eu lembro é a forma como você vivia brigando com ele, pressionando ele.

— Eu sempre fui impaciente, ficava frustrada. Se eu pudesse voltar atrás, teria sido diferente.

— Você não era impaciente, mãe. Ele é que vivia investindo todo o tempo dele naqueles projetos falidos.

— A cabeça do seu pai era muito inquieta, ele queria experimentar tudo, saber de tudo. Mas o último projeto dele na seguradora ia mudar tudo. Já estava mudando. O Yoshua me disse que seu pai aplicou um dinheiro com ele. Seu pai sempre me disse que estava guardando, mas eu nunca imaginei que ele já tivesse tanto dinheiro. É mais do que o suficiente para eu viver com conforto sem precisar trabalhar. — Ela dá uma risada triste.

— Ele sempre dizia pra eu confiar nele, mas eu não consegui. Eu não sabia.

— Como esse Yoshua sabe do dinheiro dele e você não?

— Nunca me meti nas contas do seu pai. E agora, não me interessa. Agora tanto faz.

Meu instinto é inflamar a minha mãe. Se o meu pai já tinha dinheiro, por que nunca a levou para viajar, por que não trocou de carro ou de apartamento? Por sorte, consigo manter a boca fechada. Ela tem razão. Que diferença faz agora? Talvez ele tivesse os seus motivos. Pergunto mais detalhes da vida deles e quanto mais descubro sobre o meu pai, maior é a impressão de que nunca o conheci. Nós nunca fomos muito próximos e agora é impossível remediar isso. O mais doloroso não é tê-lo perdido antes que eu fosse capaz de enxergá-lo. O que dói mais é ele ter partido sem saber que eu queria muito que ele soubesse que eu poderia entendê-lo. E acho que a responsabilidade foi toda minha. Passei tanto tempo convencido de que era um bom menino que não percebi quanto tempo perdi tentando agredir o meu pai, quanta energia gastei só para mostrar como desaprovava a sua visão de mundo. Impus a mim mesmo uma disciplina militar de estudo, fui aprovado em sexto lugar na UFRJ e comecei a ganhar dinheiro ainda na faculdade com o único objetivo de esfregar meu sucesso precoce na cara dele: "Está vendo? É tão difícil ser adulto?".

Hoje essas conquistas parecem irrelevantes. Comparado ao meu pai, sou nada mais que um anti-herói contemporâneo, a epítome do sujeito perfeitamente comum. Não é que eu não tenha planos como ele tinha. Já quis fazer coisas diferentes, grandiosas, mas parecia impossível tentar algo mais arriscado com o medo que vivia agarrado às minhas costas, o pavor de um fracasso inominável. Um pavor que, aliás, a minha mãe fazia questão de cultivar. Para ela, qualquer atividade prazerosa era uma distração perigosa, como gostava de advertir, sutilmente, enquanto lavava a louça: "Ah, bonito o desenho. Pena que na nossa família ninguém leva muito jeito pra essas coisas de arte". Ou enquanto fazia qualquer outra atividade que impedisse contato visual: "Está gostando do livro? Eu, pessoalmente, acho meio perda de tempo, você não acha?". Tudo que consegui com o pragmatismo fanático que desenvolvi com ajuda da minha mãe foi ficar oco.

Depois de duas semanas no Rio, decido que é hora de voltar para São Paulo. Minha mãe protesta, diz que não tem sentido eu voltar se não vou mais trabalhar no escritório. Mas não consigo me imaginar morando de novo na casa dos meus pais. Especialmente sem ele.
Desembarco no Aeroporto Internacional de Guarulhos. O contraste da beleza da baía de Guanabara com a feiura do Tietê me acalma, parece me desobrigar de celebrar a vida. Ao chegar no meu apartamento, penso, com alguma satisfação, que estou sozinho e desempregado. Aproveito para abrir as caixas de papelão que estão empilhadas e lacradas desde a mudança. Numa delas encontro os livros do Hesse, do Huxley e do Kilgore Trout que durante a adolescência escondia embaixo do meu colchão junto com várias edições da *Ele & Ela* e da *Playboy* (parte da minha fantasia perversa de que todo prazer era interdito). Há quanto tempo eu não lia esses livros? Pego um do Trout no qual Deus explica que o leitor de livros é uma criatura experimental, a única no mundo capaz de formar suas próprias opiniões, e que toda a sua vida foi apenas um teste. Leio o livro inteiro sem parar, sequer para comer. Quando termino, devoro uma *pizza* inteira, durmo estufado e sonho com o meu pai. Ele está me contando uma história no carro. Estamos tão felizes e distraídos que não percebemos que a estrada avança pelo mar. O carro entra sem ruído na água ainda rasa e continua rodando sem desacelerar até ficar totalmente submerso.

Acordo sem fôlego e me lembro de uma história que o meu pai me contara numa viagem, anos antes. Abro o *laptop* na cama e começo a escrever o que me lembro dela.

Um homem em férias num *resort* litorâneo vê uma nuvem escura se acercar do hotel de forma sobrenaturalmente rápida. Ele se aproxima da nuvem e percebe que ela é, na verdade, um enxame de insetos. O enxame paira sobre o gramado por alguns segundos. Os insetos pousam e revelam os contornos de um grupo de pessoas, cobertas da cabeça aos pés com as minúsculas criaturas. Com um trovejar seco, os insetos caem mortos sobre o gramando, deixando à mostra dezoito homens. O líder do grupo, com um exótico chapéu de bispo, caminha sobre a crosta escura de pequenos cadáveres e aproxima-se do homem. É um chamado. Há um mundo esquecido, escondido. É hora de retornar. O mundo se chama Omalba. Ou será Olama?

É como a arqueologia de sonhos. Os dedos repousados sobre o teclado esperam novos fragmentos que revelem a história. Às vezes, as peças se encaixam perfeitamente, outras vezes é preciso esperar dias para perceber que a montagem está errada, que há pedaços a mais, a menos ou deslocados. Escrever *Retorno a Olama* é o mais próximo de uma experiência transcendental que posso imaginar. Não é como essas epifanias baratas de cinema, esses *insights* instantâneos. É mais parecido com as transformações espirituais dos monges cartuxos, lentas e graduais, que têm no esforço sincero sua recompensa, que convertem o próprio sofrimento em prazer, a mais austera devoção em enlevação. Ou quase isso.

Os dias são curtos, as costas cansadas e os dedos doloridos são obstáculos incômodos; a imprecisão da linguagem, uma mosca-varejeira. Não pareço precisar de mais nada. Só quero contar direito a minha história. Mas no quinto mês, relendo mais uma vez o texto, canso. E é um cansaço definitivo, não quero mais escrever, não consigo reler o que já escrevi e reescrevi mil e quinhentas vezes. Clicar no ícone do processador de texto me causa uma repulsa parecida à de matar uma barata gorda com um chinelo. Então ligo para alguns conhecidos que conhecem pessoas que conhecem editoras. Depois de várias tentativas, finalmente encontro uma editora disposta a publicar o livro. Ela me avisa que não vamos ganhar dinheiro nenhum com ele, mas mesmo assim sinto uma paz profunda, a serenidade de ter cumprido uma missão.

Depois que baixa a poeira da publicação, o vazio volta a me incomodar como uma espinha encravada no meio das costas, fora do alcance das mãos. O problema é que dessa vez, já conhecendo o prazer inominável da saciedade de espírito, me apavoro. A sensação de arrebatamento dá lugar a uma ansiedade contínua, que beira o pânico. Minha tosse volta com o dobro da frequência, deixando-me noites inteiras em claro tentando aplacar uma coceira no fundo da garganta. Algumas pessoas me perguntam sobre o meu segundo livro com a naturalidade com que se pergunta a um casal com um filho pequeno sobre o próximo rebento. Não tenho mais nada a dizer. Não tenho um repertório de histórias na cachola esperando para serem contadas. Escrevera *Retorno a Olama* numa espécie de transe, sem dúvida; as inúmeras e febris revisões do texto foram meramente exercícios de aproximação lexical a uma essência que eu conhecia como uma dor de dente aguda e elusiva. Nunca reli o livro depois de publicá-lo. Aliás, criei tamanha ojeriza por ele que nunca mais o segurei nas mãos, exceto pelas poucas cópias que autografei no lançamento.

Sem saber o que fazer e cansado de repetir isso para todo mundo, tranco-me no meu apartamento, agorafóbico. O único contato que mantenho com o mundo é através da minha mãe, que em pouco tempo assume a sua viuvez por completo, resignada com a violência do destino. Passou a vestir roupas recatadas com cores neutras, o cabelo sempre preso e pouca maquiagem, aparentemente inspirada pelas viúvas retratadas nas novelas regionais da Globo, a não ser pelo véu. Era como se toda a sua energia dependesse dos alicerces bambos do meu pai. O mais triste é que ela só tem quarenta e dois anos!

Escorrego lânguido para o fundo do poço ao longo do ano. Um torpor denso me cobre e imobiliza. A minha barba cresce irregular. O meu dinheiro começa a minguar. A minha alimentação está a cada dia mais desregrada, os meus ossos cada vez mais protuberantes e os meus olhos cada vez mais fundos. Simplesmente não sei o que fazer. Nada parece valer o esforço de começar.

Como tudo que se aprende tarde é mais difícil, lidar com a minha primeira existencialite, tantos anos depois da puberdade, é duro. Não é exatamente uma depressão, não sinto tristeza. O que vivo é uma anedonia completa, uma falta de energia para sequer imaginar possíveis saídas. Até contemplo o suicídio, mas de forma distanciada e desapaixonada, como quem analisa cenários numa planilha de lucros e perdas.

As coisas só mudam depois de uma festa que prometia ser perfeitamente horrível: música ruim tocando em volume insalubre, a oportunidade de conversa fiada com um grupinho de expatriados cariocas que moram em São Paulo e a (remota) possibilidade de lamber a nicotina da língua de uma desconhecida num beijo mecânico. Eu jamais teria ido por livre e espontânea vontade, mas não esperava a visita de um conhecido que se mudara para São Paulo pouco antes de mim e trabalhava numa multinacional de cosméticos. Eu mal conhecia o sujeito e sequer lembrava do rosto dele quando anunciam seu nome no interfone. Ele chega no meu apartamento com uma garrafa de uísque na mão, um sorriso de psicopata e um abraço apertado daquele que só os bêbados sabem dar. Provavelmente a minha mãe ligara para o sujeito e o convencera de que a façanha de me tirar de casa seria uma boa ação suprema, uma *supermitsvá*.

Ele senta na poltrona da minha minúscula sala de estar e pede dois copos, como se estivéssemos celebrando o reatamento de uma velha amizade. Concedo a contragosto e repito constrangido e sem nenhum entusiasmo o brinde: "À putaria". Nunca tivera dificuldade em driblar as bem-intencionadas tentativas de me tirar de casa. Ex-colegas do escritório, amigos da família, meninas judias agenciadas pelo rabino amigo do Ariel e até o oncologista da minha avó (no intervalo de um congresso sobre leucemia no Sheraton) claramente preferiam fracassar — "pelo menos tentei", poderiam dizer solenemente e sem culpa — a arcar com o ônus de fazer algum programa com um sujeito deprimido a tiracolo. Mas esse meu novo melhor amigo parece vorazmente determinado a me tirar de casa. Digo que estou cansado e ele se oferece para comprar um energético. Digo que estou me sentindo mal e ele, rindo, sugere uma festa no pronto-socorro. Reclamo de dor nas costas e ele, sem cerimônia, massageia os meus ombros, sem fechar a matraca. Por fim, resmungo que não quero ir a festa nenhuma, que estou deprimido e quero ficar sozinho. Identificando a primeira fissura na minha determinação, ele enche outro copo de uísque e me convence a beber tudo de um gole só. Depois de três doses, ele me arrasta até o banheiro e me força a tirar a horrível barba que deixara crescer. Ele fica atrás de mim no banheiro e apara minha barba com uma tesourinha de unhas antes de me entregar o barbeador elétrico. Concluo que é melhor aceitar logo o convite, antes que ele decida escovar os meus dentes.

Pouco depois de chegarmos à boate e de nossos nomes serem confirmados numa lista pelo segurança mal-humorado, meu amigo some na cola de uma moreninha sorridente que flerta com ele mordiscando o canudinho da sua caipirinha. Fico sozinho, acuado, com as costas contra uma pilastra, um copo de uísque na mão, a cabeça vibrando aos abalos sísmicos da música eletrônica.

— Você é muito novinho pra ser escritor — uma voz feminina rouca com sotaque baiano grita no meu ouvido. A dona da voz semicerra os olhos enquanto traga um cigarro, esperando que eu desenvolva o tema.

— Não sei envelhecer mais rápido.

— O quê? — ela grita, virando o rosto e descortinando a orelha com uma mecha cacheada entre os dedos.

É a dona da festa. Procuro na memória até lembrar o nome que meu amigo falou: Lisandra. Ela é mais velha do que eu, mas não parece ter mais de trinta anos.

— Eu disse...

Alguém chama a atenção dela. Ela solta o cabelo, tilintando as pulseiras perto do meu rosto, e olha para trás. Começo a me virar para escapar, mas ela me segura pelo braço. Suas unhas, pintadas de alguma cor escura e esbranquiçadas pela luz negra, espetam minha carne. Tenho a primeira ereção não matinal em semanas. Ela me mantém ao lado dela, mas não me beija e não fala comigo. Quando ensaio uma fuga, crava as unhas no meu antebraço. Finalmente volta-se para mim e berra:

— Cansei deste lugar. Seu amigo parece ocupado com a Carol. Você quer uma carona?

Ela não me convida para a casa dela e não parece estar se convidando para a minha. Entramos no banco de trás de um sedã prata e ela pergunta o meu endereço. Depois de repetir o endereço para o motorista, me olha em silêncio, sentada com as pernas cruzadas, um pouco virada na minha direção, a cabeça encostada na janela do carro. Começo a insistir:

— Você pode me deixar aqui mesmo, eu pego um táxi...

Mas ela ignora o meu comentário, desencosta a cabeça, descruza e recruza as pernas e olha pela janela. O pouco da luz amarelada dos postes que atravessa o vidro escurecido ilumina rugas que parecem ter se formado nos últimos minutos. O resto de álcool ainda não convertido em ressaca me faz apoiar a mão no joelho dela. Ela se vira para mim com um sorriso cansado, que leio como um consentimento.

— Tudo bem? — sussurro, como se o motorista fosse o pai dela e nós dois fôssemos adolescentes.

— Você é um amor — ela diz sem olhar para mim. A sensação de sorrir depois de tanto tempo de azedume me dá um barato, então deixo o sorriso aberto, estampado no rosto. Ela me espia com o canto dos olhos. Depois encosta a testa na janela do carro e, observando o movimento da rua, completa: — Esse é o problema.

Quando o carro encosta na frente do meu prédio, convido-a para subir, mas ela olha a fachada do edifício com cara de nojo e recusa sem cerimônia. Despede-se sem tocar em mim e eu sequer tenho a presença de espírito de lhe pedir o número do telefone.

Dois dias depois, sou acordado pelo celular. Atendo num alô fanhoso, esperando ouvir a voz da minha mãe do outro lado da linha.

— Não acredito que você está na cama até essa hora!

O sotaque cantado é inconfundível.

— Lisandra? Como você conseguiu o meu número?

— Você vem almoçar comigo, meu bem. Anota aí o endereço, toma um banho e vem logo.

Procuro papel e caneta na mesinha de cabeceira, derrubando o abajur e o rádio-relógio que pisca 12:00 há dias. Não acho nada com que anotar, mas ela me ignora, avaliando que já tive tempo suficiente.

— O restaurante se chama Nagayama e fica na Bandeira Paulista. Te espero lá às treze.

Minha única roupa em condições aceitáveis é o velho e bom terno preto com riscas de giz. Infelizmente não tenho nenhuma camisa social passada, então sou obrigado a colocar uma camiseta polo preta com a calça do terno. Olho o meu reflexo no espelho do banheiro só para me arrepender de ter olhado.

Saio correndo de casa e chego antes dela no restaurante, me sentindo desgrenhado, desarrumado. Sento e peço uma água com gás. Como os nomes do lado esquerdo do cardápio não fazem nenhum sentido para mim, me concentro no direito, avaliando se tenho condições de pagar a conta sem entrar no cheque especial. Como a Lisandra demora a chegar, acompanho a conversa da mesa ao lado. Uma mulher jovem e excessivamente maquiada, sentada ao lado de uma menininha gorda de uns dez anos de idade, reclama com o marido de cabelo grisalho sobre uma viagem que ele supostamente vai fazer sozinho.

— E eu? Vou ficar aqui cuidando dela sozinha? Nem a pau!

O homem permanece impassível, concentrado em conduzir alguma coisa branca e molenga até a boca com o par de palitinhos de madeira. Olho os palitinhos de madeira na minha mesa e, depois de desembalá-los, tento segurá-los em pinça, imitando o sujeito, sem sucesso. A mulher da mesa ao lado bebe um gole demorado de refrigerante, com o queixo projetado para a frente, e bate a taça com força na mesa. Depois olha para a menina e lhe dá um beliscão no braço, com a expressão de quem está se contendo, usando a última reserva de controle. A menina fica paralisada, sem olhar para a mulher, que diz que se ela sujar a roupa com molho de soja vai levar uma surra. A menina aproxima o queixo do prato e continua comendo vorazmente e em silêncio, como se a mulher pudesse lhe tirar o prato a qualquer momento. Coitada. E eu achava que a minha família é que era disfuncional.

A Lisandra entra no restaurante cumprimentando o *maître* com um beijo na bochecha enquanto levanta os óculos escuros de abelha e os apoia na cabeça. Está impecável: *tailleur*, camisa de seda cinza, menos maquiagem e mais anos do que a sua versão noturna. Os únicos elementos inalterados da indumentária são as pulseiras de ouro. Levanto-me sem saber se estendo a mão ou vou para um beijo no rosto, mas ela para a alguns passos de distância e, depois de me examinar, dispara:

— Essa polo preta está ridícula com essa calça de terno.

Fico paralisado. Ela se aproxima e oferece o rosto, que eu, desequilibrado, acerto com força exagerada. Ela chama o *maître* de Fezuca e pede para ela e para mim, sem olhar o cardápio nem me consultar. Eu já tinha experimentado peixe cru numa churrascaria rodízio. Na ocasião, fiquei orgulhoso de vencer o meu asco e conseguir engolir um pedaço de salmão cru, mas confirmei a suspeita de que havia uma boa razão para o fogo ter sido descoberto. Agora, a sequência a que sou submetido pela Lisandra está em outro patamar: minipolvos com seus tentáculos viscosos, arroz enrolado com alga e coberto por águas-vivas, fatias de peixe cobertas por fígado de ganso cirrótico, lascas de enguia ao molho adocicado e tiras espessas de barriga de salmão com restos da pele esbranquiçada e cobertas por flocos de sal e raspas de limão. Após cada exercício extenuante de equilíbrio com os palitinhos de criança — amarrados numa pinça com elásticos —, sofro de ânsia de vômito com lágrimas de agonia enxugadas do canto do olho. A Lisandra sorri, fingindo não perceber o meu sofrimento. Olho à minha volta e percebo que provavelmente sou a única "pessoa física" no restaurante, e certamente a única suando frio.

Nós não conversamos, não no sentido clássico. É um interrogatório.

— Você acha que o varejo virtual vai matar o varejo real?

— Acho que o varejo todo devia morrer. As pessoas não precisam de mais coisas — respondo, equilibrando um montinho de gengibre sobre os palitinhos.

— Querido, você está redondamente enganado. Você, por exemplo, precisa urgentemente de roupas novas.

Sinto-me ridículo, exposto. Queria ter grana só para poder não comprar nada por opção e não por falta de opção. Como um pedaço de gengibre. Não é tão ruim.

— Ficou ofendido?

— Não — digo, tirando da boca um pedaço de gengibre impossível de mastigar.

Ela acompanha com o olhar a minha mão levando o gengibre da boca até um guardanapo de papel sem disfarçar sua expressão de nojo.

— Você estudou o quê?

— Fiz direito na Federal do Rio de Janeiro — respondo com orgulho, apesar de não ter a menor intenção de trabalhar com direito de novo.

— E de onde veio essa ideia de escrever livro, menino?

— Acho que foi por causa da morte do meu pai.

Será que eu estaria mais feliz trabalhando como advogado? Racionalmente penso que sim, mas só de imaginar o escritório sinto uma revulsão.

Ela fica séria, me encara por alguns segundos, realinha a postura.

— Sinto muito. De verdade. Vocês eram próximos?

Solto uma risada breve.

— Não.

— Oxe! Por que não?

— Não sei — minto.

Ela apoia a mão no meu braço e faz uma expressão de condolência. Depois volta a comer, como se nada triste tivesse sido mencionado.

— E agora? O que você vai fazer? Escrever outro livro?

— Não sei — respondo. Sinto-me invadido, desrespeitado pela pergunta. Por que diabos estou me submetendo a tudo isso? A essa comida, a esse interrogatório despropositado?

— O que você vai fazer então?

— Nada — respondo seco, irritado, percebendo que não preciso me colocar na posição de ser pressionado por ela. Que tipo de encontro é esse? Parece que estou num encontro romântico com a minha mãe. Só que pior.

— Então você pretende jogar seus melhores anos no lixo? — ela pergunta, reclinando-se na cadeira, procurando os meus olhos, que fogem para os lados.

— Depende de quando eles chegarem.

O celular dela toca. A Lisandra atende com uma gargalhada. Ponho o meu guardanapo na mesa e sugiro que a gente peça a conta. Finalmente entendo o que está acontecendo. Isso não é um encontro, é uma entrevista de emprego. Sinto a nuvem de chumbo da depressão começando a cobrir tudo.

Apenas durante o café, que tomo amargo como remédio para o resíduo do gosto de peixe cru que já me dá calafrios, ela parece sair do modo entrevista e ri, olhando para o celular.

— O quê?

Ela se debruça sobre a mesa.

— Você está meio perdido, não é, pintinho?

Pintinho? Ela me chamou de pintinho?

— Você acha que perder o pai, escrever um livro e se trancafiar num apartamento morrendo de pena de si mesmo te transformou num adulto. Mas a vida não é um livro não, viu? Você ainda é um menino. Um pintinho que acha que é galo. — Ela faz duas conchas com as mãos, mostrando o tamanho de um pintinho gorducho, aparentemente ignorando a óbvia conotação sexual ofensiva. — Mas você tem potencial. Acho que você tem potencial.

Condescendência ofensiva e afeto às vezes andam perto demais para os distinguirmos. Não é o caso aqui. Quem ela pensa que é?

— Potencial para o quê?

— Oxe! Potencial pra tudo, ué.

Bufo.

— Você pretende viver de quê, hein?

— Ainda não sei — respondo. Amasso o guardanapo na mão e olho para a mesa ao lado, onde a menininha está limpando molho de soja do queixo, cabisbaixa.

— Quanto dinheiro você ganhou com o seu livro?

— As pessoas não leem. Muito menos livros de autores brasileiros.

— Pouquinho, né? — ela faz uma careta indicando sua cumplicidade numa conclusão lógica. E continua: — Venha trabalhar comigo.

— Eu não quero mais advogar — digo sem encará-la.

— Que bom, porque se você quisesse não ia ter a oportunidade de trabalhar na área de criação.

Viro-me para ela.

— Criação? Criação de quê?

— De galinhas, oxe! — Ela abre um sorriso. — De *marketing*, menino. Na minha agência. Preciso de um redator, alguém com a cabeça bem cheia de ideias, que escreva bem. Alguém que saiba vender uma fantasia, sabe?

Marketing? Não consigo imaginar. Por outro lado, já estou cansado de ficar matutando sobre o que eu quero fazer da vida, como se essa pergunta pudesse ser resolvida assim, com reflexão. Minha carreira de anjo caído já deu o que tinha que dar. E a Lisandra pode ser inconveniente e invasiva, mas é exatamente o tipo de patroa de que eu preciso. Alguém que me dê ordens que eu possa cumprir, e que me pague por isso. Ela me faz acreditar, com seu jeito exageradamente cândido e sua confiança absoluta, que talvez em algum lugar ainda exista algo como um paraíso perdido, tão bom quanto a loucura.

Malchut — Reinado ou Portão

De madrugada, deitada de lado com o barrigão apoiado num travesseiro, a mulher de Jonas pergunta se ele está dormindo. Ele acorda com um sorriso no rosto e instintivamente apoia a mão na barriga dela.

— Acho que vai ser melhor assim — ela diz, olhando para a frente.

— Assim como? — Jonas pergunta, esfregando os olhos.

— Só nós três. É claro que eu amo a minha mãe, mas acho que a energia dela não ia ser boa para o bebê. E lá em Resende ela vai ter uma vida mais sossegada.

A sogra de Jonas, com olheiras profundas e expressão de mártir, anunciara dias antes que se mudaria para a casa da irmã, em Resende, para liberar o quarto para o bebê. Jonas agradecera efusivamente. Não registrou a estratégia de vitimização dela nem quando passou o braço pelo ombro da sua mulher esperando que ela dissesse alguma coisa e a viu muda, sem conseguir olhar a mãe nos olhos.

— Ela se dá bem com a irmã? — Jonas pergunta, bocejando.

— Acho que sim — a mulher responde baixinho, com o pensamento em outro lugar.

Jonas faz um carinho no rosto dela e fecha os olhos.

— Ótimo.

Mas a mulher não terminou. Depois de alguns segundos, volta a falar:

— Não, não é verdade.

— O quê? — ele abre um olho e limpa a garganta.

— Ela não se dá muito bem com a irmã.

— Então por que foi morar lá?

A mulher olha Jonas com cara de não-se-faça-de-idiota. Ela levanta um pouco o corpo na cama.

— Se você quiser, chama ela de volta.

— Eu não quero.

Jonas acha graça, faz carinho na barriga dela.

— Não quero, mas me sinto culpada.

— Se a sua mãe não se adaptar em Resende, vai voltar. É simples. Este apartamento é dela. E logo, logo a gente vai arrumar uma casa nova pra gente, assim que eu conseguir juntar algum dinheiro. De qualquer forma, aposto que ela vai ser mais feliz lá do que aqui.

— Você acha?

— Tenho certeza absoluta.

— Você tem certeza absoluta de tudo.

Ele pensa um pouco.

— É verdade.

Ela mergulha os dedos no cabelo dele e ele se inclina como um gato contra a mão dela.

— Você é louco, sabia?

Ele deita de novo, aproveitando o carinho, e adormece feliz.

— Jonas?

Ele acorda, mas dessa vez não consegue abrir os olhos. Fala para ela dormir, diz que ela precisa descansar. Ela chama o nome dele de novo, agora gritando. Ele abre os olhos e vê que a mulher não está ao seu lado. A adrenalina o faz pular da cama, instantaneamente desperto.

— Onde você está?

— No banheiro — ela diz, gemendo como se estivesse fazendo força.

Jonas entra no banheiro e vê a mulher sentada na privada, com as mãos ensanguentadas. Ele segura o batente da porta do banheiro totalmente paralisado, e a única preocupação que passa por sua cabeça é saber se ela continuaria casada com ele se perdesse o bebê.

— Jonas, a gente precisa ir pro hospital. Agora.

— O que aconteceu? — ele pergunta, eletrizado.

— Acho que é o tampão. — Uma contração a faz urrar de dor. — E a bolsa estourou.

Jonas ajuda a mulher a chegar na portaria. Ele não sabe dirigir, e a ambulância ainda não chegou. Quando vê um táxi subindo a rua, corre até o meio da via para chamá-lo.

O táxi freia bruscamente e o motorista grita com a cabeça para fora do carro:

— Sai da frente, seu maluco! Está ocupado.

Jonas corre até a janela do motorista e fala firme:

— Meu filho está morrendo. Precisamos ir para o hospital agora.

O passageiro no banco de trás reclama, diz para ele chamar uma ambulância, mas o motorista manda o sujeito sair do carro se não quiser levar porrada. Jonas leva a mulher até o táxi, mas ela protesta, dizendo que prefere esperar pela ambulância. Muda de ideia depois de uma contração dolorida. Choramingando, entra no carro e dirige um olhar de ódio para o marido.

— Jonas, se o nosso filho nascer neste táxi eu te mato!

— Ai, meu Jesus, vai sujar o carro todo — diz o motorista ao ver a moça com a camisola toda molhada no banco de trás.

No hospital, Jonas insiste tanto que as enfermeiras o deixam entrar na sala de parto. Lá dentro, não para de perguntar para o obstetra cada detalhe do procedimento. O que era aquele sangue? Como fica o bebê sem o líquido da bolsa? Como saber se o bebê está encaixado? Como ele mede a dilatação? Como sabe se o cordão umbilical não está enrolado no pescoço do bebê? Qual a frequência do batimento cardíaco de um bebê? Quanto tempo depois do parto é possível saber se o bebê é perfeito? A certa altura, o médico se impacienta, levanta o rosto e encara Jonas com expressão severa:

— Meu jovem, ou você fica quieto e me deixa fazer o meu trabalho ou eu te expulso da sala de parto. Eu já disse que está tudo bem, que o sangramento é normal quando cai o tampão, que sua mulher e seu filho estão ótimos. Quando eu terminar, pode me perguntar o que quiser. Agora se acalme e vá segurar a mão da sua mulher, vá.

Jonas obedece e deixa a mulher apertar a sua mão com força a cada intervalo das contrações. Agora que a mulher e o filho estão a salvo no hospital, Jonas sente-se eufórico. Ele vai ser pai!

Quando o menino sai, todo roxo, Jonas é atingido de surpresa por um safanão vindo de dentro do próprio corpo e toma um susto. Sente as lágrimas pulando dos olhos sem aviso. Ele não é uma pessoa que chora. A enfermeira repousa o bebê no colo da mãe e a criaturinha estranha para de berrar no instante que encosta nela. Jonas tem um acesso de riso que contagia a todos na sala, até o obstetra. Esse menino vai ter um pai, Jonas pensa, emocionado. Como esse menino vai amá-lo, quantas coisas vai poder aprender com ele! Jonas já pode imaginar o menino correndo atrás de si pela casa, perguntando tudo. Imagina-se lendo os livros do Júlio Verne para ele todos os dias antes da hora de dormir, ensinando golpes de *kung fu* nos fins de semana. Seu filho vai ser uma mistura de Leonardo da Vinci com Bruce Lee e John Travolta!

A mulher está suada e descabelada, mais linda do que nunca. Jonas beija a testa dela e, aproximando o rosto do filho, diz:
— Oi, Daniel.
A mulher olha para ele com ternura, preocupada.
— Como a gente vai fazer? Como a gente vai conseguir tomar conta dele?
Com o rosto dolorido de tanto rir, Jonas se aproxima dela e diz com a mais pura e sincera alegria:
— Vai ficar tudo bem. Minha mãe vem morar com a gente.

Uma semana mais tarde, a mãe de Jonas, despejada, muda-se para o apartamento da nora. Diz que é temporário, só até conseguir retomar sua casa na justiça. Diz que foi vítima de um golpe, que vai conseguir uma indenização polpuda. Jonas insiste que vai ser ótimo, que a mãe vai ajudar a cuidar do Daniel, que vai dormir no quarto com o bebê.
Mas a mãe de Jonas reclama todos os dias das noites maldormidas, do cansaço permanente. No café da manhã, que toma com a nora depois que Jonas já saiu para o trabalho, vive repetindo variações sobre o mesmo tema. Tem alguma coisa errada com o bebê. Ele chora muito. O Jonas não chorava nunca. Deve ser pouco leite. Como ela vai ter ânimo para encantar os clientes se o menino lhe suga toda a energia? A nora tenta ignorar os comentários, mas fica apertando o peito entre as mamadas só para verificar se o leite está saindo.
Jonas está perplexo com a paternidade. O bebê não parece sequer perceber sua existência e chora o tempo todo. Para piorar, a mulher vive cansada e irritada. Ela está de licença na escola, mas reclama todos os dias de cansaço. Quando chega em casa depois da longa jornada na corretora — o emprego prometido pelo chefe

da empresa onde trabalhava como contínuo acaba nunca saindo e Jonas é obrigado a aceitar o emprego comissionado de corretor, oferecido por um membro da congregação da sinagoga do rabino Ariel —, ele se enfia no quarto de empregada com seus livros e cadernos e fica planejando os próximos passos. Essa é a hora de usar todo o conhecimento que acumulou. Não pode ser tão difícil ficar rico.

Entre o diabo e o profundo mar azul

É o primeiro dia de aula, como sempre. Visto o terno novo e tusso, tusso, tusso. Sinto uma síndrome de impostor revirar o meu estômago como um gambá numa lata de lixo. Que personagem é esse que estou encenando? Que mentiras será que contei para receber essa proposta de emprego, que dissimulações fiz? Examino-me no espelho até não me reconhecer. Sou apenas uma casca pesada. Tusso mais um pouco para limpar a garganta, que está coçando. Sento na beira da cama e afrouxo o nó da gravata. Que diabos sei eu sobre *marketing*? Pego o telefone e penso em ligar para a Lisandra dizendo que mudei de ideia, mas não consigo. Por que essa dificuldade em contrariar uma mulher que mal conheço? Ficar enrolando não vai ajudar. Ou bem ligo para dizer que não vou ou saio de casa de uma vez para não chegar atrasado. Levanto e arrumo a gravata de novo. Pigarreio e digo em voz alta:

— Para com isso, homem!

Fico satisfeito com o som da minha voz e começo a recuperar alguma confiança. Vou até o banheiro de novo, lavo o rosto e procuro meu melhor ângulo no espelho. Sou um adulto e a Lisandra também. Se ela me convidou para trabalhar lá por duas vezes mais do que o bom salário que eu recebia como advogado, qual o problema? O reflexo espera eu terminar de falar, me olha com ceticismo e solta o ar pela boca:

— Ah, tá!

A agência fica num prédio antigo da Lapa que parece ter sido uma fabriqueta no passado. A assistente da Lisandra me recebe na porta com um sorriso caloroso e dá um puxão na ponta da minha gravata:

— Que horror! Pode tirar essa forca. Aqui ninguém usa gravata. Ela estende a mão.

— Eu sou a Kelem.

— Eu sou o Daniel.

— Eu sei, né? — ela diz, sorridente.

Sigo a moça por um corredor estreito, enquanto tiro a gravata e guardo-a no bolso do paletó. Por que uma moça gordinha como a Kelem escolhe usar roupas justas? A calça está tão apertada que parece limitar os seus movimentos, obrigando-a a dar passos mais curtos do que o normal. No final do corredor, uma porta de vidro dá para um salão surpreendentemente amplo e claro. O ambiente é jovial: há sofás, pufes de cores primárias e pôsteres de propaganda *vintage* colados nas paredes de tijolo aparente. O pé-direito é triplo e não se vê um teto de gesso, só as telhas e várias claraboias. O espaço é aberto, com divisórias de várias alturas. Só há portas no escritório da Lisandra e nas salas de reunião. A Kelem me leva até uma das salas de reunião e me oferece café e água. Pergunto se ela tem uísque, e ela acha mais graça do que me parece razoável, segura a minha mão como se precisasse de apoio para conter as risadas e me deseja boa sorte com uma emotividade exagerada, como se eu estivesse prestes a me submeter a um transplante de coração. Agradeço, esforçando-me para não fixar os olhos nos seios fartos que retesam sua camisa, formando entre os botões pequenas janelas em forma de losango. Ela me deixa sozinho na sala. Fico tamborilando os dedos na mesa, esperando pela Lisandra. Estou bem, quem diria?

A Lisandra finalmente aparece, sorrindo. Mas o sorriso some num instante, como se desligado por um interruptor, enquanto ela me examina de cima a baixo. Conversamos brevemente, em pé, depois ela circula comigo entre as baias, apresentando-me aos novos colegas. Todos são simpáticos, ninguém se trata por doutor e a maioria está de calça *jeans*. Eu poderia estar feliz, mas a pergunta óbvia que me impede de relaxar é: que diabos vou fazer aqui? Penso em perguntar para a Lisandra, mas ela não me dá oportunidade. Agenda estágios para mim nas áreas de pesquisa, de planejamento e de criação.

Os dias seguintes são tão bons que desconfio. Fantasio cenários absurdos, imagino que os funcionários da agência são membros de um culto satânico tentando me seduzir para me drogar e comer meus órgãos num ritual macabro. Mas talvez a fantasia mais louca tenha sido a que eu esposara até agora, a de que trabalho obrigatoriamente equivale a sofrimento.

Já no final do primeiro mês apresento na reunião de *staff* uma peça publicitária que chamo de Memória, uma mala-direta para oferecer seguro de vida. Leio o texto em voz alta. A Lisandra espera a reação dos outros antes de se manifestar. O Artur dá algumas sugestões, os outros assentem com movimentos da cabeça e caretas de aprovação. A Lisandra chacoalha as pulseiras e depois bate duas palmas.

— Muito bem, vamos trabalhar na arte, tchurma.

Em seguida pisca para mim.

Em menos de dois meses estou produzindo como um funcionário pleno. Há um equilíbrio gostoso entre repetição e liberdade. Escrevo propostas, malas-diretas e roteiros de venda para operadores de *telemarketing* com crescente confiança e proficiência. A Lisandra me acompanha de longe. Participo de reuniões com ela, entro na sua sala para apresentar ou perguntar, mas ela me observa de viés, com uma atenção deliberadamente velada. A Kelem me paparica diariamente. Traz docinhos caseiros para mim. Bem-casados, beijinhos, sonhos recheados. Arruma a minha mesa e alinha a minha roupa antes de eu sair para qualquer reunião, cheia de dedos.

Como não tenho vida social fora da agência, costumo ser o último a ir embora. Quando fico sozinho, tiro os sapatos e, com os fones de ouvido enfiados no canal auricular, ligo a música no último volume. Tudo sempre me pareceu menos amador, mais dignificado quando acompanhado por uma trilha sonora. E a minha coleção de oito mil arquivos de MP3 tem a música perfeita para qualquer tipo de situação e de estado de espírito: das corridas melancólicas em manhãs frias aos jantares solitários e melancólicos, das esperas voyeurísticas e melancólicas nas filas de cinema às ineficientes e melancólicas compras de supermercado. Estar sozinho no escritório nessa noite de sexta-feira poderia ser deprimente, mas ao som do Jean Leloup ficou romanticamente melancólico.

Termino de escrever uma mala-direta e me reclino na cadeira, colocando os pés sobre a mesa e fumando uma caneta esferográfica como se fosse um charuto cubano. A porta do banheiro se abre e a Kelem aparece. Levanto-me desequilibrado e quase caio da cadeira.

— Eu não sabia que você fumava — ela diz, aproximando-se da minha mesa com o seu vestidinho apertado e um sorriso no rosto.

— Eu não sabia que você ainda estava aqui — digo enquanto enrolo os fones de ouvido e os guardo no bolso. Quando ela chega perto de mim, vejo que os seus olhos estão inchados e o nariz, vermelho.

— Você está bem?

— Ótima — ela responde com cara de quem vai começar a chorar de novo.

— Quer sentar um pouco? — ofereço a minha cadeira.

Ela senta na minha cadeira e roda um pouco para cada lado, balançando as pernas como uma menininha.

Sento na mesa.

— Você quer conversar? — pergunto com o tom mais digno e adulto que consigo.

Ela ri e ruboriza.

— Não. Não é nada.

Fico em silêncio, sabendo que ela vai prosseguir. Ainda vermelha, ela dobra o corpo e segura o meu pé descalço.

— Perdeu os sapatos?

A mão dela é gelada e macia. Constrangido, puxo o pé com delicadeza.

— Achei que estava sozinho.

Dessa vez quem ruboriza sou eu.

— Por que você sempre fica até tarde no escritório? — ela pergunta, limpando o nariz com as costas das mãos.

— Muito trabalho.

Ela me olha desconfiada.

— Por que você não sai com os seus amigos, a sua namorada?

Ela sabe que não tenho namorada.

— Posso perguntar o mesmo pra você.

— Eu nunca fico aqui depois das seis.

Viro a face do meu relógio de pulso para lhe mostrar as horas.

— Quase nunca. É que hoje eu não quero ir pra casa.

— Por quê?

— Briguei com o meu noivo e a minha irmã já ficou sabendo e já falou pra minha mãe, que já ficou buzinando meia hora no meu ouvido pelo telefone. Não preciso ir pra casa ouvir o sermão dela ao vivo.

— Qual sermão?

Ela tira os sapatos de salto e senta em cima de um dos pés. O outro, branco e gordinho, fica balançando perto do meu.

— Que eu exijo muito dele. Que ele é ótimo e eu devia agradecer por alguém querer casar comigo.

— O que você exige dele?

Ela fica mais vermelha, dá de ombros e baixa o olhar. Abaixo a cabeça, caçando os olhos dela.

— Nada demais — ela diz, quase inaudível.

Pego uma caixinha de Tic-Tac, coloco as pastilhas de hortelã na mão esquerda e com a direita pego algumas e levo até a boca. Ofereço as outras para ela. Para pegar as balinhas, a Kelem raspa de leve o dedo indicador na palma da minha mão. A unha dela é cortada rente ao dedo, e o esmalte claro está descascado. Sinto um desejo estranho, curiosamente incestuoso.

— Sabe o que eu acho? — pergunto.

Ela olha para mim com os olhos marcados.

— O quê?

— Que você não deve se contentar com menos do que um amor arrebatador.

Ela sorri, e eu continuo.

— Você é uma moça linda, esperta, trabalhadora. Aposto que deve ter uma fila de caras loucos pra namorar com esses seus olhos verdes.

— O meu noivo me pediu em casamento num churrasco na casa dos pais dele. Não me deu aliança, não me deu nem uma flor. Parecia que estava fazendo um showzinho para a família. E depois passou a tarde toda bebendo cerveja e falando sobre futebol, enquanto eu ajudava a mãe dele a lavar a louça na cozinha.

— Que anta!

O sorriso dela aumenta, ela levanta da cadeira e fica tão perto de mim que posso sentir o bafo quente de hortelã, ouvir as pastilhas batendo nos seus dentes. Ela continua, animada:

— Aí ele me viu de cara amarrada e resolveu finalmente perguntar qual era o problema. Eu disse pra ele que ele não era nada romântico, que não ia ser noiva dele se ele não me desse, no mínimo, uma aliança. Ele disse que ia comprar as alianças, como se fosse um imenso favor pra mim, como se eu sempre ficasse pedindo coisas e ele sempre cedendo, como se a gente estivesse casado há trinta anos e eu estivesse pedindo pra ele arrumar a máquina de lavar pela décima vez. Mas tudo bem, pelo menos ele disse que ia comprar as alianças. Pra ele, já é um começo. Só que hoje ele me liga — a voz dela volta a ficar chorosa —, ele me liga às seis da tarde sabe pra quê? — ela pergunta indignada, com uma careta que prenuncia choro.

— Pedir desculpas e marcar um jantar romântico?

Jogo para a plateia.

— Ah, claro, até parece! Ele me liga pra pedir dinheiro emprestado pra comprar as alianças!

Dou uma risada, sentindo-me o mais nobre dos homens vivos. Um Lancelot contemporâneo por comparação. Ela senta de novo na cadeira e dá um rodopio completo, alegre.

— Me fala, Dan, eu mereço isso? — ela pergunta quando termina a sua revolução de trezentos e sessenta graus.

— Com certeza merece — digo com um sorriso malicioso.

Ela estica a perna para me dar um chute brincalhão, mas eu instintivamente desvio e ela acerta a mesa com a ponta do dedão, gritando um ai longo e sentido. Num movimento felino, pulo da mesa, agacho na frente da cadeira e, sem pensar, pego o pé dela na minha mão. Ela fica me encarando em silêncio. Um pouco autoconsciente demais, faço uma massagem rápida no dedão machucado. O pé dela cheira a talco.

— Passou? — pergunto com a voz menos estável do que gostaria.

Ela faz que não com a cabeça.

Eu já sei o que vai acontecer. Vou perguntar se ela quer um beijinho. Ela vai assentir em silêncio, roxa de vergonha. Vou dar um beijo casto no pé dela, segurando a sua panturrilha. Depois vou beijar a sua perna, que ela parece não depilar há algum tempo. Ela vai se constranger e puxar a minha cabeça para cima. Vou dar um beijo quente na boca dela e começar a abrir o seu vestido, apertar os seus seios com força, morder o seu pescoço. Vou colocar uma mão por baixo do vestido dela e sentir como ela está molhada. Ela vai gemer alto e eu vou apertar mais forte ainda, até o gemido se converter num choro miúdo. Quando eu ameaçar tirar a sua calcinha, ela vai segurar a minha mão, dizer que ainda não, com toda a doçura, beijando o meu rosto e depois a minha mão, chupando os meus dedos para provar que não é por falta de desejo. E aí vou levá-la para casa, no outro lado da cidade, e ela vai romper com o noivo. No dia seguinte, vai me roubar beijos escondidos. Na copa, quando ficarmos sozinhos, vai sussurrar o plano mirabolante que passou a noite toda elaborando, vai dizer que já sabe como contar para a Lisandra sobre o nosso romance sem colocar o nosso emprego em jogo.

Suspiro e solto o pé dela, tentando sorrir. Sinto falta de uma trilha sonora. Ela faz uma careta que num instante some. É uma cara de desapontamento ou de alívio?

Fico com medo de ter criado um clima constrangedor com ela, mas, ao contrário, a partir do dia seguinte viro seu confidente. A Kelem massageia meus ombros quando estou estressado, cuida da minha agenda sem deixar a Lisandra perceber e me telefona do seu ramal todos os dias para contar a mais nova barbaridade do noivo, que chamamos em segredo de Anta e que ela defende sem muita convicção, com risadas contidas, terminando as frases com um "ai, coitado". No final das contas é o flerte perfeito para nós dois: caloroso e reciprocamente platônico. E nos faz sentir amados, admirados, seguros. Eu adoro. Ela adora.

Na segunda-feira, véspera de Tiradentes, sou mais uma vez a única alma no escritório, limpando *e-mails* e arrumando pastas de arquivo no computador. No meu fone de ouvido, o Thelonious Monk escolhe as teclas erradas do piano em todas as horas certas. A porta do escritório se abre. A Lisandra entra apressada e marcha em direção à sala dela, sem me notar. Observo-a pela fresta da porta. Ela procura alguma coisa na mesa, nas gavetas, afobada. Levanto e, pelo vão, pergunto se precisa de ajuda. Ela dá um pulo, solta um grito e depois me chama de filho de uma égua.

— Quer me matar do coração?

Começo a me desculpar, mas ela fecha os olhos e acena para eu me calar, enquanto recobra a compostura.

— Que diabos você está fazendo aqui no feriado?

Para variar, ela não espera a minha resposta.

— Não sei onde enfiei as porras das passagens!

Aponto para o escaninho em cima da mesa.

— Essas?

Ela pega as passagens e cola um beijo no logotipo da companhia aérea. Depois, aproxima-se de mim, aperta meu queixo com uma mão, crava as unhas da outra mão no meu braço e me tasca um beijo na boca.

— Você é um anjo!

Depois me solta e corre em direção à porta. Eu a sigo lentamente até a entrada do galpão. Um sujeito de cabelo grisalho oleoso penteado para trás, com camisa polo azul-calcinha e óculos escuros

de patrulheiro rodoviário a espera dentro de uma Land Rover branca. A Lisandra abre a porta do tanque de guerra e, antes de entrar, vira-se para mim e diz, movendo os lábios sem emitir nenhum som:
— Te devo um almoço.

Depois ela entra no carro, sacudindo as passagens no ar com um sorriso de triunfo. O sujeito arranca as passagens da mão dela com cara azeda e sai cantando os pneus.

A Lisandra volta do feriado bronzeada, mas com a cara atipicamente amarrada. Estou comendo o meu sanduíche na minha baia quando ela emerge da sua sala e para na minha frente, com olhar de repreensão. Engulo rápido, antes de mastigar, e pergunto:
— Que foi que eu fiz?
— Você não ia almoçar comigo hoje, menino?

Olho para o sanduíche e depois para ela. Embrulho o resto dele e jogo no lixo.
— Era só *couvert* — digo, levantando-me e espanando farelos da roupa com as mãos.
— Sei.
— Nós vamos comer no japonês?

Seguro a respiração, sem disfarçar meu medo.
Ela ri e eu suspiro de alívio.
— Claro que sim. É muito brega não saber comer *sushi*.

Vamos de motorista. Evito encará-la. Para variar, ela não disfarça seu exame.
— Está ruim a combinação da roupa? — pergunto, inseguro.

Ela sorri, pega a minha mão e a coloca sob a dela no estofado do carro. Sorte minha que estou aflito demais com a perspectiva de comer tentáculos crus de filhotinhos de polvo para interpretar o gesto.

A Lisandra me entrega o cardápio, espera que eu faça o pedido (um *Philadelphia hot roll*, meio-termo entre *sushi* e comida de gente) sem interrupções e até pergunta a minha opinião sobre assuntos do trabalho com algum interesse. Depois da refeição, pede um chá verde e comenta, com o rosto parcialmente escondido pela xícara fumegante que segura com as duas mãos:

— Engraçado como os homens disponíveis são polarizados.

— Polarizados?

— É. Não tem meio-termo. Os bons partidos são todos imprestáveis e cafajestes. Os poucos que prestam são péssimos partidos.

— Eu sou qual dos dois?

Ela dá uma gargalhada e acaba derramando um pouco de chá quente na mão. Estendo o meu guardanapo de pano e cubro-lhe a mão. Ela me encara, séria.

— O tempo vai dizer, pintinho.

— Não gosto que você me chame de pintinho. É tão ridiculamente degradante que às vezes nem acredito que você me chama assim.

— É carinhoso. Posso não ser escritora, mas sei muito bem o nome certo das coisas.

— Você pode estar redondamente enganada a meu respeito — digo, ofendido, pronto para a briga.

— A Kelem que o diga...

O desvio da conversa me tira o equilíbrio.

— A Kelem?

— Você vai ficar atiçando a moça desse jeito? Se ela largar o traste do noivo, você vai assumir o lugar dele? Vai ser o Anta dela?

Ela sabe que eu chamo o cara de Anta? Como a Kelem é fofoqueira!

— Como assim? Não tenho nada com a Kelem. Nunca prometi nadinha pra ela.

— Então, ou eu estava certa e você é um pintinho ou é tão vaidoso e egoísta que não merece sequer um apelido.

Estendo a mão para pedir a conta. O Fezuca ignora a minha mão estendida e entrega a conta para a Lisandra, que saca o cartão da bolsa chacoalhando as pulseiras.

No dia seguinte, quando a Kelem me traz um *cappuccino* toda sorridente, sinto meu rosto ficar vermelho. É como perceber que uma brincadeira deliciosamente mecânica de desfiar está arruinando todo o estofado. Agradeço sem jeito, agora plenamente consciente da postura corporal agressiva dela, uma nádega apoiada de leve na minha mesa, a perna balançando e a canela roçando de leve na minha perna. O prazer da minha vaidade se transforma na mortificação da minha vergonha. Ela começa a reclamar de novo do noivo e eu digo, seco, que homem é tudo igual. Ela fica muda, surpreendida, e sai do meu cubículo zangada.

— Ai, que azedo! Que bicho te picou hoje?

Pouco depois, a Lisandra passa na frente da minha mesa e me olha com cara de eu-te-disse. Tenho vontade de me levantar e enforcá-la, mas apenas desvio o olhar e fecho a cara, tentando lembrar alguma coisa que eu precise fazer no computador.

Três semanas mais tarde, recebo da Kelem o convite de casamento. Ela não está feliz. Tem a expressão resoluta de quem decide fazer uma dieta ou resolve enfrentar alguma forma de martírio só para mostrar para os outros resiliência e altivez. Algo dentro de mim quer resgatá-la, dizer a ela que não se contente com menos do que amor infinito, beijá-la com vigor e ternura e mostrar-lhe que existem príncipes encantados. Até teria coragem de fazer tudo isso, mas não para sempre. Talvez se ela estivesse com um câncer terminal, com seis meses de vida, não mais que isso. Agradeço com um sorriso forçado e ela responde "de nada" olhando para o chão. Realmente, envelhecer ao lado dela é inimaginável. A perspectiva de conviver com a sua doçura, o seu temperamento água com açúcar por anos a fio me dá um calafrio. A melhor forma de matar o tesão é tentar imaginá-lo como algo perene. É a diferença entre uma barrinha de chocolate depois do jantar e dois quilos de chocolate derretido como almoço, todos os dias.

Dentro do envelope do convite encontro um cartãozinho com o endereço de internet das lojas onde os noivos fizeram suas listas de presentes. Entro na rede determinado a comprar um dos itens mais caros, mas levo um susto. Mil e cem reais por um faqueiro? O que ela vai fazer com esse conjunto importado? Será que acha que o Anta é diplomata e vai receber dignitários estrangeiros na sua quitinete na zona leste? Ridículo. Volto para os itens de até duzentos reais e escolho um conjunto de vasilhas de cerâmica que podem ir ao forno e à geladeira. Muito mais útil do que um faqueiro importado. E assim o Anta não vai desconfiar das fantasias adúlteras da noiva. Decido também que será melhor para todos se eu não for ao casamento. Por que submetê-la a uma situação potencialmente constrangedora? Vai que eu apareço na igreja e ela resolve dizer não para ele. O que eu faço? Não. Ela tomou a sua decisão e espero, honestamente, que seja feliz. Vamos continuar amigos, quem sabe um dia possa ser o amante, alguém com quem ela possa relaxar, alguém para paparicá-la e fazê-la esquecer da vida real. E, além disso, o Anta é provavelmente um bom sujeito, um diamante não lapidado.

— O cretino do Sérgio não quer ir ao casamento da Kelem nem arrastado — a Lisandra diz, aproximando-se da minha baia e interrompendo o meu devaneio com o convite do casamento na mão.

— Você vai ter que me levar. Mas vê se compra um terno novo bonitinho.

Ela não espera pela resposta, não espera sequer que eu entenda claramente que está falando comigo. Vira as costas e volta para a sua sala como se tivesse me pedido a cópia de um documento.

Espero meia hora na frente do prédio dela, do lado de fora do carro, encostado na porta do passageiro, dando petelecos no nariz e tentando parecer calmo. O segurança engravatado plantado na frente do edifício fica me olhando com uma cara intimidante. Evito encará-lo, finjo que estou vendo alguma coisa no celular, quando a Lisandra desponta pela portaria, arrumando as alças da roupa, sem apertar o passo. Ela usa um vestido preto brilhante, com decotes e fendas excessivas em todos os lugares possíveis (pernas, busto e, mais tarde confirmo, costas). O pescoço e a cabeça alojam várias dezenas de milhares de reais em um conjunto de colar e brincos de brilhantes superlativos. O cabelo está preso num rabo de cavalo alto, deixando à mostra o pescoço longo e as orelhas pequenas. Espero fora do carro, arrumando o paletó. Ela se aproxima e não me cumprimenta com um beijinho, mas com um sorriso. Vira minha gravata para verificar a etiqueta e aprova com um levantar de sobrancelhas. Abro a porta e ela entra no meu carro, examinando todos os compartimentos. Eu tusso. Ela liga o rádio e começa a cantarolar baixinho a música que toca, distraída e desafinada. Um sorriso pipoca no meu rosto e ela me dá um soco carinhoso no ombro. Depois fica me olhando até eu ficar envergonhado e arruma meu cabelo com a mão.

A festa é simples, num bufê barato decorado com estátuas de querubins e arranjos de flores de plástico sobre as mesas. Para a minha surpresa, a Lisandra não faz qualquer comentário irônico, não torce o nariz. Abraça a secretária e os seus pais de corpo inteiro e elogia a decoração e o vestido da noiva entusiasmadamente, afastando com gestos vigorosos das mãos as desculpas dos anfitriões de que tudo é muito simples. A noiva está mesmo linda, ainda que o seu cabelo esteja repuxado com tanta força que estique seus olhos excessivamente maquiados. O vestido parece um enfeite de bolo, as luvas brancas vazadas nos dedos não param esticadas no braço, mas ela emagreceu tanto, está tão emocionada que é impossível eu não me apaixonar e ficar melancólico. Posso estar enganado, mas acho que sinto uma pitada de mágoa quando a abraço e dou parabéns sem uma fração do vigor da Lisandra. Ela olha para mim e para a Lisandra, num reconhecimento instantâneo, e logo desvia o olhar para uma amiga com quem vai trocar gritinhos histéricos.

O vinho branco doce e morno e os coquetéis de frutas com gosto de leite condensado não me ajudam a relaxar. Fico sentado à mesa, conversando distraído com colegas do escritório, enquanto a Lisandra circula pelo salão dividindo a festa com a Kelem. O noivo, um baixinho de cabelo fino e desgrenhado, está bêbado numa mesa, falando de futebol aos gritos com os seus padrinhos vestidos de pinguins. Encontro o olhar da Kelem, sentada de lado numa cadeira, e troco com ela um sorriso de flerte resignado. Imagino-a dizendo:

— Não era assim que você queria? Obrigada por arruinar a minha vida.

Quando já estou quase decolando nos meus delírios de autoimportância, a Lisandra aparece na minha frente, sugando o canudinho de uma bebida de cor suspeita. Ela acompanha o meu olhar até a Kelem, que a essa altura já está novamente fofocando com alguém, põe a mão na cintura e faz *tsc, tsc, tsc* para mim. Depois me oferece a bebida, segurando o canudo contra a lateral do copo para que eu dê um gole vigoroso sem sugar pelo canudinho. Pousa o copo na mesa e me puxa pelo braço.

— Você me traz pra festa e não me tira pra dançar?

Tento disfarçar o meu constrangimento enquanto ela pula de mãos dadas comigo ao som de uma música do Tim Maia. Quando a música acaba e dá lugar a uma balada do Lulu Santos, ela encosta a cabeça no meu ombro e suspira teatralmente. Suas unhas roçam de leve no meu pescoço e eu retribuo instintivamente com uma carícia leve nas suas costas, através do decote. Ela aproxima mais o corpo do meu, pressionando sua coxa contra minha virilha. Sentindo minha ereção, ela joga a cabeça para trás numa gargalhada sonora, depois aperta meu rosto com força e me dá um beijo na boca. Tento retribuir, abrindo um pouco os lábios, mas ela afasta o rosto e com o dedo na ponta do meu nariz diz:

— Quer ser demitido, pintinho?

Desvencilho-me dela bruscamente e fico parado na pista, encarando-a. Ela não foge do meu olhar. Fica dançando, sozinha, como se me desafiasse. Começo a me aproximar outra vez, mas percebo o olhar dos meus colegas e, principalmente, da Kelem. Sigo com o passo apertado em direção à porta e saio sem me despedir nem olhar para trás.

Hod — Esplendor ou Responsabilidade

Jonas não escuta a porta abrir, não escuta o salto da mulher batendo no piso da sala, nem o filho se jogando no sofá. Ainda está deitado na cama com a cabeça enfiada no travesseiro quando a mulher entra no quarto e se assusta ao vê-lo.

— O que você está fazendo em casa a esta hora?

Ela senta ao lado dele na cama e, apoiando a mão nas suas costas, pergunta:

— Está se sentindo mal?

Ele não consegue responder. Não quer falar, não quer se mover.

Jonas passara os últimos anos obcecado em montar um negócio próprio. Cada dia antes de atingir esse objetivo era um dia perdido. Sentia a areia da ampulheta escorrer por sua mão, e apesar de tentar com toda a força conter os grãos, sabia que o tempo era um capanga, indiferente ao seu esforço. Na década de 1980, o Brasil não ajudou. A corretora sofria com a instabilidade econômica. A inflação média de mais de trezentos por cento ao ano corroía seu salário com mais rapidez do que ele era capaz de administrar. Seus projetos não decolavam, as técnicas de venda não eram tão infalíveis quanto os livros prometiam. O radioamador para carros, que parecia uma ideia brilhante quando ele começou o projeto, ficou pesado demais e inviavelmente caro. Ele gastara anos nesse projeto.

Os ventos até pareciam estar virando no final da década. No fim de 1989, um cliente da corretora se interessou por sua mais nova invenção, uma mesa de corte para cozinha. Jonas entalhara num bloco de madeira um encaixe para diversos tipos de lâminas e criara um pegador com rolamentos para deslizar frutas e legumes sobre as lâminas, cortando qualquer alimento em fatias regulares. O cliente prometeu vender a invenção na UD, a maior feira de utilidades domésticas do país. A única condição era que Jonas conseguisse produzir, no mínimo, quinhentas unidades até a feira do ano seguinte. Jonas tinha dinheiro na poupança. Enviou o projeto, que desenhara sozinho, para uma fabriqueta do Meier, que lhe entregaria o orçamento até abril. Estava confiante de que essa invenção, apesar de nada brilhante, seria o primeiro degrau na sua escalada para o sucesso. Muitas fortunas tinham sido feitas com produtos ainda mais triviais. Além disso, havia um ar de esperança no ar, o Brasil parecia estar mudando, os candidatos à presidência na primeira eleição direta desde 1960 falavam em abertura econômica, controle da inflação e combate à corrupção. Quando Fernando Collor prometeu enfaticamente mudanças estruturais, Jonas acreditou. Ele tinha que acreditar.

No discurso do primeiro dia de mandato, Collor detalha muitas dessas mudanças, mas o mais relevante só é revelado à tarde, no anúncio da Zélia, a ministra da economia. As poupanças e as contas correntes com saldo superior a cinquenta mil cruzados novos seriam confiscadas e o dinheiro seria devolvido apenas depois de dezoito meses. Preços e salários seriam pré-fixados.
Jonas assiste na corretora ao anúncio televisionado. O dono da corretora encerra o expediente, dizendo que não aguenta

mais viver neste país. Todos os funcionários ficam perplexos, todos fazem perguntas que ninguém sabe responder. Jonas sente pela primeira vez um baque na sua confiança. Suas ilusões de controle, suas racionalizações e seu otimismo natural parecem evaporar num instante. Sem a poupança, a UD está perdida. Além disso, o pacote de medidas confusas pioram ainda mais as perspectivas da corretora.

A vida doméstica não ajuda. Jonas trabalha mais de doze horas por dia. A mulher dá aulas durante o dia e cuida do filho à noite. A mãe de Jonas continua trabalhando como corretora de imóveis, sempre esperando o grande negócio, recusando-se a negociar imóveis menores e mais fáceis. Todos, exceto Daniel, parecem viver permanentemente cansados, com déficit de sono. As vinte e quatro horas e os sete dias da semana são curtos demais para tudo que Jonas precisa fazer. Ele sempre controlara o dinheiro da família com disciplina militar, mas há alguns anos a mulher começou a pressioná-lo. Queria um carro. Queria reformar o apartamento. Queria viajar. Queria comer fora. Queria mais coisas. Jonas é inflexível. Não discute, não levanta a voz, mas não cede um milímetro. Só repete seu mantra:

— Estou fazendo isso pro nosso bem. Pra nossa família. O sacrifício de hoje vai permitir o conforto de amanhã. Espera só até eu juntar dinheiro suficiente pra abrir meu próprio negócio. Aí nós vamos ter tudo que merecemos.

A mulher se exaspera.

— E até lá? Eu faço o quê? Tenho vergonha. O apartamento está caindo aos pedaços. Preciso de um descanso. O Daniel merece mais. Ele vive sozinho porque os amigos sabem que ele não tem o que eles têm. Você sabe como criança é maldosa. Eles veem os tênis velhos do Dan, perguntam pra ele aonde ele vai nas férias de dezembro. Ele fala que vai ficar em casa. Os meninos discriminam mesmo.

Jonas sabe que ela traz o filho para a discussão porque esse é o único argumento que o desestabiliza. Não pelas coisas que ele não dá para o menino, mas por não poder passar mais tempo com ele. Jonas sempre presumira que Daniel o procuraria e o admiraria naturalmente, que tentaria sugar todo o seu conhecimento. É o que ele faria se tivesse pai. Mas o menino é quieto, estranho. E tímido demais, medroso demais, distante. Jonas quer demonstrar carinho, mas com a cabeça permanentemente ocupada em achar saídas para sua situação, não consegue. Há tanto a fazer, tanto a aprender, que qualquer meia hora tentando obter a atenção do filho parece uma eternidade.

Certa noite, sua mulher arrasta o menino sonolento para o quarto, para dentro da discussão.

— Você não precisa fazer nada por mim, mas e ele, e o seu filho? O tempo não vai parar para esperar você juntar o dinheiro que você quer. De que adianta ter dinheiro e não usar? O seu filho não vai ser criança de novo.

Jonas procura o olhar do filho, quer a cumplicidade dele, quer ver se ele entende como é baixo o golpe da mãe, que nada dessas bobagens é relevante. Mas o menino desvia os olhos e se aninha na mãe. Jonas tem muita dificuldade para esconder seu desapontamento. Deveria ser os dois contra o mundo, os três contra o mundo, mas o menino insiste em esconder-se debaixo da saia da mãe.

Depois do confisco, sem nenhuma figura de autoridade à qual recorrer, Jonas procura o rabino Ariel em busca de orientação, ou pelo menos consolo. O rabino fala da inescrutabilidade dos desígnios divinos, dos consolos da reza e da família. Mas Jonas não se satisfaz, continua perguntando o que fazer, como se o rabino soubesse a resposta e a estivesse escondendo dele. Cansado do interrogatório, o rabino Ariel o apresenta a Yoshua, um estudioso de cabala energético e aparentemente tão incansável quanto o jovem.

Apesar de ter estudado numa *yeshivá* em Israel, Yoshua parou de frequentar a sinagoga ortodoxa do Lubavitch aos dezoito anos por conta de uma discussão acalorada com os rabinos a respeito de seus estudos heterodoxos da cabala. Distanciou-se do hassidismo, trocou os trajes pretos por roupas brancas e entrou no curso de economia, onde conheceu sua segunda mulher, uma judia espevitada, filha de um casamento misto. Além de seus estudos de cabala, trabalha agora num laboratório de análises clínicas como diretor financeiro. Ele convida Jonas para um café no seu escritório.

A caminho do encontro, Jonas fica ansioso, pois não sabe exatamente o que pedir a Yoshua ou como conduzir a conversa. Mas sua preocupação é irrelevante. Depois de escutar Jonas descrever o ocaso de seus projetos, Yoshua reclina-se na poltrona, raspando as unhas na barba rala e olhando para o teto por um tempo constrangedoramente longo. Jonas se mexe na cadeira, limpa a garganta, olha para trás. Pensa em agradecer o café e despedir-se, mas Yoshua abre um sorriso e finalmente começa a falar.

— Nós somos os sapos dentro de uma panela que esquenta lentamente. Você escova os dentes à noite olhando o seu rosto no espelho e quando acorda, sem surpresa, encontra o que parece ser sempre o mesmo reflexo te encarando com remelas. Mas coloque lado a lado dois reflexos separados por trinta anos e você encontrará duas pessoas completamente diferentes. A água pode estar fervendo devagar, você pode não sentir, mas está morrendo todos os dias.

Yoshua adora falar por alegorias, e Jonas, apesar de inteligente, é impressionável. Prefere parábolas a fatos inconclusivos. Uma boa metáfora lhe parece mais precisa do que qualquer argumento lógico. Ele não está sozinho em querer extrair simplicidade e sentido do caos, mas tem uma capacidade ímpar de satisfazer-se plenamente com o conforto da justificativa necessária. Tem aversão natural à ambiguidade: a pressa é inimiga da perfeição ou o ótimo é inimigo do bom, o que for mais conveniente.

— Se eu sou um sapo na panela, parece que a água ferveu de vez. A Zélia confiscou todo o meu dinheiro, estou cansado, todo o meu esforço foi inútil. Pela primeira vez na vida não sei o que fazer.

— Ao contrário, Jonas! Você é muito jovem e recebeu um presente maravilhoso. Você percebeu que está na panela! Agora as possibilidades são ilimitadas, mas essa janela de oportunidade não dura muito. Logo você vai se acostumar de novo com a temperatura e vai continuar sendo cozido sem perceber. Mas como agora você se queimou, pode aproveitar a adrenalina e pular da panela, fazer algo novo.

— E o que tem fora dessa panela?

— Por enquanto, outras panelas, talvez maiores.

— E isso é bom?

— É o melhor que temos em *asiyá*, que é o nosso mundo material. Olha, eu não posso te devolver o dinheiro que o governo tomou, mas posso te dar algo mais valioso.

Jonas sente-se cansado e se repreende mentalmente por procurar ajuda de onde não poderia esperá-la.

— Ouro?

— Um mapa.

— Um mapa.

— Um mapa que revela não só o caminho virtuoso, mas também desvela os falsos obstáculos para uma vida de confortos materiais.

Jonas gosta de sua nova identidade de judeu, de pertencer a essa tribo, a única religião que ele conhece que não faz proselitismo, que até cria obstáculos para a adesão de novos membros. Mas sabe que a lógica financeira de qualquer religião é sempre pedir, nunca oferecer.

— Sei.

— Entendo o seu ceticismo. É natural. Mas saiba que o que estou oferecendo é de graça. Não tem dízimos, taxas, custos escondidos. Se parece bom demais pra ser verdade é porque você está acostumado a ver o mundo através da lente da lei de Murphy. Há um guia para uma vida virtuosa, Jonas. Basta estar disposto a estudá-lo.

— Ando decepcionado com guias e manuais. Parece que o mundo insiste em desobedecer as premissas estabelecidas por eles.

— Jonas, só existe um guia verdadeiro, uma revelação.

Mas Deus é um assunto abstrato demais para preocupar Jonas. Ele entende bem a religião e o seu papel no desenvolvimento humano, mas não se ilude com intervenções divinas nas mazelas humanas.

— Eu não sou muito religioso.

— O que significa isso?

— Acho que acredito em Deus, mas não acho que ele interfere na vida cotidiana das pessoas.

— O livre arbítrio é parte da criação divina. A ação está nas nossas mãos. Você disse que não sabe o que vai fazer, mas o que eu quero saber é: o que você gostaria de fazer?

Jonas nunca pensou nesses termos. O que ele gostaria de fazer nunca pareceu muito distante do que ele precisava fazer. Até agora. Ele reflete por alguns instantes.

— Eu queria largar tudo e começar de novo — Jonas diz, surpreendendo-se com a própria resposta.

— Abandonar sua mulher e seu filho? Seu emprego?

Jonas acede com um movimento curto da cabeça, como se houvesse descoberto essa verdade enquanto Yoshua a verbalizava.

— E depois? Será que a sua vida e o universo se aproximariam mais da correção?
— Não sei o que você quer dizer com isso.
— Você conhece este diagrama? — Yoshua pergunta, mostrando para Jonas o desenho de um corpo humano coberto por dez círculos com palavras em hebraico que está sobre a sua mesa.
— Não.
— Essa é a árvore da vida. Deus criou o universo a partir de *tsimtsum*, uma contenção da luz de *Ein Sof*, o infinito. Foi essa contração que permitiu a existência de um universo de elementos finitos. Como a luz divina de *Ein Sof* era intensa demais, Deus dispôs véus sucessivos sobre a sua criação para reduzir a intensidade da luz que entraria em contato com o universo. Para nos reaproximarmos da luz divina de *Ein Sof*, precisamos realizar um desvelamento sucessivo através das dez *sefirot*, as dez emanações divinas que constituem toda a criação. Há inúmeras maneiras de entender cada uma das *sefirot* e suas inter-relações, já que elas descrevem simultaneamente aspectos de todo o universo e de cada alma. Uma das formas é através do estudo da relação de cada uma das *sefirot* com as partes de Adam Ha-Kadmon, o homem primordial, a essência de todos os seres humanos. Das dez *sefirot*, as três superiores representam a cabeça, onde residem a alma, as ideias e a criatividade. As sete *sefirot* inferiores são as forças básicas que motivam o comportamento humano e provocam, dentro de nós, uma resposta emocional. O que você está vivendo hoje é o conflito entre duas *sefirot* importantes, *hod* e *netsach*.

"*Hod* e *netsach* são os pés de Adam Ha-Kadmon. Não há equilíbrio sem o dois pés. Enquanto *netsach*, que representa a vitória, quer avançar, *hod*, que é a nossa reação ao esplendor, precisa aprender a submeter-se. Nosso principal objetivo é percorrer o caminho para a felicidade verdadeira, a reparação universal, o *tikun holam*. Entender as nossas emoções e direcionar as nossas ações de forma construtiva é o primeiro passo."

— Muito interessante. Mas, pra ser sincero, não sei como isso pode me ajudar.

— Passe na minha casa hoje à noite. Tenho um grupo de estudo da cabala. Você vai ver como as respostas para as suas angústias estão mais próximas do seu alcance do que você imagina.

Os encontros não são como Jonas imaginara. Nada de pregações repetitivas ou prédicas cansativas. As discussões tangenciam assuntos bíblicos, trafegam de economia a psicologia, passando pela física. Yoshua ensina a Jonas que todos os eventos, todo o universo visível pelo mais sofisticado telescópio, a soma de todos os átomos do universo, tudo que nossa razão consegue abarcar é apenas uma pequena fração da realidade. O *Zohar*, o principal texto da cabala, é o mapa, a chave para as respostas mais profundas. Os textos lidos nos encontros são diferentes de qualquer coisa que Jonas já tinha lido; muitos são herméticos, beiram o ininteligível. Yoshua pacientemente o reconforta, dizendo que a razão é um instrumento demasiado frágil para abarcar a sofisticação revelada pela cabala. E Jonas acredita, já que seu pai substituto parece ser uma fonte inesgotável de sabedoria.

Jonas adora a sensação de vertigem causada pelas explicações de Yoshua. Entender que sua experiência é somente uma pequena fração de uma pequena fração da realidade é confortante. E saber de mundos que estão inacessíveis mesmo aos mais arrogantes seres humanos o enche de confiança. A única coisa que ainda lhe falta são orientações mais objetivas para sua vida, e para isso Yoshua só oferece soluções crípticas.

— Nossa função é permitir o retorno à unidade, cada um de nós tem papel fundamental na conquista da reparação, do *tikun*. Felizmente, cada um de nós precisa realizar somente uma pequena fração da correção necessária para o *tikun*. Quando Adam comeu a fruta da árvore do conhecimento do bem e do mal antes do primeiro *shabat*, sua *neshamat klalit*, sua alma universal, foi fragmentada em milhares e milhares de faíscas, que foram encarnadas em cada ser humano que nasceu até hoje. Essa fragmentação tornou o peso da correção menor para cada indivíduo. Cada um de nós carrega um pedaço dessa alma universal e nosso objetivo é reunificá-la.

— Você está dizendo que somos um pedaço de uma mesma alma. Já ouvi isso antes.

— Não é tão simples. A fragmentação criou individualidade nas emanações dessa alma universal. Nossos sábios dizem: *"Klal U'Prat U'Klal V'Ei Atah Dan Ela K'Ein HaPrat"*. Da unidade à fragmentação e de volta à unidade, mas a nova unidade não negará a individualidade.

— O que isso quer dizer?

— Que a reunificação não implica na anulação da nossa identidade, e sim numa coexistência de profundidade infinita.

— Isso tudo é metafórico, não é?

— De forma nenhuma. É mais real do que qualquer outra coisa. Nós vivemos no mais baixo de todos os quatro reinos da criação, que chamaos de *asiyá*, o mundo da ação. Mas as ações que importam são somente aquelas que trazem reflexos positivos nos mundos superiores. Daí a importância das *mitsvot*, das boas ações, no judaísmo.

— Então você acredita que essa reparação vai de fato acontecer. Concretamente. Uma mudança na ordem física.

— Também.

— Mas imagino que isso vá acontecer daqui a milhares de gerações, como na singularidade do Vinge, a criação de uma inteligência unificada, supra-humana.

Yoshua fica em silêncio, pondera, raspando a palma da mão na barba do queixo.

— Um estudante do rabino Brandwein, que está ensinando cabala nos Estados Unidos, vem dizendo que estamos muito próximos. Estamos numa era propícia, a era de Aquário. É um momento de polarização do bem e do mal. Vivemos o pior e o melhor ao mesmo tempo. Ele acha que com uma mobilização grande o suficiente poderemos atingir o *tikun* cósmico em menos de uma geração. Essa é a minha missão, acelerar a reparação cósmica, custe o que custar.

— Eu continuo escutando o que você me diz e acho que faz sentido, Yoshua, mas no fundo da minha cabeça uma única pergunta continua me incomodando: o que eu preciso fazer?

— Você tem que descobrir a correção que precisa realizar. Nossa alma é composta de três estágios, *nefesh*, *ruach* e *neshama*. Enquanto sua alma estiver em *nefesh*, que é o estágio mais elementar, sua correção ainda dependerá de uma ação real no mundo material.

— E o que é essa ação?

— Você vai saber quando for a hora. Tudo que você precisa fazer é desenvolver sua sensibilidade para captar os sinais.

— E até lá?

— Até lá você precisa desenvolver a paciência. E estudar, trabalhar, cuidar da sua família.

Esses pequenos nadas

Passo o domingo colérico, assistindo tevê, me masturbando e comendo todos os restos da minha geladeira sem aquecê-los. Planejo detalhadamente meu discurso de pedido de demissão, desnudando a farsa ridícula das campanhas feitas pela agência, falando com todas as letras que sem os contatos e os pistolões do pai, ela não seria nada, explicando que o meu trabalho lá é uma das atividades mais emburrecedoras que se pode infligir a alguém e que trabalhar lá por dinheiro é pior do que se prostituir, porque não se assume a prostituição. E penso em aproveitar a oportunidade para chamar a Lisandra de invejosa e recalcada, que só por viver relacionamentos de aparência, frios e sem carinho, arruinou as chances de eu viver uma história de amor real com a Kelem. Quem é ela para dizer que eu não poderia fazer a Kelem feliz? Quem é ela para questionar minha índole, meu caráter, minha integridade? E para selar minha resolução fantasio o sexo mais degradante possível com a Lisandra, colocando-a de quatro, os joelhos no piso frio do banheiro, tornozelos amarrados. Mas essas fantasias não me convencem e acabo gozando, a contragosto, com a fantasia de transar com a Kelem vestida de noiva, implorando para ser comida.

*   *   *

Chego cedo na segunda-feira, e a ausência da Kelem torna o escritório mais frio e opressivo. O ar-condicionado está exageradamente forte. A Lisandra está atrasada, para variar. Alguns colegas passam pelo meu cubículo e me ignoram, enquanto outros me encaram como se eu tivesse cometido algum crime contra a humanidade. Só o Artur é que dá um tapinha nas minhas costas e diz:

— Aí, garanhão!

Quero metralhar a todos, mas a única arma que tenho ao meu alcance é um grampeador. Não vejo a hora de me demitir. Por que não me demiti por *e-mail*? Todos vão achar que tudo que consegui aqui foi por ser protegido da Lisandra, e eu nem transei com ela. Eu nunca devia ter largado o direito. Um advogado é sempre respeitado, até temido. Doutores. Filhos da puta.

Quando a Lisandra chega, às dez e meia, meus nervos já estão em frangalhos. Tenho dificuldade em tomar coragem, então ela me chama no ramal. Minha valentia toda acabara às nove e meia. Fico pensando se não fui folgado, se não expus a Lisandra na frente dos funcionários dela. Mas ela me beijou primeiro! Ou eu a beijei quando ela segurou o meu rosto? Antes de me levantar, sinto uma ereção com a memória do beijo, das costas dela. Talvez eu seja mesmo um pintinho. Filha da puta. Ando lentamente em direção à sala dela e imagino todos no escritório me olhando. Mas uma inspeção rápida refuta essa hipótese. Todos parecem concentrados no seus monitores ou telefones. Entro na sala esperando ouvir um sermão ou ser demitido. Preciso tomar a iniciativa e me demitir antes.

— Quero colocar o meu cargo à sua disposição.

— O quê?

— É... Não é que eu queira colocar, mas posso. Se você quiser.

— Quiser o quê, Daniel, bebeu?

— Me demitir?

— Demitir? De onde você tirou isso? Eu só quero que você prepare uma apresentação para a Constrular. A gente conseguiu uma reunião com a diretoria de *marketing* deles pra daqui a um mês. É fundamental termos todo o material da campanha pronto até lá.

Silêncio.

— Você precisa de ajuda?

Demoro para responder.

— Não — digo baixinho.

Saio da sala tonto. Toda a preparação do domingo para isto? Sento no meu cubículo sem saber se estou aliviado ou com mais raiva ainda. Dou três petelecos na ponta do nariz e repasso o diálogo mentalmente. Demoro algum tempo para tomar coragem, mas afinal consigo. Entro na sala da Lisandra sem bater.

— Você se mete na minha vida falando de como eu trato a Kelem.

Ela levanta os olhos e tira os óculos.

— Eu só dei minha opinião, pintinho.

— Pintinho porra nenhuma!

— Calminha, Daniel Esdras, vê bem o que você vai falar.

— Você reclama da minha atitude, mas faz igualzinho.

É nesse momento, e só então, que entendo o que me irritava tanto.

— Daniel, eu sou uma mulher, não sou uma menina. Não começo nada que eu não possa terminar.

Ela cruza os braços, séria.

— Mentira.

Ela continua me encarando.

— Por que que você fugiu do meu beijo? — pergunto, quase inaudível.

— Exatamente porque sou uma mulher, não uma menina. Eu sei o que eu quero. Será que você sabe?

Sei que o mais bacana teria sido pular a mesa e transar com ela ali mesmo no escritório, segurando-a com firmeza. Macho. Mas não faço o tipo. Se tentasse, talvez a derrubasse da cadeira, batesse com a testa numa quina e fosse obrigado a ir para o pronto-socorro tomar pontos. Num momento raro, sem saber responder à pergunta dela, prefiro calar (não saber calar é meu segundo pior defeito, o primeiro é hesitar demais). Fico parado com cara de bobo. Até ela me despachar, visivelmente desapontada por confirmar que eu era mesmo um pintinho.

Durante as três ou quatro semanas seguintes falo pouquíssimo com a Lisandra. Ela não está bem-humorada e quase não fica no escritório. No dia anterior à importante apresentação da Constrular, ela pede para rever o material. Começamos a revisão às três da tarde e só terminamos às oito da noite, sozinhos no escritório. Ela começa a apagar as luzes enquanto arrumo o material da apresentação.

— Lisandra, por que você ficou comigo aqui até tarde? Você podia ter ido para casa e me deixado terminar a apresentação sozinho. Aliás, você podia fazer o que quisesse, viajar o mundo, morar na praia, ser cantora.

— Gosto do trabalho. Das pessoas. Sou dona deste lugar, tenho orgulho dele.

— Mas qual o ponto de trabalhar se você não precisa de dinheiro?

— Você acha que eu sou mulher de viver de mesada? Deixo esse papel pras lambisgoias que namoram o meu pai.

— Eu sei, mas você podia colocar um executivo no seu lugar e viver uma vida mais livre, mais interessante. Melhor do que passar os dias neste escritório revendo apresentações de PowerPoint.

Você podia curtir a vida como bem entendesse, sem precisar se preocupar com nada.

— Você quer dizer sem me preocupar com dinheiro. Eu entendo o que você quer dizer, mas você está sendo imaturo. Preocupar-se ou não é um traço de personalidade, não é uma coisa que depende das circunstâncias.

Ela junta alguns papéis em cima da mesa e continua:

— E preocupar-se com grana é melhor do que deixar a cabeça da gente se preocupar com coisas piores, coisas sem solução.

— Com o que você poderia se preocupar? Você é bonita, bem-sucedida. Jovem — minto.

Ela solta os ombros num sinal de desânimo, cansada demais para comentários retóricos. Depois me dá as costas.

— Vamos embora que eu ainda tenho um compromisso hoje.

— Com o sujeito do carrão?

— Que carrão?

— Aquele que veio com você no feriado de Tiradentes. Aquele do cabelo seboso, da camisa polo com um brasão ridiculamente grande, antipático.

— É bom você tomar cuidado com o jeito com que fala dele. Ele é dono da maior empresa de segurança do país.

— Ah, então deve ser simpaticíssimo.

Depois de refletir um instante, ela diz, séria:

— Sabe, você tem razão, ele é antipático. E paranoico, tem complexo de perseguição, sabe? E só fala de carros e de armas. Você acredita num homem que passa a noite toda descrevendo uma pistola para uma mulher?

— É fálico.

— É chato demais. E ele começa e não para. Especialmente agora que está com uns clientes graúdos, só fala de trabalho.

— E por que você sai com ele?

— Você não entende nada, entende?

Parto do princípio de que a pergunta é retórica e não respondo. Talvez ela tenha razão. Talvez eu seja mesmo imaturo.

Depois de fechar o contrato da Constrular, viro o herói do escritório. A conta aumenta em quase trinta por cento o faturamento da agência. Ganho uma promoção e uma quase sala. Mergulho no trabalho e vejo os dias desaparecerem entre uma espiada e outra no calendário.

Minha vida social, que já era limitada, fica ainda pior com a promoção. Agora preciso cobrar meus ex-colegas, tenho poder de promover e principalmente de demitir. Sou um chefe exigente, bem mais duro do que poderia imaginar. Não aceito desculpas e faço questão de apontar para qualquer funcionário suplicante que o trabalho não pode ter sido feito com o melhor esforço se sempre sou o último a sair do escritório. Descubro minha fraqueza pelo poder, como fico facilmente entorpecido, querendo mais. Tenho certeza de que viraria um exímio torturador no experimento da prisão de Stanford, já na primeira semana. Se em alguns meses consigo transformar todos os meus ex-colegas em desafetos, por outro lado conquisto a admiração e a confiança da Lisandra. Recebo cada vez mais autonomia e ela aparece cada vez menos no escritório. Acho estranho, então, quando percebo que a Lisandra ainda está ali às sete da noite de uma sexta-feira de verão, com o sol ainda no céu. Bato na porta.

— Chefe, você ainda por aqui?

— Pintinho.

Há meses ela não me chama assim. Está de óculos, o telefone apoiado entre o rosto e o ombro, segurando a ponta de uma caneta contra a tela do computador.

— Precisa de ajuda com alguma coisa? Você sabe que para as letrinhas aparecerem na tela você precisa apertar as teclinhas naquela máquina de escrever...

Ela interrompe minha piada batendo o telefone no gancho e derrubando o monitor com um empurrão. O monitor fica pendurado por um fio, como a cabeça de uma galinha degolada. Aproximo-me, cauteloso, sem tirar os olhos da Lisandra, para recolocar o monitor na mesa.

— Acho que escorregou — digo hesitante.

Ela sorri.

— Está vendo? É muito difícil ser assim?

— Charmoso, inteligente e atencioso?

Ela tira os óculos do rosto e mordisca a haste, sem tirar os olhos de mim.

— Não. Você ainda é muito novinho. Ainda não foi estragado totalmente. Agora que está ganhando um dinheirinho de gente grande, já, já vai ferrar alguma menininha. É a natureza. Pode esperar.

— Eu não sou tão novinho. E só tolero sua condescendência porque sei que você faz por carinho. Não sei por quê, mas sei que você gosta de mim.

Ela arremessa a caneta em mim.

— Oxe, que metido!

— É mentira?

Ela fica séria, procurando alguma coisa em mim.

— Não — diz. — E você?

— Se eu gosto de você?

— É.

— Muito — respondo. — Posso ganhar um aumento?

— Acho que vou mudar seu apelido de pintinho pra cachorro!

— Melhor do que o aumento.

Ela arruma a mesa enquanto a observo sem me mexer. Não sei o que estou esperando, mas sinto que ela ainda não me mandou embora.

— O canalha do Sérgio foi jogar pôquer em Punta. Putão. Me paga um drinque?

— Se você prometer que não vai mais me chamar de pintinho.

— Vamos ver.

Saímos no carro dela e vamos para o Skye, na cobertura do Hotel Unique. Por cima da piscina vermelha, o céu sujo e sem estrelas da cidade fica menos opressivo. Ela cumprimenta a *hostess* e o *barman* pelo nome. Sentamos numa mesinha e ela pede uma dose de Blue Label. Peço igual, sem olhar o cardápio.

— Sabe que essa conta vai dar uns trezentos reais, não é? Está pronto?

— Quanto isso dá em pratos lavados?

Ela não ri. Repousa a mão sobre a minha, olhando a vista. Viro o uísque em três goles.

— Você não tem uma namoradinha?

— Por que o diminutivo? Tenho sim, e é uma prostituta de luxo romena que está asilada no meu apartamento.

— Romena, é? Qual o nome dela?

Ponho um cubo de gelo na boca e mastigo, sentindo a aflição se espalhar do maxilar até a nuca. Minha valentia etílica toma corpo.

— Slovenska. — Pausa. — Martina. Martina Slovenska.

— Slovenska, é? — ela afasta a cadeira o suficiente para cruzar as pernas. — E você não se incomoda com o fato dela ser prostituta?

— Nem um pouco. Eu a resgatei pessoalmente do cafetão.

— Ah, claro. Muito nobre da sua parte.

— Não, não, não. Ela é a primeira funcionária. Eu a mantenho em casa à base de *crack* e heroína até conseguir mais duas meninas, um rapaz e um pônei.

— Um pônei — ela diz, sorrindo.

— É — mastigo outro cubo de gelo com a boca aberta, o queixo levantado, pose de cafetão de filme. — Eu estava na dúvida entre um anão e uma mula. Achei melhor um pônei. Sou um marqueteiro, lembra?

— Que horror! — Ela roda o gelo no copo com o dedo indicador e depois o chupa. — E essa Martina é boa de cama?

Preciso de mais um gole de uísque. Levanto o dedo para chamar o garçom.

— É sim. Jovem, ainda um pouco inexperiente, mas entusiasmada. E não me chama de pintinho.

— Ah é? Chama de quê? — A Lisandra descruza as penas, debruça-se sobre a mesa e cochicha: — De pintão?

O hálito de uísque que ela exala me tira do transe alcóolico por um momento. Perco o fio da meada. Fico sem jeito, titubeio, tentando falar alguma coisa. Ela desvia os olhos de mim e fixa-os no bar. É como se acordássemos de um transe. Como se estivéssemos dirigindo embriagados, com o vento lambendo o rosto, o carro voando baixo, e subitamente subíssemos com o veículo na calçada por cima de um ponto de ônibus deserto. Ela percebe e se reclina, estendendo a mão e pedindo a conta. Dá uma nota de cinquenta reais para o manobrista, diz que o motorista vem buscar o carro de manhã e pede dois táxis. Estamos mudos, ouvindo o vento, e minha cabeça lateja.

— Pelo menos não choveu hoje — digo para ninguém em particular, e já me arrependo antes da frase acabar.

O primeiro táxi chega e a Lisandra entra nele muda.

* * *

No sábado o telefone me acorda.

— Eu só queria entender uma coisa. Só queria saber se você está intimidado por mim e não consegue tomar uma iniciativa ou se está flertando comigo exclusivamente porque está intimidado. Você diz que não quer que eu te chame de pintinho, mas se comporta como um toda vez que está perto de mim. Já telegrafei minhas intenções mais claramente do que costumo. Não vou ficar parada esperando você tomar a iniciativa. Não tenho idade nem saúde pra ficar brincando com você. Você precisa decidir o que quer, e se não quer nada comigo, ótimo, não faço nenhuma questão. Aliás, me pouparia um monte de dor de cabeça. Você não calcula a encheção de saco que seria explicar pra todo mundo. Você pode imaginar o que todo mundo iria dizer: pegando um menino que trabalha no escritório. Você é muito novo pra mim. Eu sou muito velha pra você. Mas eu não me sinto velha. Tem muita gente começando a vida depois dos trinta e cinco hoje em dia. Tem mulher sendo mãe pela primeira vez aos quarenta e cinco. E eu não devo nada a ninguém, fiz minha agência do zero, sou dona da minha vida. O meu pai vai torcer o nariz, mas ele que destorça. Problema dele. E você é novo, mas é mais maduro que muitos quarentões por aí, que só querem saber dos brinquedos deles, da liberdade. Narcisistas demais pra gostar de outra pessoa. Mais interessados em recontar pela milésima vez uma história que prova como são especiais, como trabalharam duro, quantos obstáculos venceram, como foram preteridos. Sujeitos que ligam seis vezes ao dia pra caixa postal só pra ouvir a própria voz. E os engraçadinhos, que acham que ser grosseiro é divertido? E os interesseiros? Você não parece interesseiro. Já pensei nisso, pra falar a verdade. Mas se você quisesse alguma coisa de mim já teria feito algo há muito tempo. Você acha que eu sou o quê? Uma adolescente que tem todo o tempo do mundo? Uma estátua que não sente nada? Olha, quer saber? A perda é sua. Nossa relação é profissional, trate de me tratar com respeito de agora em diante. Sem liberdades comigo. Você vê o Artur entrando na minha sala do jeito que você entra? Sabe há quanto tempo ele já trabalha comigo? Eu nem sei por que te dei tanta liberdade. Essa sua carinha de cachorro abandonado, de ingênuo, não me engana mais. Cansei de você.

Ela suspira fundo.

— Bom dia, Lisandra.
— Bom dia, pintinho.
— Quer comer um *sushi* comigo?
— Achei que você não ia me convidar nunca.

Nós nos beijamos antes do almoço, mas quando a deixo em casa ela me proíbe de entrar no apartamento.

— Primeiro é marcha lenta e agora já quer engatar a quinta direto? Calminha, mocinho!

Ela está literalmente saltitando e eu me sentindo Deus, ou melhor, Zeus.

Na segunda-feira, ela chega com um vestido florido esvoaçante e presilhas amarelas no cabelo. Todos olham, surpresos. Ligo no ramal dela e digo que está linda. Ela manda eu calar a boca, derretida.

Esperamos todos saírem do escritório. Ela está mexendo no quadro de luz, tentando apagar uma lâmpada no fundo. Vira e desvira os disjuntores, irritada. Chego por trás e sinto o seu diafragma relaxar quando encosto o corpo nas suas costas. Também estou nervoso. Abraço a sua cintura. Ela empurra a quadril contra mim e eu sinto o cheiro do seu cabelo, que é quase bom, um pouco forte demais, levemente alcoólico, entorpecente. Ela se vira nos meus braços e nos beijamos, de verdade, demoradamente. Ela não hesita em deixar o vestido escorrer pelo corpo e afastá-lo com os pés. Faço o mesmo com a minha calça e sinto o contato do meu corpo quente com a pele gelada dela. Tento me afastar para olhá-la, para respirar, mas ela me puxa para perto de si, cola a boca na minha. Tiramos o resto da roupa assim, com as bocas coladas, mordidas, sugadas. Transamos no sofá da sala dela. Quando gozo, ela não me deixa sair de dentro dela, prendendo-me com as pernas.

Nunca mais entrei naquela sala sem sentir o vestígio de um cheiro forte de suor, perfume e couro. Um cheiro que me deixa sempre excitado e constrangido, como se eu tivesse feito alguma coisa errada, infringido um tabu. Não vou descrever o sexo com ela, mas posso garantir que foi algo diferente de tudo que eu já tinha experimentado. A intensidade do sexo com a Lisandra! Com as meninas com quem eu transara antes, sentia que tinha algo nas mãos, algum controle, algum distanciamento, mesmo quando gozava cedo demais. As meninas me aceitavam lânguidas, a Lisandra me quer ferozmente. Ela me segura de uma forma desconhecida. Quando estou nela, há Lisandra por todos os lados. É bom e claustrofóbico ao mesmo tempo. É preciso prender a respiração, a cabeça gira, anulando parcialmente o gozo, tirando a sua completude usual.

É claro que, com o tempo e a intimidade, o sexo acaba encontrando um nicho na interseção dos desejos e se aninha ali confortavelmente. E aí já não é mais exatamente sexo, é algo mais próximo daquilo que chamamos de fazer amor, um ato menos egoísta, mais deliberado, mais maduro, acho, e com menos adrenalina. Mas no início a Lisandra ficava impaciente com qualquer gesto juvenil ou inseguro da minha parte. Transar com ela era sempre algo solene, algo para se fazer em silêncio e com concentração. Se flagrasse no meu rosto um sorriso de satisfação juvenil quando ela gemia, logo fechava a cara e me expulsava da cama. Jamais deixava eu fazer sexo oral nela, apesar de não ter qualquer reserva em fazer em mim. E ficava ranzinza e amarga toda vez que se pegava distraída em dengos pós-coito muito melados.

É uma noite feia de domingo. Estou terminando de me vestir sentado na beira da cama e ela me diz que está sem sono. Eu, filhote treinado, não me ofereço para nada. Ela liga a tevê e sintoniza um canal que exibe uma comédia romântica já na metade. Ameaço uma despedida tímida, mas ela não responde. Pergunto se quer que eu fique, mas ela permanece muda, encarando a tevê, entortada na cama. Descalço os sapatos e me encosto na cabeceira, ao seu lado.

No final do filme a Lisandra já está deitada com a cabeça no meu colo, e eu, mais entretido com ela do que com o filme, navego com os dedos por seus cachos, observando, pela primeira vez, detalhes de seu rosto e de seu corpo. Examino com o polegar uma dobrinha onde a orelha encontra o rosto, e com o indicador circundo pequenas manchas em sua testa. Noto finas linhas traçadas no vale pintado entre os seios pequenos, finos leitos do tempo. Nesse momento a ficha cai. Ela tem quase a idade da minha mãe. Enternecido, passo carinhosamente as costas da mão no seu rosto. Ela encontra os meus olhos examinando-a e percebe o meu sorriso beatífico, a minha cara de idiota. Num movimento réptil, fica em pé com o lençol cobrindo o corpo, encarando-me como uma jaguatirica acuada. Anda para trás cautelosamente até apoiar as costas na porta do banheiro, e depois de esperar a reação ser distribuída por sua corrente sanguínea, pergunta, irada:

— Quem você pensa que é?

Despreparado, fico na cama, provavelmente com uma cara que reflete bem a surpresa de quem sabe que fez algo errado, mas não exatamente o quê. Ela entra no banheiro e bate a porta com força.

Aproximo-me da porta fechada e, com a voz falha, chamo por ela. Ela não me responde de pronto. Um pouco depois, aparece na fresta da porta entreaberta e diz, seca:

— O que você ainda está fazendo na minha casa?

Mais tarde vou lembrar dessa época e me envergonhar de como sou insensível, um garoto imortal que não entende nada. Vou precisar de um tempo para entender que o olhar do outro pode nos dizer muito mais sobre nós mesmos do que o nosso reflexo no espelho. E só muitos anos depois vou sentir na pele que a nossa cabeça retém, teimosa, uma autoimagem eternamente jovem, que algum mecanismo defeituoso nos mantém cegos a todas as evidências da nossa gradual decrepitude. A verdade é que não sei nada sobre as mulheres. Para mim, nesse momento, o problema da Lisandra só pode ser algo bizarro, incomum, alguma ferida antiga não cicatrizada.

Durante meses nossa relação sexual corre paralela à relação profissional de forma confortável para os dois. É possível, talvez até provável, que boa parte do escritório saiba do nosso relacionamento, mas os toques roubados, a cumplicidade de um quase segredo apimenta a relação e não causa efeitos colaterais visíveis na nossa vida.

Um dia a Lisandra me presenteia com um relógio de pulso Patek Philippe. Agradeço sem saber que o relógio custa mais de trinta mil reais e é, na verdade, uma aliança. Ainda que não tenha certeza de que não quero um relacionamento sério com a Lisandra, sou incapaz de resistir aos mimos e aos subornos que se sucedem na minha preparação de noivo. Depois do relógio, ganho um novo enxoval, uma viagem de classe executiva para a Toscana e uma cartilha para decorar os nomes das famílias de dinheiro velho (como a da Lisandra) e novo (como a do cara de cabelo seboso). Por fim ela me dá o cargo de diretor de *marketing* da agência e um salário gordo, e começa a me beijar em público. O último passo é a minha apresentação ao seu círculo social. Após fazer sondagens rápidas com algumas amigas — que aparentemente aprovam o produto —, a Lisandra planeja o meu desvelo para a sua festa de aniversário de trinta e seis anos. Para que nenhum nervo meu seja deixado em paz, não bastasse ter que me expor a todos os seus amigos esnobes, a Lisandra convida a minha mãe.

No dia da festa, a Lisandra está no seu meio, sorrindo tanto que precisa massagear o maxilar de vez em quando com a ponta dos dedos. Demoro para entender que o senhor baixinho e careca, o único vestido com uma camisa de manga curta na noite quente, é o multimilionário pai da Lisandra. Fico imaginando a beleza da mãe dela, forte o bastante para resistir a tamanha diluição genética. A Lisandra nunca fala da mãe, mas sei que era modelo e que abandonou marido e filha para morar na Europa há muitos anos. O pai me cumprimenta, distraído, apertando a minha mão enquanto apoia a outra no meu ombro.

— A Lisandra parece durona, mas é uma menina. Romântica. Acho que é por isso que ela vive nos extremos, entendeu?

Eu não entendo e não reconheço a minha namorada nos olhos do pai (mas acho que isso é natural). Quando conto para a Lisandra o comentário dele, ela retruca com o sotaque mais carregado do que o usual.

— Oxe! Quem é ele pra falar alguma coisa? Extremos! A namorada dele não tem idade pra ser nem minha irmã, tem idade pra ser minha filha!

As amigas da Lisandra me amam. Perguntam se é verdade que escrevi um livro. Quando confirmo, fazem caras e bocas, dizendo: "Ai, que chique" ou "Não acredito, que tipo?" ou "Ai, adoro ler!" ou "Ai, eu também escrevo umas coisinhas. Uns poemas, sabe? Posso te mandar para você dar uma opinião profissional?". E me mostram umas para as outras, puxando-me pelo braço. Não me incomodo de ser tratado como objeto, especialmente um objeto de desejo. Meu ego está nas alturas, nunca me senti tão bonito.

Os maridos tentam me intimidar, fazendo perguntas sobre o mercado financeiro, mas respondo sem constrangimento que não tenho a mais pálida ideia. Numa das rodinhas, os homens disputam ferozmente quem trabalha mais horas, quem sofre mais, mas nenhum deles parece muito sofrido. A Lisandra me apresenta a um tal de Fernando, que se vangloria de ter sido diretor de política monetária do Banco Central e atual sócio de um dos maiores *hedge funds* da América Latina. Fico ouvindo a conversa do Fernando e sua mulher com outro casal, um sujeito alto e barrigudo chamado Beto, também ele banqueiro de investimentos.

— Falei pra Sueli que não dá pra ter outro filho agora.

A mulher protesta.

— Ai, Beto, não diz isso que é ridículo. Claro que dá.

— Dar, dá. Mas precisaríamos baixar o padrão de toda a família.

Ele se vira para o outro sujeito e fala com a mão do lado da boca, numa falsa confidência, feita em alto e bom som:

— Ela está acostumada a ter tudo que quer. Acha que tudo cai do céu. Agora a gente viaja pra casa em Trancoso quase todo fim de semana. Se a gente tiver outro filho, não vai caber no meu avião, precisaria comprar no mínimo um Citation. Sabe quanto está saindo um Citation novo? Ela com certeza não sabe.

A mulher sai da roda ofendida e o sujeito, depois de levantar os ombros e as sobrancelhas como se fosse impossível entendê-la, vai atrás dela. O Fernando e a mulher ficam em silêncio, olhando suas tulipas de champanhe. Ele finalmente quebra o silêncio, virando-se para mim:

— Quantas vezes por semana você malha?

Respondo que corro nos fins de semana. Ele faz cara de quem não acredita, mas a mulher interpela:

— Fê, ele tem vinte anos. Para de competir por um minuto, pelo amor de Deus.

— Vinte e cinco — corrijo-a com uma expressão de seriedade zombeteira.

Outro sujeito se aproxima e depois de saber o que eu faço pergunta, sem cerimônia:

— Dá pra tirar quanto por ano?

Em vez de responder, aponto para o apartamento num gesto largo por cima da cabeça.

— O quê você achou do meu presente de aniversário pra ela? É grande mas é aconchegante, né?

Estou me divertindo, mas não consigo afastar a sensação de ser uma atração de circo de aberrações na qual os espectadores é que são bizarros (se bem que, pensando bem, talvez essa seja a dinâmica universal de todo *freak show*). Tudo vai maravilhosamente bem. O champanhe bebido como refresco faz as luzes de vela estourarem em estrelas amareladas e pontiagudas, o gosto agridoce do perfume das mulheres cola na garganta, a música *lounge* repetitiva é hipnótica. Tudo é leve e mágico.

Até a minha mãe chegar.

Ela está usando o vestido que comprei na Le Lis Blanc com a Lisandra e que ela chamou de ridículo. O vestido não é ridículo. A minha mãe está tão bonita que fico envergonhado, mortificado. Corro até a porta para recebê-la, ela parece deslocada, perdida. Seguro a sua mão — algo incomum, já que não temos uma relação muito física — e digo que ela está uma gata. Ela responde com um "bá", e um "me respeita" bem baixinho. A Lisandra me abraça por trás, uns vinte quilos mais leve pelo champanhe e quase da minha altura com o salto alto. A minha mãe, dez centímetros naturais e uns quatro de salto mais baixa, dá-lhe parabéns e entrega a ela um pacote de presente da Le Lis Blanc. A Lisandra agradece e pega-a pela mão para mostrar a casa. A minha mãe anda alguns passos com ela e logo pede para usar o toalete. Fico esperando ela sair, mas ela demora longos minutos. Pergunto para a Lisandra se devo bater na porta.

— Está louco? Deixe sua mãe em paz!

Ela sai do lavabo com o queixo artificialmente levantado, mordendo o lábio inferior. Aperto o passo na sua direção. Ela retocou o batom e está com cheiro exagerado de perfume. Sinto-me culpado por me envergonhar por ela, tento forjar um orgulho qualquer no canto da cabeça.

— Obrigado por vir, mãe.

— O.k.

Ela olha para os lados como uma gazela encurralada por leões.

— Você pode me arrumar alguma coisa pra beber? Eu estou seca. Seca! — ela diz, segurando a garganta.

Pego duas taças de champanhe e entrego uma para ela, comentando baixinho que é francês. É o tipo de detalhe que ela vai poder contar quando voltar para casa. Ela segura a taça pelo bojo e bebe em goladas.

— Não é ruim, não. — Ela estica a mão e pega a minha taça.

— Calma lá, mãe.

Ela me fuzila com o olhar e levanto as mãos em rendição sincera.

— Este apartamento é todo dela?

— Como assim, todo? Claro que sim, mãe.

— Sua casa nova...

— Não, mãe, já te disse mil e trezentas vezes que eu não pretendo morar com a Lisandra. Estamos ótimos cada um no seu apartamento.

— Você podia trazer o nosso apartamento e colocar na cozinha dela.

— Mãe, relaxa e aproveita a festa, por favor. Quem sabe você encontra algum bom partido?

O olhar dela faz ra-ta-tá e eu recuo de novo. Como outro convidado chega, trato de ir recebê-lo.

— Fica bem, mãe.

Não tão bem, penso um pouco depois. A minha mãe não tem qualquer resistência para álcool. Logo está falando alto numa rodinha de mulheres risonhas. Aproximo-me, cauteloso.

— Falando de mim?

A minha mãe estica a mão na minha direção como se estivesse fazendo uma exposição.

— Não disse?

As mulheres riem e riem. Sinto medo pela minha mãe, quero avisá-la para tomar cuidado, quero protegê-la.

— Vocês sabiam que o Dan é advogado?

Elas fazem cara de surpresa, algumas cochicham, debocham de mim.

— Ele podia ter o que quisesse. Quem quisesse. Quantos rapazes vocês conhecem que antes dos trinta já fizeram tanta coisa? Escreveu um livro, é advogado formado pela melhor universidade do país, é bonito, sério.

Ela me encara. Sabemos como é raro um elogio vindo dela. Conheço esse tom, sei que esse monólogo não vai terminar bem.

— Ele podia ter qualquer uma que quisesse.

Ela distribui olhares desafiadores pela rodinha. As amigas da Lisandra encaram as bebidas, fazem caretas, mudam o peso de pé. Uma delas quebra o silêncio constrangedor.

— Ih, pronto, lá vem a sogra.

— Mãe, você bebeu um pouco demais, não é? — pergunto, interpondo-me entre ela e as amigas da Lisandra.

Conheço essa dinâmica. Enquanto as mães dos meus amigos naturalmente transferiam a sua vaidade para os filhos, assumindo que a partir do parto suas vitórias derivariam das conquistas deles, a minha mãe sempre relutou em ceder seu espaço sob o holofote. Enquanto nas festinhas as mães se engajavam sem reservas na guerra fria da disputa pela supremacia dos filhos, a minha mãe insistia em se vestir como uma adolescente, chafurdando em elogios e comentários do tipo "é irmãzinha de quem?". Ser bom aluno, comportado, ser o paradigma de responsabilidade, nada era suficiente para desviar sua atenção para mim. Imagino como é incômodo para ela ter que encarar essa festa em papel tão secundário. Ela coloca o indicador no meu nariz.

— Daniel Esdras, você precisava casar com uma mulher da minha idade? Por quê? Eu não te amei o suficiente? Não basta seu pai? Você tem que me esfregar tudo na cara?

— Mãe... — Seguro o seu braço, puxando-a da rodinha.

Ela está chorando? O fato de não saber até que ponto ela está bêbada me preocupa. Ela se deixa arrastar um pouco, mas continua falando alto:

— Não é justo, Dan. Perdi meus melhores anos pelo seu pai e por você. Agora você pega e entrega a sua vida, a sua juventude, pra essa mulher?

Eu a puxo para um canto da sala, segurando seus braços com firmeza mas cuidado, e grito num sussurro:

— Mãe, quem morreu nesta família foi o meu pai. Você está viva, é jovem e bonita. Aproveita a vida. E deixa eu viver a minha, a vida que eu escolher, mesmo que não seja a que você escolheu, pode ser?

— Você pode não assumir, mas eu sei que isso tudo é pra me agredir.

— Agredir como, mãe?

Ela olha para cima e tenta segurar as lágrimas, pressionando os canais lacrimais com a ponta dos dedos. Seu pequeno escândalo criou uma bolha de solidão na sala de estar. Os convidados mantêm distância, fingindo ignorar a cena. Consigo até escutar a voz da cantora, nítida sobre as batidas incongruentemente alegres da versão sampleada do *Canto de Ossanha*: "Não vou, que eu não sou ninguém de ir em conversa de esquecer a tristeza de um amor que passou".

Sinto desprezo por todos os convidados e seus olhares maldosos, sinto raiva da minha mãe, da Lisandra. Sinto-me o Sammy Davis Junior.

— Mãe, seja o que for que você ache que fez de errado, eu te libero. Está perdoada. Você e o papai tiveram que lidar com um filho em plena adolescência. Não posso imaginar a barra que foi. Três crianças tentando criar um lar, sei lá.

— Perdoa? Do que você está falando?

Perco o equilíbrio, pego uma taça do aparador e bebo um gole de champanhe para disfarçar.

— Eu e o seu pai fizemos tudo por você. Tudo! Você foi a nossa maior prioridade desde o momento em que eu engravidei. Sabe do que a gente abriu mão?

— Eu sei, mãe... nunca neguei isso.

— E você tem coragem de me culpar por alguma coisa! Eu não sei o que eu fiz pra merecer isto, não posso imaginar.

— Você começa a história e agora eu pareço o vilão!

— Você acha que ter filho encerra tudo na vida? Acha que ser responsável por alguém é igual a ser maduro? Você acha que porque eu sou a sua mãe eu sei o que vou fazer da minha vida?

Ela passa os dedos lentamente sobre os olhos borrados, sopra forte e abana o rosto.

— O seu pai morreu aos quarenta anos! Ele ainda era uma criança. Ele é que tinha direito de se ressentir de mim.

Ela se desvencilha e, de costas, diz, como mãe:

— Chama um táxi pra mim. Quero ir pra casa.

Tiferet — Beleza ou Filho

A parte da paciência é a mais difícil. Jonas continua trabalhando na corretora e passa quase todas as noites no escritório, onde usa um dos computadores da firma para aprender a programar. A única exceção é a noite de estudos da cabala. Jonas continua se aconselhando com Yoshua, que o encoraja nos estudos e insiste em que em algum momento as coisas vão se encaixar. Nos fins de semana, Jonas divide o tempo entre dormir pelos cantos e ler revistas sobre computador.

É natural que sobre pouco tempo para a convivência familiar. Então, no aniversário de dez anos de Daniel, Jonas planeja uma viagem com o filho. É uma forma de aproximar-se dele e ao mesmo tempo dar um respiro à mulher, um fim de semana só para ela.

Com sua pouca experiência em turismo, Jonas opta por um dos únicos lugares fora do Rio de Janeiro que visitara na infância, a cidade serrana de Teresópolis. Ele trata a viagem com a mesma intensidade com que faz tudo na vida. Compra mapas, lê artigos em revistas e no suplemento do *Jornal do Brasil*, estuda sobre a mata Atlântica, sobre a história de Teresópolis. Os dois saem no sábado com o nascer do sol. Daniel é um sorriso só e Jonas sente pela primeira vez em muito tempo o amor incondicional de pai, alimentando ainda mais seu bom humor. A mulher despede-se dos dois de camisola, com uma expressão que Jonas não consegue classificar e que pode ser tanto de desamparo como de alívio. Pela primeira vez na vida ela vai passar um fim de semana sozinha, sem a sogra (que está em Ciudad del Este numa excursão), sem o marido e sem o filho.

Na Casa do Alemão, no início da estrada, Jonas e Daniel comem cachorro-quente de linguiça com Mineirinho (um refrigerante feito com a erva chapéu-de-couro) de café da manhã. Logo estão na serra, maravilhados com o pouco que resta da deslumbrante mata Atlântica do estado. Jonas resolve parar no mirante do Dedo de Deus. Ele inspira e expira profundamente. Daniel pensa que o lugar seria ideal para uma foto, mas Jonas não trouxe máquina fotográfica, não vê utilidade no passado.

— Você gosta da escola?

— Gosto.

— O que você aprendeu este ano?

— Não sei.

— Toda vez você fala a mesma coisa. Acho que preciso mudar você de escola.

Essa linha de conversa nunca leva a lugar nenhum. O filho muda a trilha.

— Pai, lembra quando você me contava histórias inventadas?

As histórias fantásticas, apesar de raras, eram o único momento de intimidade que Daniel tinha com o pai, com um mínimo de frequência. Jonas tinha uma imaginação privilegiada e jamais açucarava as narrativas com o objetivo de poupar o filho. Apesar de elementos recorrentes como elefantes coloridos, castelos invisíveis e ele próprio e Daniel como protagonistas, era comum que personagens morressem, ficassem sozinhos ou fracassassem retumbantemente em suas empreitadas. De alguma forma, a falibilidade das personagens tranquilizava Daniel.

— Claro.

— Por que você nunca mais me contou?

— Achei que você não queria mais. Que só queria saber de televisão. Ou da sua mãe.

— A mamãe nunca me conta histórias.

Jonas adora ouvir o filho comparando-o favoravelmente com a mãe.

— Já contei a do Daniel na cova dos dragões?

— Já, pai. Eu não sou mais bebê.

— Tem que ser inventada?

— Sim.

Enquanto voltam para o carro, Jonas procura na memória uma boa base para a história. Tudo parece muito infantil para o filho precocemente maduro, sempre pensativo e sério. A única coisa que não sai da cabeça de Jonas é a reparação universal, o *tikun*, a desfragmentação final e a reunificação com *Ein Sof*, que aprendera nos encontros de cabala. Especialmente diante das dificuldades recentes, é confortante pensar em reparações, em uma existência mais harmoniosa. Jonas tem passado várias noites insone, deitado na fronteira do sono, desenrolando na imaginação sua visão da grande reparação. Na narrativa fantástica desse sonho lúcido, ele é o primeiro a ser chamado para fundir-se com a unicidade universal. Ainda não compartilhara esse sonho com ninguém, nem mesmo com Yoshua. Ele pousa a mão na cabeça do filho.

— Já sei.

Daniel vira o rosto para o pai.

— Já sabe o quê?

— Uma história de adulto.

Jonas se arruma no banco, apoia as mãos no volante e estica os braços, pressionando o tronco para trás e estalando o pescoço antes de começar.

— Sabe quando depois de uma viagem longa a gente fica meio enjoado, desnorteado, como se a nossa alma demorasse mais a chegar do que o nosso corpo? — Ele faz uma pausa dramática e continua: — Foi com essa sensação que a família Esdras chegou no hotel de luxo, na beira do mar.

Jonas dá uma olhada de lado, para ver se o filho está interessado. Daniel levanta o queixo, ansioso.

— Vai, pai.

— O que os Esdras não sabiam era que essa viagem ia ser diferente de todas as outras viagens da sua vida. Os membros da família largam as malas no saguão e resolvem, em silencioso consenso, sentar na areia da praia, antes de entrar no hotel.

Jonas continua a contar a história para o filho. Conta sobre a chegada dos *tsadikim*, os sábios, na praia. Os iluminados viriam vestidos em túnicas brancas, carregados por uma gigantesca nuvem de insetos. Depois o levariam embora pelo mar, para a viagem final de autoconhecimento, a preparação para a ascensão. No *tikun*, o mundo material se fundiria com a unicidade, o próprio tempo deixaria de existir. Todas as possibilidades coexistiriam na luz e o incômodo das escolhas, de ter que sacrificar uma coisa por outra, deixaria de importuná-lo.

Daniel ouve atentamente, tentando digerir tudo, em silêncio. Quando chegam na pousada, Jonas interrompe a narrativa sob protestos do filho.

— Não entendi, pai. Como acaba a viagem? Para onde eles te levaram, o que acontece?

— Eles não me levam para lugar nenhum, filho. O *olam ha-ba*, o mundo que virá, é na verdade um retorno.

— Não tem sentido. Como o mundo que virá é o mundo que já foi?

— Um dia te explico melhor.

Jonas nunca termina de contar a história para o filho.

* * *

A pousada é simples e parece deserta. Mas a senhora obesa com cabelo ralo detrás do balcão diz que eles só podem entrar no quarto depois das três da tarde. Jonas pede para usar o banheiro e não se intimida quando a senhora diz que o único banheiro ali é o dela. Ele vai ao banheiro e depois diz para o filho fazer o mesmo. Mas Daniel não quer usar o banheiro da velha, tem vergonha do cheiro que pode deixar, do barulho que pode fazer.

— Eu estou bem, pai, vamos para o parque agora?

Jonas deixa a mala atrás do balcão e pega a mochila que preparou com salgadinhos Piraquê, um pedaço grande de bolo de formigueiro embalado em papel-alumínio, dois cantis de água, uma bússola e uma imitação vagabunda de canivete suíço.

— Preparado para uma aventura?

Daniel assente com a cabeça, num misto de excitação e medo.

No carro, Jonas é obrigado a abrir as janelas para deixar o cheiro de linguiça podre do arroto de Daniel sair. Os dois riem, mas o riso de Daniel é nervoso. Ele fica envergonhado, sente-se estranhamente inadequado, sente falta da mãe, dos seus comentários ranzinzas. Não sabe o que fazer com a liberdade para rir à toa, para falar besteiras à vontade.

Jonas estaciona o carro no Parque Nacional da Serra dos Órgãos e, depois de consultar um mapa, ajeita a mochila nas costas e segue pela trilha à frente do filho. O barulho do rio é um canto de sereia que faz Jonas acelerar pelo caminho num trote. Só quando chega na margem percebe o filho chegando ofegante.

— Me espera, pai!

Jonas puxa o filho num abraço de lado.

— Olha que incrível! Sente o cheiro, o ar. Se a gente correr, chega em menos de uma hora na piscina natural e em menos de vinte minutos de lá, nas cachoeiras Ceci e Peri.

Daniel se desvencilha do pai e solta um arroto ruidoso. Dessa vez o pai ri sozinho. O menino segura a mão sobre a boca e diz:

— Você está com pressa de quê?

— Eu esperei uns vinte anos para mergulhar nesse rio de novo. Eu te contei que eu já vim nesse parque anos atrás, com a sua avó?

— Achei que o passeio era para comemorar o meu aniversário.

Jonas tenta afagar a cabeça do filho para se desculpar, mas Daniel se esquiva, fugindo da mão do pai.

Eles caminham em silêncio pela trilha. A cada dois minutos Jonas verifica a distância do filho atrás de si. Ele tenta apreender cada detalhe da trilha, as folhas de embaúba caídas no chão, a imensa teia de aranha, o canto dos bem-te-vis, a barba-de-bode escorrendo dos jequitibás, as borboletas que pousam no caminho com o símbolo do infinito estampado em preto nas asas brancas.

— Eu não sei por que você está com essa cara amarrada. Achei que queria vir pra cá.

— Eu queria — Daniel tenta forçar um arroto, mas sente uma queimação subir pela garganta e engole seco.

— Queria mas não quer mais?

— Não, pai, eu quero. Anda.

— Sabia que este é um dos primeiros parques nacionais do Brasil?

— Não.

— Sabia que quando dom Pedro passou por esta serra, a caminho de Minas Gerais, ficou tão maravilhado que resolveu construir um palácio em Petrópolis?

— Não.

Jonas para.

— Você está bem?

Daniel faz que sim, quase sem mover a cabeça, mas está suando frio, sentindo pontadas na barriga. Um exército de soldadinhos de chumbo marchando pelo seu intestino. Ele caminha com a testa franzida, apertando com a mão uma cãimbra na lateral da barriga.

Jonas abre a mochila e oferece o cantil para o menino, mas ele recusa.

— Qual o problema?
— Nenhum.

Jonas hesita antes de seguir a caminhada. Por que o menino é tão difícil, tão reservado, tão contido? Por que não fala? Por que é tão diferente dele? Jonas fica imaginando do que seria capaz se tivesse tido um pai, especialmente um pai como ele, culto, curioso, cheio de energia. Tenta afastar a consciência do fato de que o menino, agora, está subtraindo da pureza da sua experiência, da comunhão perfeita com a serra, da *Gestalt* à margem do rio Paquequer.

— Falta muito? — Daniel pergunta por entre os dentes. Jonas, irritado, responde que não. Quando chegam na beira da piscina natural, Jonas coloca a mochila no chão e começa a descalçar os sapatos com os pés enquanto tira a camiseta. Quando senta para tirar as meias, repara no filho sentado em posição fetal, abraçando as pernas perto do peito, na beira do rio. Jonas sente um incômodo estranho, uma sensação situada entre a irritação e o afeto. Abaixa-se e apoia a mão no ombro do filho.

— Filho, qual o problema?
— Estou com dor de barriga — Daniel geme.

Jonas encosta o dorso da mão na testa do menino, que está gelada e úmida.

— Deve ter sido aquele sanduíche de linguiça que você está arrotando desde a serra. Está com vontade de ir ao banheiro?

O menino fica em silêncio, embalando-se para a frente e para trás lentamente, antes de responder.

— Acho que sim.

Jonas solta uma risada.

— Então vai ali no cantinho. Vai ser a cagada mais cênica da sua vida!

O menino faz que não com a cabeça.

— Você não quer fazer cocô?

— Alguém pode me ver.

— Ninguém vai te ver! A gente está no meio do mato, num parque de milhares de hectares.

O menino continua acenando que não, gemendo.

— Eu fico de vigia — diz o pai, tentando esconder a irritação, a frustração.

— Não — o filho sussurra, olhando para baixo.

— Daniel, para de frescura. Não tem banheiro aqui. O ser humano fez suas necessidades no mato por noventa e nove vírgula nove por cento da sua existência neste planeta. Vai logo.

Jonas pega o braço do filho e o puxa. O menino resiste. Jonas puxa mais forte até o menino levantar num ganido e ficar em pé, chorando baixinho.

— Vai ali e faz logo, para de ser chorão.

Mas o menino continua chorando, cabisbaixo, parado. Jonas arrasta o filho até uma entrada no mato e tenta abaixar a bermuda dele. O menino segura a bermuda, que desce só do lado que o pai puxou. O choro agora aumenta, é um choro alto, sentido, de bebê. Jonas solta o filho.

— Está bem. Quer ir embora? Nós vamos embora. Mas nunca mais me pede pra te trazer aqui. Nunca mais. Olha bem a paisagem porque enquanto eu estiver vivo eu não te trago mais aqui.

Daniel nunca vira o pai nervoso, nunca vira suas veias saltando no pescoço, nunca antes percebera ódio, desprezo, naqueles olhos verdes. Num momento de Capgras, vê um estranho ocupando o corpo do pai. O menino abaixa a bermuda e agacha, ainda chorando.

Ele solta um pouco de gases, mas seu esfíncter parece travado. Ele faz força mas não consegue nada. Olha suplicante para o pai, que desvia o olhar, calça os sapatos e veste a camiseta, coloca a mochila nas costas e começa a caminhar. O menino levanta a bermuda e segue tropegamente o pai em direção ao carro.

Daniel fica ainda mais distante do pai nos anos seguintes. E Jonas está preocupado demais em aprender computação para dedicar mais tempo ao filho. Sabe que o futuro estará nas mãos de quem dominar essa tecnologia. Ele pode ter perdido a locomotiva da revolução digital, mas não vai deixar de subir em algum vagão. Até agora, Jonas se acomodara, tentando se convencer de que as circunstâncias o impediam de fazer o que precisava ser feito. Mas Yoshua insiste em que todas as limitações e todos os obstáculos são ilusões nas quais decidimos acreditar.

Quando chega a época do *bar mitsvá*, Daniel resiste à pressão e à chantagem emocional da mãe e da avó materna. Cabe a Jonas tentar convencer o filho adolescente. Mas nada é fácil com Daniel.

— Você nem é judeu de verdade, pai.

— Claro que sou. Quer ver o meu prepúcio? Está plantado no vaso da árvore da felicidade.

— Mas você não é filho de mãe judia. Sua mãe é antissemita!

— Sua avó é excêntrica, é verdade. Mas isso não tem nada a ver comigo ou com ela. É um momento importante para você. Fazer o *bar mitsvá* é importantíssimo, é um ritual de passagem lindo. Tenho certeza de que você vai me agradecer um dia.

— Eu não quero fazer aula de hebraico, meus dias já são ruins o suficiente. Não vejo sentido em decorar um monte de rezas chatas. Deus é lindo, poderoso, Deus é isso, Deus é aquilo. Você acha que ele se importa com um bando de gente cantando que ele é lindo?

— Primeiro, a gente não reza por Ele, reza pela gente. Segundo, o rabino Ariel é uma pessoa especial. Tenho certeza de que você vai gostar das aulas. Você precisa aprender mais sobre a sua cultura e a sua herança para não falar tanta bobagem. Se você estudar e resolver não fazer o *bar mitsvá*, aí eu até aceito. Mas você não tem o direito de julgar e decidir antes de estudar e conhecer o mínimo sobre o judaísmo.

— Eu não acredito em Deus.

— Felizmente, ele não depende da sua crença pra existir. E você não tem autoridade nenhuma pra dizer se acredita ou não em Deus. Você é uma criança, está se comportando como uma criança preguiçosa e malcriada. Talvez você não esteja pronto pra virar adulto mesmo. Talvez seu desenvolvimento seja mais lento.

Jonas acaba de falar e já se arrepende do que disse.

— Talvez — o filho responde com a cara amarrada e os olhos mareados.

Jonas dá uns petelecos na ponta do nariz, tentando repensar sua estratégia.

— Você sabia que os convidados costumam dar dólares de presente para os barmitsvandos?

— Dólares?

— Não posso prometer nada, mas é costume.

Quanta energia dispendemos insistindo em métodos comprovadamente ineficazes, quando as soluções estão tão facilmente acessíveis com pequenas mudanças táticas.

Daniel lê a Torá desafinado, mas quase sem tropeços. Jonas acompanha a cerimônia balbuciando as palavras em hebraico como se pudesse enfiá-las na boca do menino. Na festa simples, um café da manhã no salão da sinagoga, uma senhora de cabelo acaju e óculos de leitura toca teclado e canta as músicas típicas judaicas. Poucos colegas de Daniel comparecem, e os poucos que vêm aparentemente desconhecem a etiqueta. Estão vestidos de bermudas e camisetas coloridas em vez de ternos ou, pelo menos, roupas sociais. Para piorar, não sendo judeus, não participam da pequena roda de adultos que cerca Daniel nas primeiras músicas judaicas. Tudo parece esvaziado e triste, até Yoshua chegar com um grupo de religiosos. Ele dá um tapa nas costas de Jonas e diz que trouxe reforços. Um dos barbudos de indumentária hassídica traz copinhos de vodca, que eles bebem depois de gritarem *le-chaim*, à vida. Daniel bica um copinho e faz uma careta. Todos riem e celebram ruidosamente. Depois Jonas recebe abraços e beijos de *mazel tov* dos homens. Yoshua sussurra alguma coisa para a tecladista, que acorda, como se Yoshua lhe tivesse esfregado cocaína na gengiva, e começa a cantar a música *Mashiach, mashiach*, esmurrando o teclado animadamente. Os religiosos formam uma roda em volta de Daniel, puxam Jonas e circundam pai e filho num grande abraço, acompanhando a música aos berros. Levantam o menino e depois o pai na cadeira, rodando e cantando esgoelados. Ao fim da última música todos estão molhados de suor, e Daniel, que começara a dança apreensivo, está ofegante e rindo, rodando sem música com o filho de um dos amigos de Yoshua.

Jonas vê, orgulhoso, o filho sendo rodeado pelos colegas da escola, arregaçando a manga da camisa social comprida demais para ele e limpando o suor da testa. Não se lembra de um dia tê-lo visto sorrindo assim.

Quando as pessoas começam a ir embora, Yoshua se aproxima de Jonas.

— *Mazel tov* pelo seu filho.

— Obrigado, mestre. E obrigado por animar a festa.

— Arranquei essa turma lá do Beit Chabad. Mas não precisa muita força pra levar eles pra uma festa. E, mesmo aqui, é uma *mitsvá*. E eu garanti que o serviço era *kasher*. É *kasher*, não é?

Jonas fica sem jeito, consternado.

— Espero que sim. Acho que é da sinagoga. Mas não tenho certeza, foi a minha mulher quem contratou o bufê.

— Se não servirem canapé de camarão, está bom. Não digo nada se você não disser — Yoshua conclui, virando uma chave imaginária para trancar os lábios.

— Combinado.

— Você escreveu a carta para o seu filho?

— Escrevi. Não foi fácil achar o que dizer. O Dan é meio distante, não fala muito. Eu bati muito a cabeça nos últimos anos. Não quero que ele repita os meus erros.

— Que erros?

— Você sabe que desde o nascimento dele venho procurando alguma forma de mudar a minha vida. De sair dessa lama. Mas agora fico me perguntando. Será que se eu tivesse me dedicado mais ao meu emprego, ou focado em um dos meus projetos em vez de começar um novo a cada três anos, eu não estaria numa situação melhor? Acho que passei tanto tempo avaliando as opções que não percebi que já estava vivendo uma delas.

Yoshua reflete por um momento. Depois segura Jonas pelo tríceps e diz em tom de confissão:

— Jonas, você não pode menosprezar a sua inteligência. Procurar algo maior é louvável, mesmo que não seja fácil e torne a jornada mais dura. E a perseverança sempre é recompensada. Sempre. Se você duvidar de si mesmo, o universo realmente vai parecer estar conspirando contra você. Lembra do que a gente falou no último encontro?

— Não sei. Tenho medo de que a vida esteja passando e eu esteja perdendo tempo tentando planejá-la, tentando controlar tudo.

— É impossível controlar tudo. Parte do que nos define é saber improvisar, fazer o melhor com o que a criação nos apresenta a cada momento. *Hod*, lembra?

As conversas com Yoshua normalmente reabastecem a resolução de Jonas, a confiança de que algo grande ainda está por vir. Infelizmente sua mulher não parece disposta a esperar. À noite, na cama, deitados lado a lado, os dois estão em planetas diferentes.

— Sabia que o Daniel tem revista de mulher pelada embaixo do estrado do colchão dele?

Jonas não tira os olhos da sua revista *Byte*.

— É natural.

— Você acha que eu devo tirar dele?

— Claro que não, por que você faria isso?

— Não sei. Ele ainda é muito criança. E masturbação demais dá espinha, mexe com os hormônios.

— Bobagem.

Ela folheia a revista de celebridades rápido demais, farfalhando as páginas.

— Você viu os anúncios que eu marquei no jornal? O apartamento do Jardim Botânico é antigo, está num preço ótimo. A gente pode reformar aos poucos.

— Estou com a cabeça cheia agora. Mal conseguimos quitar o carro novo que você tanto queria. Vamos esperar um pouco mais. Não entendo por que você não pode me apoiar, uma vez que seja.

A mulher fica em silêncio, vira as páginas da revista com mais fúria ainda.

— Você é engraçado. Nunca reclamei de nenhum dos seus passatempos, nenhum projeto esdrúxulo. Você fez tudo que queria desde que a gente se casou e eu nunca dei um pio. Fiquei em casa cuidando sozinha do Dan. Agora você não para em casa. Não acho justo que você não considere que eu mereço algum conforto.

— Você acha que eu estou juntando dinheiro pra quem?

— Acho que você nunca vai estar satisfeito. Acho que logo que juntar dinheiro suficiente vai gastar tudo em mais um projeto mirabolante.

— Eu não tenho culpa se a Zélia confiscou a nossa poupança. Estava tudo engatilhado pra vender as mesas de corte. Agora eu estou estudando pra fazer um programa de computador, mas não é fácil.

— Jonas, o confisco foi há cinco anos. Você continua trabalhando como doido, chega em casa tarde e fica estudando. A vida está passando. A gente não pode pegar um financiamento?

— Você precisa ter um pouco de paciência. Eu sinto que alguma coisa boa está pra acontecer.

— Você parece a sua mãe. Esperando O Grande Negócio. Agora está no papo. Ou melhor, agora não, amanhã. Eternamente amanhã. Há quanto tempo a sua mãe fala do terreno na Lapa? Agora a prefeitura vai regularizar, agora o Chagas vai comprar a parte dela, agora o mundo vai conspirar a favor. E você ainda coroa tudo ficando cada vez mais ausente.

— Não adianta tentar te explicar as coisas. Não dá pra dividir, não dá pra contar com você. Você parece uma criança mimada, quer o que quer na hora que quer. Você acha que eu gosto de passar tanto tempo longe de vocês?

A mulher suspira, coloca a revista na mesa de cabeceira e apaga o abajur.

— Ah, e tinha uns livros escondidos.

— Livros?

— É, escondidos embaixo do colchão.

— Livros? Engraçado. Que livros?

— Ah, livros normais, pareciam livros normais.

— Por que embaixo do colchão?

— Acho que pra disfarçar as revistas de sacanagem, sei lá. Por que você não conversa com ele?

— Pode ser. Mas não é fácil. Ele não é fácil.

— O Dan é um ótimo menino. Ele só quer mais da sua atenção.

— Acho que não.

Ele pega o travesseiro, afofa e o vira de lado. Depois deita olhando para o teto, para as infiltrações horríveis que pioram a cada dia.

— Você por acaso percebeu se entre os livros estava a minha cópia do *Third Wave*?

— *Third Wave*?

— Você não lembra? Eu contei esse livro pra você de ponta a ponta quando a gente se conheceu.

— Eu lembro que você me contava coisas. Dividia comigo. Agora eu me sinto cada vez mais sozinha. Passo mais tempo com a sua mãe do que com você.

— Esse livro é importante pra mim. Eu dei o livro pro Dan, pra gente ter sobre o que conversar.

— Esse livro não parece ser pra idade dele. E mesmo se fosse, não é o tipo de livro que ele gosta. Se você passasse algum tempo com ele, saberia.

— Eu passo tempo com ele.

Ela se vira de lado e o encara com uma expressão triste:

— Ai, Jonas, esses anos não vão voltar.

— Eu viajei com ele pra Teresópolis, não viajei? Só serviu pra ele ficar mais distante de mim.

— Isso foi há três anos! E, se não deu certo, de quem é a culpa?

— Minha é que não é.

— Você não vai crescer nunca?

A mulher vira de lado e lhe dá as costas.

— Por que você fala assim? Alguma vez eu deixei faltar alguma coisa nesta família? — ele pergunta.

— Você fala como se eu e o Dan fôssemos um fardo que você precisa carregar.

— Não fala assim.

Jonas roça o pé na perna da mulher por baixo dos lençóis. Ela afasta a perna.

Ele apaga o abajur e vira de lado, dando as costas para as costas da mulher. Ela se vira e encosta o corpo quente no dele, abraçando-o.

— Eu só quero que você volte a ser o Jonas que eu conheci.

— O Jonas que você conheceu não existe mais. A gente muda todo dia. Até as células do nosso corpo são trocadas em no máximo sete anos. Hoje eu sou muito melhor do que antes.

Ele se vira e encosta a testa na testa dela, no escuro. Depois passa-lhe a mão pelas costas e aperta-lhe as nádegas com força. Ela apoia a mão no rosto do marido, mas ele não vê as lágrimas se acumulando nos olhos dela.

— Amanhã, está bem? — ela fala baixinho.

— Amanhã, sei.

— Não fique emburrado, por favor.

— Você está matando o nosso casamento.

Jonas vira de barriga para cima no escuro, com os olhos abertos, respirando raso. Sente um frio na espinha, uma pressão forte na testa, um latejar nas têmporas. Fecha os olhos bem apertado e vê um vulto. É um corvo. As asas de seda preta rasgada batem em câmera lenta enquanto ele se aproxima. Telepaticamente, Jonas pede para o pássaro não se aproximar, ainda não. Mas o corvo é uma força da natureza, indiferente ao seu desejo. As pérolas negras dos seus olhos não têm expressão. Ele pousa suavemente sobre o peito de Jonas, sem peso. Com seu bico afiado, cava no abdome dele um buraco e planta um pedacinho de papel dobrado, com uma só palavra escrita. Jonas sabe qual é a palavra, mas nem no sonho tem coragem de abrir o bilhete.

Amor, você devia ter vindo

Não sei se é verdade aquela história de que o tubarão morre se parar de se mover, mas me identifico com ela. Toda novidade, todo prazer, toda paixão é uma fita de chegada, daquelas que se rompem projetando o corpo para a frente numa corrida. O melhor momento acaba logo que chega. O pódio já é ressaca. O prazer de uma paixão é cinético assim, irracional, combustão. Às vezes, é um pouco mais que um instante, mas nunca é perene. Por isso não acredito em felicidade. Não há alegria permanente; o que pode haver é contentamento. O problema é que se contentar é viver para sempre no presente, o que significa matar o futuro, que por sua vez significa morrer. Tudo bem, chega de rodeios. Eu não amo a Lisandra. Não é culpa minha, ou pelo menos não era a minha intenção. Acho que a amei. Acho. E ela é adulta, tomou suas decisões plenamente consciente. É claro que seria mais fácil amar a Lisandra sem reservas. Aquela verrugazinha na virilha, o sotaque carregado, as mudanças de humor, a maneira como ela cuida de mim, manda em mim. A sinceridade sufocante, o amor absoluto, como se amar sem reservas fosse a coisa mais comum do mundo.

Já estou mais do que pronto para escapar e queimar as pontes atrás de mim. Mas, sendo quem sou, elevo a procrastinação a uma arte. Crio mil desculpas, evito cada possibilidade de confronto, enrolo-me nos longos fios das teias das pequenas mentiras. Transformo a possibilidade de uma dor pontual em meses arrastados de angústia. Evitando qualquer enfrentamento, deixo tudo evidente e nada dito.

Em todo caso, ainda que cada dia se arraste por uma eternidade, um ano passa num instante. E romper não é óbvio. Há o conforto da rotina, o dinheiro. E como é bom ter dinheiro! Como é *sexy* gastar sem pensar, como é viciante ser chamado de senhor, ser invejado, ser frívolo. Sempre que entrego o meu imponente carro novo para um manobrista, encho o peito de orgulho e, sem saber por quê, olho ao meu redor na esperança irracional de que o meu pai esteja me vendo. Pena que o efeito do dinheiro, como o de qualquer entorpecente, se dilua com o tempo. Sinto a necessidade de ganhar mais e mais grana, mas cada novo patamar é só marginalmente melhor. Para piorar, as coisas corriqueiras, meu antigo "normal", torna-se claudicante. Tenho saudade até da anedonia pré-Lisandra, da paranoia leve, do medo sem nome, da liberdade. Só consigo pensar em soluções mágicas, rompimentos flitcraftianos, quebras de paradigma kuhnianos. Mas me falta coragem até para imaginar um rompimento com a Lisandra. Sinto-me jovem demais para ficar e velho demais para sair correndo.

A frustração com a minha covardia se acumula exponencialmente. Fico mais azedo, impaciente, e aparento maturidade e segurança quando na verdade apenas não me importo mais. Talvez não se importar seja o maior sinal de maturidade. Sem dramas, sem neurose, sem esperanças infantis. O tipo silencioso e forte que sempre tentei emular, sem sucesso, talvez não seja lacônico por ser forte, talvez só esteja o tempo todo de saco cheio de tudo. A única pessoa que não parece se importar com a minha mudança de temperamento é a Lisandra. Ela ri das minhas rabugices e ignora solenemente a minha cara feia. Não que todos os dias sejam iguais; alguns são piores que outros. Meu pavio está sempre curto. Ando pronto para explodir com a menor faísca.

Estou calçando o sapato sem as mãos, colocando a camisa para dentro da calça com a mão esquerda e comendo granola direto do saco, satisfeito em saber que a Lisandra odeia quando faço isso. Estou atrasado, como é cada vez mais frequente. Chamando o elevador enquanto afivelo o cinto, afrouxando mais um furo em menos de três meses, ouço o telefone tocar. Hesito, mas acabo voltando para o apartamento. Ouço a porta do elevador se fechar e fico desproporcionalmente enfurecido.

— Alô — atendo, impaciente. Já imagino a voz da minha mãe perguntando mais uma vez se ainda estou saindo com a balzaca. Ou, pior ainda, a ironia suprema, um roteiro recitado de televendas, talvez até escrito por mim mesmo.

— Senhor Esdras?

A voz é feminina, seca e com entonação assertiva demais para uma operadora de *telemarketing*, sem o típico alongamento anasalado da primeira vogal.

— Quem gostaria?

— É ele quem está falando?

Já estou irremediavelmente atrasado. Penso em desligar o telefone na cara da moça, mas vejo a oportunidade perfeita de extravasar um pouco da minha raiva de forma segura e impessoal.

— Olha, querida, falar no telefone é bem simples. Quando *você* liga, *você* se identifica, e não o contrário. Você já sabe para quem ligou e eu não sei quem está falando.

Infelizmente, ser grosso com a moça não aplaca a minha irritação. Ao contrário, só fico mais deprimido. Interessante como tantos comportamentos tendem a círculos viciosos ou virtuosos. Como é fácil ser magnânimo, generoso e caloroso quando estou bem! A satisfação e a realização alimentam o bom humor, que realimenta a satisfação. Por outro lado, a amargura que contamina cada interação só me deixa ainda mais amargo. Como se rompem esses ciclos?

— Desculpe — a moça diz num tom mais surpreso do que ofendido. — Meu nome é Amanda Demiers.

Amanda? Vasculho a memória sem sucesso.

— Amandaaa...

— Demiers. O senhor não me conhece.

Espero que não seja alguém importante. Tomara que seja algum pedido de doação para uma instituição que cuida de crianças terminalmente doentes, irremediavelmente destituídas, sucessivamente maltratadas e finalmente abandonadas. Assim posso comprar minha absolvição pela indelicadeza com uma doação em dinheiro (e depois me mortificar por meses na paranoia de ter pagado a algum trambiqueiro). Tento remediar a grosseria com a voz mais mansa possível.

— Você. Por favor, me chame de você. Desculpe a minha rudeza — peço, agora um *gentleman*.

— Tudo bem. Sou advogada do senhor Ben Yephuna. Estou ligando em nome dele.

— Quem?

— Meu cliente gostaria de lhe fazer uma proposta.

— Uma proposta?

— Uma proposta de trabalho. Mas o senhor Yephuna gostaria de discutir a proposta pessoalmente, na sua casa de campo.

— Minha casa de campo?

Nada mais típico do que fazer papel de idiota quando sou pego despreparado. É como se o tempo se acelerasse demais para eu acompanhá-lo. Sou o capanga de filme de ação que leva uma surra no qual a câmera é lenta somente para o herói.

— Não. A casa de campo dele — ela responde com óbvia impaciência. — Fica perto do município de Teresópolis, na região serrana do Rio de Janeiro.

Aperto os olhos e sacudo a cabeça tentando arrumar os pensamentos. Uma proposta de um sujeito desconhecido através de uma advogada desconhecida para trabalhar em Teresópolis?

— Obviamente, nós temos como providenciar o seu transporte até lá.

— Olha, eu não advogo mais.

Interessante, depois de tanto tempo trabalhando na agência, ainda me vejo como advogado.

— Você é advogado?

Ouço uma risada de surpresa, meio roncada, e relaxo um pouco. Minha curiosidade em relação a essa proposta inusitada é substituída pela curiosidade a respeito dessa Amanda. Quantos anos será que ela tem? Ela tem uma voz grave, forte, mas não parece muito velha.

— Quantos anos você tem?

— Como?

— Ouvi você rindo ou foi impressão minha?

— É que eu não podia imaginar que você fosse advogado... Olha, o senhor pode vir?

— Você. Me chama de você. Você riu de mim?

— Tenho vinte e seis anos.

— Sua voz parece mais nova, sua risada...

Tenho vontade de rebobinar a conversa inteira e começar de novo. Sou realmente péssimo em diálogos improvisados. Já devia ter aprendido que sempre preciso ensaiar.

— E então, você pode vir?

O meu impulso é dizer: "Lógico! Me passa o endereço! Estou pronto para fugir hoje mesmo, para onde quer que seja".

— Não, eu não tenho como largar o meu trabalho assim, sem aviso prévio. Precisaria me organizar...

Ela faz uma pausa longa demais. Rezo para ela não mudar de ideia.

— Olha, eu poderia providenciar um motorista para buscá-lo amanhã de manhã.

— É alguma posição em *marketing*? Que empresa tem sede em Teresópolis?

— Infelizmente eu não sei qual a natureza da proposta. Nosso motorista pode passar na sua casa às oito. O nome dele é Marrom.

— Marrom?

— Não fui eu que dei o apelido — ela responde, defendendo-se de um ataque inexistente. — Ele vai esperá-lo às oito na portaria do seu prédio.

— Oito da manhã? É, pode ser. Acho que consigo me organizar para amanhã.

Passo o meu endereço para ela e desligo o telefone, mecanicamente. Que diabos estou fazendo? Será que dá tempo de ir e voltar no mesmo dia? O que eu vou dizer para a Lisandra? Como essa mulher me achou? Como sou idiota, idiota, idiota! O toque do telefone interrompe a minha autoflagelação.

— Daniel?

— Amanda?

— Esqueci de dizer. É melhor você trazer uma mala para uns cinco dias, por via das dúvidas.

— Cinco dias?

— Pelo menos.

— Está bom.

Está bom? Quem está controlando a minha boca?

— Até amanhã.
— Até. Beijo.
Beijo? Que diabos estou fazendo?

No caminho para o escritório, ensaio o discurso para a Lisandra e começo a tossir seco.

Lisandra, obrigado por tudo, mas vou embora. Por uns tempos. Vai ser bom para a gente. Se cuida.

Não.

Lisandra, nossa relação não está funcionando. Estou sufocado. Preciso ir embora, para o meu próprio bem. Para o *seu* próprio bem, quero dizer.

Lisandra. Vou embora. Eu não sou seu bibelô. Não estou à venda.

Desnecessariamente cruel. Por que eu quero puni-la se o crápula sou eu? Talvez eu precise de mais do que cinco dias.

Lisandra, preciso de um tempo para pensar, talvez escrever outro livro, um sabático. Um sabático curto. Não precisa ser um ano inteiro. Só o tempo que for necessário. Sabático.

É exatamente o termo que eu precisava: oficialesco, neutro, nada definitivo ou dramático. Espero que ela entenda que o sabático não se aplica exclusivamente à agência. Não vai ser difícil, me iludo.

Espero dentro do carro estacionado até conseguir controlar a crise de tosse. Quando entro no escritório, sou recebido pelos invisíveis ácaros que flutuam no ar gelado e viciado, os móveis e os objetos moderninhos que parecem parte de um cenário de parque temático de *startup ponto-com*. O ambiente descontraído da agência que conheci há três anos já não me engana ou ilude. Os pôsteres irônicos, os cactos com óculos escuros e sombreiro na entrada, o espantalho engravatado no jardim de inverno, a mesa de pingue-

-pongue pintada de quadra de tênis de grama com plateia e juiz em miniatura — não passam de canais de Veneza em um hotel de Las Vegas, simulações sanitizadas. O zumbido do ar-condicionado faz parecer que ele está sugando e não soprando o ar para dentro do escritório. Tento esquentar e secar minhas mãos na calça. Cumprimento todas as pessoas mecanicamente, bom-dias sem som e acenos de cabeça. Paro na frente da porta entreaberta do escritório da Lisandra, limpando a garganta, que não para de coçar.

Sinto-me culpadíssimo. Mal posso respirar. Sou um gigolô, um prostituto, um aproveitador. Aproveitei o dinheiro da Lisandra e agora vou dar o fora. É claro que o dinheiro não vai fazer diferença. A Lisandra é herdeira de um bilhão de hectares de plantações de cana-de-açúcar na Bahia. E é dona de uma das maiores agências de *marketing* direto do país. Sinto uma raiva repentina de todas as joias escandalosas, das bolsas de milhares de dólares. Tusso para limpar a garganta.

— Oi, Lis — digo baixinho, com metade do corpo do lado de fora da sala.

Ela está falando no telefone, mas acena para eu entrar e sussurra "espera um pouco" com a mão direita cobrindo o bocal do telefone. Ela me deixa esperando intermináveis minutos, em pé, no meio da sala. É uma humilhação branca, uma forma de me lembrar que sou sua putinha. Sinto a minha resolução se abalar. Ela está falando com um cliente, contando um história qualquer. De vez em quando me encara e levanta as sobrancelhas como se dissesse "desculpa, cliente, sabe como é". Numa pausa mais longa, ela estica a mão, que eu seguro enquanto ela me sopra um beijo silencioso. Repito o meu discurso na cabeça.

Ela se despede do cliente mandando uma beijoca com um carregado sotaque baiano.

— Oi, lindo. Desculpa. Senta.

Sento. Sinto uma gota de suor escorrer pelo vale da minha coluna vertebral e desencosto da cadeira para tentar não molhar a camisa.

— Lis, eu queria te pedir uma coisa.

A Lisandra é uma monja, uma rocha de segurança. Seu sorriso zen só amplia o meu sofrimento. Olho para o pescoço dela e imagino as minhas mãos apertando-o com força. Espremo um sorriso e apoio os cotovelos na mesa.

— Sabe o que é...?

Ela se reclina para a frente e, preparada para ouvir uma confidência, aperta a minha mão.

— Eu preciso de um dia — desvio o olhar —, talvez dois. Para resolver uns problemas. — Olho para ela de lado. — Pessoais.

Um dia? Que diabos estou falando? Por que não peço o maldito sabático?

— Que problema pessoal? Você está estressado, Dan? É alguma coisa de saúde? É aquela dor de cabeça de novo?

Faço que não com a cabeça. Tento falar, mas ela não deixa.

— Ai, meu Deus, não é nada com a sua mãe não, é? — Ela fica satisfeita com a minha sacudida da cabeça e não espera uma resposta antes de continuar. — Sabe o que eu acho? Que você precisa de descanso. A gente podia viajar juntos de novo. Mas nada de ficar batendo perna. Vamos para a fazenda de papai, nada de viagem cansativa. Deixa eu te mimar um pouquinho. Papai está louco para passar um tempo com a gente. Vamos terminar a nova campanha e viajamos logo depois.

Ela abre a agenda de couro Louis Vuitton e a examina, passando a ponta da tampa da caneta pelas páginas.

— Olha, até o dia 13 você consegue acabar tudo, não consegue?

Estamos no dia 2. Engulo seco. O suor que escorre pelas minhas costas já molha o elástico da minha cueca. Tento me ajeitar na cadeira de forma que o suor não atinja a camisa.

— É que eu precisava sair amanhã. — Minha voz falha e a frase sai desafinada, como se proferida por um pré-púbere.

— Amanhã? Que pressa é essa? Você está tão estafado assim? Ou será que o mundo vai acabar amanhã e não me avisaram? Aguenta mais um pouquinho, Dan, senão a gente sai, mas não desliga do trabalho — ela diz com a cabeça inclinada para a esquerda e um sorriso complacente.

— É que... — Minha voz some completamente.

— Olha, vamos fazer o seguinte. A gente corre para fechar o projeto mais cedo. Quem sabe a gente termina esta semana mesmo? Você sabe como essa campanha é importante, não sabe? Você sabe como está ficando complicado conseguir os bancos de dados. Quero terminar esse assunto rapidinho. Você entende que a gente não pode segurar esse arquivo aqui, né? Tá cheio de procurador do Ministério Público querendo aparecer no Jornal Nacional.

Ela procura a minha cumplicidade, mas abaixo a cabeça para evitar o seu olhar.

— O.k.

— Você é lindo!

A Lisandra começa a arrumar a mesa, numa deixa para eu me levantar e sair.

— Vem cá e me rouba um beijinho.

Obedeço e saio da sala tentando manter a dignidade depois do nocaute. Ela arruma os cachos atrás das orelhas, magnânima, e nem espera a minha saída para pegar o telefone.

Guevurá — Força ou Justiça

A arrogância e a vaidade são as manifestações mais sorrateiras da energia negativa. Depois de tantas noites pontificando nos encontros de cabala sobre a facilidade que o ser humano tem para se corromper e se enganar, Yoshua agora é confrontado por sua própria corrupção. De qualquer forma, hoje é o dia de ir a Nínive e dizer a verdade.

Na primeira vez que Yoshua emitiu uma guia para a seguradora incluindo exames que não haviam sido realizados, o objetivo era simplesmente cobrir um pequeno buraco. No mês seguinte, emitiria um relatório de retificação e tudo seria tratado como um erro honesto. Infelizmente, no mês seguinte a situação financeira do laboratório se deteriorou ainda mais. Yoshua tentou falar com o dr. Malsim, o dono, mas o médico desmarcou a reunião três vezes seguidas, e a verdade era que, conhecendo o temperamento do chefe, Yoshua não estava muito ansioso por essa conversa. No final do mês, emitiu para a seguradora uma fatura com novos exames fantasmas. Como a seguradora parecia não perceber nada, Yoshua ainda repetiu o procedimento por mais três meses, na esperança de encontrar uma solução definitiva que salvasse a empresa e, principalmente, o emprego dos quase trezentos funcionários. Mas a cada dia ficava mais claro que a situação era irreversível. Depois de uma noite de reflexão, Yoshua finalmente resolveu pedir demissão, confessando ter inflado o faturamento com os exames falsos e dispondo-se a arcar com as consequências, fossem quais fossem.

Yoshua prepara cautelosamente a apresentação. A fraude foi responsável por tirar o laboratório do vermelho em três dos cinco meses anteriores. Nos outros meses, respondeu pela maior parte do lucro.

Depois de ouvir a explicação, o dr. Malsim pergunta:

— Quer dizer que, mesmo deixando de lado qualquer custo ou penalidade legal, a empresa não tem como devolver o valor que você fraudou nesses últimos meses?

— Poderíamos pedir mais um empréstimo, mas o banco certamente exigiria uma garantia real.

— Podemos oferecer a casa como garantia?

— Já está hipotecada. Lembra que o senhor assinou os papéis no ano passado?

— Então não tem mais nada?

— Eles provavelmente aceitariam a sua casa como garantia, talvez o sítio de Itaipava.

— Quem mais sabe disso? A Tatiana?

— Ninguém. Eu fiz os relatórios para a seguradora pessoalmente.

— E ninguém percebeu?

— As pessoas não prestam atenção no que não esperam ver. O mundo opera segundo expectativas. Estamos programados para viver o máximo de tempo possível em repetição de padrões aprendidos...

O dr. Malsim o interrompe com um grunhido, com o corpo todo vibrando de violência.

— Ninguém vai saber disso. Ninguém!

Yoshua está sério, contemplativo. Confessar fizera-o sentir-se aliviado. O que é um emprego? Pensa em como vai compartilhar sua fraqueza no grupo de estudos. É uma ilustração perfeita da *yetser hara*, a inclinação para o mal que reside na alma de todo ser humano. E a forma como buscamos justificativas e racionalizações para comportamentos que sabemos que são errados.

— O melhor é contarmos o mais cedo possível e alegar um erro administrativo. Reconhecer um erro é sempre louvável. Eu quis salvar o negócio com esses exames, mas agora percebo como fui manipulado pelo apego ao meu desejo de receber. Mas nós não precisamos nos preocupar, nosso *sitra achra*, nosso "outro lado", também faz parte do Absoluto.

O médico vira-se para Yoshua e caminha em sua direção com passos firmes, segurando-o pela gola da camisa.

— Cala a boca, seu judeu imundo. Você acaba de arruinar uma carreira de trinta e cinco anos de medicina. Ninguém vai saber disso. Nunca.

Yoshua se desvencilha do médico e afasta-se, recompondo-se. Sua voz continua firme, mas seu corpo treme de leve.

— Sua carreira de médico não tem nenhuma relação com o trabalho do laboratório. Talvez seja hora de retomar sua vocação verdadeira e voltar a clinicar. A revelação da realidade...

O médico o empurra para fora da sala aos berros.

— Para de tagarelar e some daqui, Yoshua, antes que eu perca o controle e te desça a mão. Agora eu preciso pensar em como arrumar essa merda que você fez. Você me arruinou, seu desgraçado!

Na manhã seguinte, enquanto abre o portão do seu sobrado na Rua Sarapui para sair com o carro, Yoshua sente uma fisgada quente na perna direita. Desaba de joelhos nos paralelepípedos antes de perceber o que está acontecendo. Quando ameaça virar o rosto, ouve o barulho oco do osso do maxilar se quebrando. Fica de quatro, com a visão escurecida e a cabeça latejando. A visão volta, mas acompanhada de um zumbido agudo num volume quase insuportável. Cobre a orelha com a mão, sente o gosto de sangue na boca, o inchaço quase imediato esticando a pele. Vira o rosto para cima. Consegue entrever um sujeito atarracado, de paletó surrado, com um cassetete na mão, dizendo algo que ele não consegue ouvir, mas imagina ser: "Está entendido?".

Yoshua acorda com uma cigarra alojada no ouvido, zumbindo num volume insuportável. Ele tenta enfiar o dedo na orelha, mas sua mão está presa à grade lateral da cama. A adrenalina corre nas suas veias e o pânico toma conta de cada fibra do seu corpo. Uma enfermeira se aproxima.

— Acordou. Que bom! Vou chamar a sua mulher e o seu médico.

Yoshua tenta reclamar do zumbido, mas seu maxilar está imobilizado com uma faixa enrolada na cabeça. Ele move a cabeça na direção da algema e consegue grunhir. A enfermeira olha para ele com uma cara de piedade e solta o velcro que prende seu pulso. Ele consegue ouvir a voz dela atravessando o apito.

— O senhor passou a noite toda mexendo no ouvido e nos pontos. O médico mandou prender a sua mão para o senhor não se machucar.

Ele passa a mão nos pontos. Não está sentindo dor, mas o sofrimento é o mais intenso que já sentiu na vida.

— O senhor não pode mexer a boca. Se tentar, vai ser pior. Vou pegar um bloquinho para o senhor se comunicar melhor.

A enfermeira sai e, antes que ela volte, a mulher de Yoshua entra correndo no quarto, pega a mão direita do marido e a encosta nos lábios, sem beijá-la.

— O que fizeram com você?

Ele aponta para o ouvido e faz uma expressão de dor. A mulher pergunta se os pontos estão doendo. Ele fecha os olhos e percebe que o apito está soando somente no ouvido esquerdo.

O dr. Malsim chega algumas horas mais tarde. Sem falar nada, cumprimenta a mulher de Yoshua calorosamente e pega a prancheta que fica pendurada em um gancho na cabeceira da cama. Depois pede à mulher que dê licença aos dois. Quando fica sozinho com Yoshua, diz, sem tirar os olhos da prancheta:

— Acho que a sua recuperação deve ser rápida. Em três semanas você já vai poder começar a ingerir alimentos pastosos e sólidos macios. A lesão na perna não rompeu nenhum tendão, deve causar apenas um hematoma.

Depois pendura a prancheta no gancho e, apoiando-se na cama, aproxima a boca do ouvido direito de Yoshua.

— Ouve bem, judeu de merda, presta atenção que eu só vou falar uma vez. Nada nesta vida fica sem pagamento, nada. E agradeça por ter tido o privilégio de pagar em vida, porque lá embaixo o castigo é eterno.

O médico se levanta e fica parado, sorrindo, esperando a enfermeira chegar. Quando ela volta, discute alegremente sobre o anti-inflamatório e sobre a recuperação do paciente. Olhando para Yoshua, diz para a enfermeira:

— Ele só precisa descansar um pouco.

— Imagina que horror deve ser sofrer um ataque assim, na frente da própria casa!

O dr. Malsim apoia a mão no braço de Yoshua e, olhando para a enfermeira, diz:

— Graças a Deus a mulher dele não estava em casa. Imagine se fosse ela.

— Ai, Deus me livre — diz a enfermeira, fazendo o sinal da cruz.
— Deus nos livre.

Quando Jonas entra no quarto do hospital, Yoshua está dormindo, sedado. A mulher o cumprimenta sem palavras. Sua cabeça enfaixada está deformada por um inchaço arroxeado na lateral. A mulher diz que o rosto deve voltar ao normal em alguns dias, que a única marca permanente será a cicatriz ao longo do maxilar. Ela chora ao contar que o ladrão não levou nem o carro, fugiu, covarde.

Jonas senta na poltrona e conversa amenidades com a mulher de Yoshua. Quando está prestes a se despedir, percebe os olhos arregalados do amigo olhando para ele. Levanta-se e aproxima-se da cama.

— Como você está se sentindo?

A mulher se aproxima da cama.

— Ele ainda não pode falar. O maxilar precisa ficar imobilizado para cicatrizar. O pior é o *tinnitus*. O Yoshua tem reclamado muito do zumbido no ouvido. O médico disse que pode durar anos, pode até durar para sempre — ela explica com a voz chorosa e uma expressão de condolência.

Yoshua pega o bloquinho e a caneta da mesa de cabeceira e escreve, sem pressa. Depois arranca e dobra a folha e a põe na mão de Jonas, que começa a desdobrar o papel. Mas Yoshua faz que não com a cabeça, pega a mão de Jonas e fecha-a em volta do bilhete. Jonas espera sair do elevador do hospital para ler o que Yoshua escreveu: "Descobri a reparação que temos que fazer".

Jonas espera impaciente a alta do amigo, que demora três semanas. Eles se encontram na casa de Yoshua. Depois de ouvir um breve relato sobre os acontecimentos no laboratório, Jonas pergunta:

— Não entendi. Eu trabalho numa corretora, o que posso fazer para acobertar a fraude?

O *tinnitus* causado pelo trauma no maxilar diminui um pouco de intensidade, mas não some completamente, tornando o simples ato de conversar um desafio de autocontrole e concentração. Yoshua fala baixo e lentamente, com a voz áspera, fechando os olhos com frequência na tentativa de separar a voz do zumbido agudo.

— Não quero que você acoberte nada, Jonas. É exatamente o contrário.

— Como assim?

— Estou oferecendo um trampolim para a sua carreira, Jonas. Mas você não pode passar pela corretora, precisa ir diretamente para a seguradora.

— E você? Não podem te prender?

— Em tese, talvez. Mas duvido que eles abram um processo civil ou criminal.

— Por quê?

— Uma seguradora é uma administradora de riscos. Como você acha que o mercado e os acionistas reagiriam se soubessem que fraudes primárias passam debaixo do nariz deles sem qualquer salvaguarda? Vão ameaçar o dr. Malsim, mas vai ser tudo orquestrado para levar a situação para um acordo privado. O dr. Malsim paga a dívida, provavelmente perde o laboratório, mas fica fora da cadeia. A seguradora recebe o dinheiro e evita um escândalo danoso para a sua imagem. Todos ganham.

— E você? Por que assumir esse risco à toa?

— Eu tenho um objetivo maior. Encontrei o caminho da minha reparação neste mundo. Tudo que é convergente com esse caminho é importante para mim.

— Como eu vou delatar o esquema? Como vou dizer que consegui as informações?

— Você vai até o laboratório. Diz que precisa renovar o convênio com a seguradora. Só precisa arranjar uma forma de falar com a gerente que ficou no meu lugar e convencê-la a deixar você entrar no meu computador. Eu te digo como encontrar tudo.

Jonas aceita de bom grado o papel de delator. Parece uma decisão simples. Ele faz um favor a Yoshua e ainda aparece como herói diante da seguradora. É fácil agendar uma reunião para cotar um novo convênio de seguro-saúde com a ex-funcionária de Yoshua. Mas o processo é interrompido quando o dr. Malsim fica sabendo. Jonas insiste em uma reunião com o dono do laboratório por várias semanas, até conseguir uma audiência de quinze minutos. O médico atrasa vinte minutos e já entra na sala dizendo que não tem interesse em trocar de convênio. Jonas, preparado, abre uma pasta de couro.

— Parece que o pessoal da seguradora está pedindo uma reavaliação do seu convênio.

O médico senta, apreensivo.

— Bobagem, estou com eles há anos e nunca tive qualquer problema.

— Sua empresa não é mais um laboratório pequeno. Os exames estão cada vez mais caros e são cada vez mais solicitados pelos médicos. Tenho certeza de que uma revisão do seu convênio seria salutar.

— Eu sou médico, entendo de diagnósticos, não quero saber de detalhes operacionais ou financeiros. Quanto menos mexer, melhor.

— Mas quem está querendo mexer é a seguradora. Fiquei sabendo que estão querendo rever todo o processo de liberação de exames. Ontem mesmo visitei um laboratório que estava sendo auditado.

Eu conheço o pessoal da seguradora há anos. Se o senhor me deixar representar o seu contrato, garanto que eles não vão lhe encher a paciência com revisões. A gente rasga o passado e começa uma história nova com um contrato novo, melhor para as duas partes.

O médico massageia a ponte do nariz, irritado.

— Eu não quero mexer em nada do passado. Você pode fechar um convênio novo, mas não quero nem saber do passado, está certo?

— Combinado. Só vou precisar de algumas informações.

— Não quero ninguém bagunçando os meu documentos e laudos. Estamos reestruturando a área financeira da empresa. As coisas estão um caos.

— Não se preocupe. Já conversei com a sua gerente financeira e expliquei tudo que eu preciso. Eu mesmo vou ajudá-la a pegar as informações para agilizar o processo.

— É muita coisa?

O dr. Malsim está desconfiado, parece estar reconsiderando a decisão.

— Não é nada. Preciso de três minutos com ela. Só documentação dos tipos de exame e equipamentos que vocês usam.

A moça do financeiro parece perdida. Jonas se oferece para manipular o computador. Acessar a pasta de arquivos com os registros de exames dos últimos dois anos é trivial. Jonas grava as informações e as leva consigo num disquete. Quando começa a análise, fica estarrecido. A fraude gira na casa dos milhões de reais. Mesmo sem as informações de Yoshua, qualquer auditoria seria capaz de identificar aberrações óbvias. No primeiro mês, a diferença é mínima, mas cresce geometricamente nos meses seguintes. No quinto mês de adulteração, uma em cada cinco solicitações foi modificada para incluir exames sem qualquer laudo ou evidência. Densitometrias ósseas foram registradas em unidades sem equipamentos instalados. Há ecocardiogramas e eletroencefalogramas registrados em duplicidade, há fichas de exames duplicadas para vários pacientes.

Jonas consegue uma reunião com o diretor-geral da seguradora no Brasil e apresenta um dossiê detalhado da fraude. Depois, seguindo a sugestão de Yoshua, oferece seus serviços para liderar uma revisão completa dos processos de prevenção de fraudes da seguradora.

A sala de reuniões da seguradora tem uma imensa mesa de mármore e cadeiras de couro. Jonas está maravilhado. Um grupo de diretores e gerentes olha para ele, curioso. O presidente da seguradora pede silêncio e começa a falar.

— Bom dia, senhores. Este é o Jonas Esdras, o corretor que pegou a fraude da clínica Malsim.

— Bom dia — Jonas diz, extasiado, controlando-se para não começar a rir.

— O Jonas vai coordenar o novo time de prevenção a fraudes, mas antes gostaria de fazer uma pergunta a todos vocês, em especial a você, Franco.

Franco, um sujeito de óculos grossos e cabelo despenteado, se arruma na cadeira. O presidente lança um olhar severo para ele.

— Como uma pica desse tamanho passou despercebida?

Franco responde olhando para a pasta à sua frente.

— Nós usamos os procedimentos padrão do mercado. Muitos desses sinistros são de procedimentos novos. As amostragens e as verificações atuariais correntes não são eficazes para detectar esse padrão. O perfil de sinistro da clínica do dr. Malsim tem um R_2 alto comparado com a carteira modelo, dentro dos nossos padrões de KS.

— KS é o cacete! A fortuna que eu gastei com a sua equipe de esquisitos do IME não serviu pra porra nenhuma. Se um funcionário de uma corretora pequena não tivesse detectado a fraude, a trolha seria maior ainda. Aliás, ainda nem começamos a ver os outros laboratórios.

— Em tese...

— Em tese! Você ainda tem uma tese, Franco? Você vai responder ao Jonas até ele entregar o relatório. Ele vai ter acesso irrestrito a mim e ao conselho. Se ele reportar qualquer resistência da sua equipe, não vou ser tão tolerante de novo.

— Você está me demovendo?

— Você está mantendo o emprego, Franco. Dê graças a Deus. Aliás, dê graças ao Jonas. Você podia ter ficado sabendo da fraude do Malsim pelos jornais. Espero sua cooperação irrestrita. O Jonas vai reportar o progresso diretamente a mim, toda segunda-feira.

Virando-se para Jonas, ele diz:

— Você sabe que o seu currículo não o qualifica para essa posição. Sua formação. Mas gostei de você. Já ganhou a minha confiança, espero que seja capaz de ganhar a minha admiração profissional.

— Tenho certeza de que não vou desapontá-lo.

Canto de Ossanha

Uma tosse seca prenuncia o refluxo fervente que quer escalar a minha garganta, um alienígena ácido que tenta fugir de dentro de mim. Um suor frio cobre a minha testa como orvalho. Estou ficando doente? Logo hoje? Separo a roupa que pretendo usar no dia seguinte, enquanto um novo acesso de tosse me dobra ao meio numa reverência involuntária à mala que está pronta ao lado da cama, esperando apenas a *nécessaire*.
 Tomo um banho demorado e vasculho o meu catálogo mental de biótipos na inútil tentativa de construir uma Amanda. Depois programo o despertador do rádio-relógio para as sete da manhã, deito e apago a luz. Acendo o abajur e reajusto o alarme para as seis e meia e apago mais uma vez a luz. Mantenho os olhos estatelados, encarando o teto escuro. Espero. E espero. Uma hora passa. Levanto e programo o despertador do celular, só para garantir. Antes de deitar outra vez, resolvo programar também o despertador da televisão, só para dormir despreocupado. Deito de novo e fico ensaiando mentalmente alternativas para a minha apresentação.
 Frio e firme: Prazer. Daniel. Obrigado pelo convite.
 Sorridente e caloroso: Amanda? Muito obrigado pelo convite.
 Blasé e direto: Daniel.

Preocupado e motivado: Prazer. Daniel Esdras. Não encontrei informações sobre o seu cliente na internet. Estou ansioso para conhecer a natureza da proposta.

Apaixonado e *caliente*: Amanda. Eu estava ansioso por este momento. Felizmente, valeu a pena esperar.

Durmo pouco e não sonho nem com a Amanda nem com o Caleb, mas com a Lisandra. Ela está na varanda do apartamento, usando o vestido que a minha mãe usou na festa dela e despedindo-se de mim numa língua estrangeira (búlgaro, alemão?). Ela sobe na grade, senta nela com as pernas para fora do prédio, acena para mim e salta. Tento esticar a mão para segurá-la, mas não consigo. Corro até a beira da varanda e me debruço sobre a grade, mas, quando olho para baixo, não vejo o corpo dela estatelado no chão. O prédio está rodeado de água por todos os lados, como o hotel do *Retorno a Olama*. A água engoliu o prédio até o andar de baixo e a Lisandra está em pé, em uma espécie de cesto raso flutuante, apoiando a mão no ombro de um sujeito barbudo de túnica branca e solidéu que rema em pé, para longe. Demoro para reconhecer o homem, mas quando o nome dele emerge não consigo gritá-lo, como se fosse proibido pronunciá-lo. Aceno e gesticulo inutilmente enquanto o cesto é engolido pelo mar.

Levanto dez minutos antes dos despertadores dispararem e me espreguiço na cama. O meu estômago dói. Tusso e me cubro. É isso aí. Vamos ver no que vai dar. Será que ligo para o escritório? Não posso simplesmente não aparecer. Mas o que vou dizer? Dane-se. Talvez hoje a minha vida dê uma guinada.

Sei que para a maioria das pessoas momentos definidores são identificados apenas em retrospectiva. Uma humilhação pública ou uma vitória retumbante, a perda de alguém importante ou o encontro com a pessoa que será o amor da sua vida só se provam decisivos depois do desenrolar das suas consequências. Mas eu sempre reconheço os meus momentos definidores na mesma hora em que eles acontecem. É bem verdade que para conseguir essa façanha lanço mão de uma artimanha um tanto espúria. Parto do princípio de que qualquer momento é definidor. Projeto consequências extremas para cada troca de olhares, cada erro ou acerto, cada palavra proferida ou escutada. Vivo esperando pelo evento, por mais banal, que vai me resgatar da minha vida. Ou me danar de vez. Claro que frequentemente erro, já que a maior parte dos momentos da minha vida acaba levando a becos sem saída. Mas, por outro lado, nunca tive um evento definidor que não tivesse reconhecido de antemão como tal. E no caso desse convite descabido não consigo imaginar como posso estar errado.

Ando de um lado para outro na portaria, ainda tossindo. Por que estou tão preocupado? Dou três petelecos na ponta do nariz. Toda vez que me oferecem alguma coisa me sinto assim. Por que sempre essa sensação de que estou enganando os que sentem interesse por mim? Será que nunca vou me julgar merecedor de nada? Ela é que me convidou. Não prometi nada, não me promovi. Se alguém cometeu um erro de avaliação, só pode ter sido a Amanda ou esse tal de Caleb. Eu devia ter feito perguntas sobre a proposta. E se for uma empresa concorrente direta da Lisandra? E se for alguém querendo que eu denuncie as formas pouco ortodoxas que ela usa para conseguir os bancos de dados com nomes de clientes? Talvez eu esteja prestes a cometer um grande erro. Não, não é provável. O que a gente faz na agência, comprando nomes e comportamentos de consumo de clientes, é uma prática universal e conhecida. Além disso, que agência marcaria uma reunião em Teresópolis? Aliás, agência ou não, quem marcaria uma reunião em Teresópolis? Detesto essa cidade. E como vou entrar no carro de um completo desconhecido sem avisar ninguém? E se for uma abdução, um sequestro? Mas quem sequestra com convite? Pode ser um golpe. Talvez me peçam dinheiro. O velho golpe da oportunidade imperdível, a chance de ganhar milhões aplicando míseros milhares de reais. Pode ser, ou pode ser só a minha paranoia se manifestando. O restinho da minha confiança continua escapando como ar saindo de uma bexiga furada. Ainda são sete e quarenta da manhã e não aguento esperar mais nem um minuto, estou elétrico, com a cabeça latejando.

Um carro preto para na frente do prédio. Tusso com a ponta da língua projetada para fora da boca e sinto ácido de bateria subindo e queimando a minha garganta. Um sujeito bigodudo, de dimensões cúbicas, sai do carro e caminha em direção ao portão. Viro de costas para a entrada e ando em marcha atlética até a escadaria de serviço. Subo a escada até o meu andar e sento no *hall* do elevador de serviço, ao lado da lixeira. Não atendo o interfone que toca na cozinha, escandaloso como um peru perseguido por uma raposa. A luz do *hall*, acionada por movimento, logo apaga, e eu abraço as minhas pernas, enterrando a cabeça entre os joelhos. Depois de algum tempo, o interfone silencia e só ouço o motor do elevador. Cada tranco na casa de máquinas me faz imaginar o sujeito de terno marrom saindo do elevador e me encontrando ali, como um filho que foge de uma surra sabendo que será encontrado.

Resolvo entrar no apartamento sem fazer ruído. Olho pela janela e vejo o carro preto ainda estacionado na frente do prédio. O motorista está com uma mão apoiada no capô, a outra aparentemente segurando um telefone. Quando ele entra no carro, suspiro aliviado. O telefone do apartamento começa a tocar e quase infarto. Pego o telefone sem fio e enfio debaixo das almofadas da sala. Não sei explicar por que estou tão apavorado, por que não entro no carro ou simplesmente digo para o motorista que não vou mais. Estou suando. Limpo a garganta com um pigarro forçado. Desfaço a minha mala para tentar me acalmar. O celular toca. É da agência. Atendo e digo que estou me sentindo mal, com febre alta, que não vou trabalhar. Deito e caio no sono, para compensar a noite maldormida. Num sonho semilúcido, caminho altivo ao encontro do motorista e o cumprimento com um aperto de mão firme. Ao entrar no carro, sinto um incômodo que não consigo identificar claramente. Cruzo as pernas e percebo que estou sem calças.

A Lisandra chega ao meu apartamento sem ser anunciada. Acordo num sobressalto, com a mão dela apoiada na minha testa. A sua voz, conhecida e ao mesmo tempo totalmente nova, me diz que a febre já baixou. O sotaque baiano sumido no suspiro é quase um rastro, um eco de sotaque. Aperto mais os olhos e me aninho no colo da minha mulher, como um marido que percebe na ressaca que quase estragou tudo numa aventura irresponsável. Não me parece paradoxal estar me sentindo tão criança, embora nunca tenha me sentido tão maduro. Enquanto me faz um cafuné arquetípico, Lisandra comenta, baixinho:

— Sabe que eu finalmente terminei de ler o seu livro?

Viro-me no colo dela e a encaro, mas ela continua fitando o meu cabelo.

— Sério?

Ela não responde. Deito de lado de novo.

— Achei que você não gostava desse tipo de livro.

— É. — Ela faz uma pausa no carinho. — Eu nunca entendi muito bem por que gastar tempo lendo uma história que não é de verdade. Todos os livros muito sérios que me deram para ler eram chatos demais e deprimentes. Por que todo livro tem que ser deprimente para ser bom?

— Isso não é verdade. Há livros felizes que são ótimos. Você é que não leu o suficiente.

— Talvez. Eu li alguns clássicos quando era menina, sabe? Mas todos eram deprimentes. Me diga um que não seja — ela pede, séria.

Penso, mas demoro para achar uma resposta. Talvez o Dickens, as comédias do Shakespeare, os romances vitorianos. Não consigo lembrar de nenhuma obra literária contemporânea que não seja, em maior ou menor grau, deprimente. Já ouvi o argumento de que toda boa obra de arte é inquietante; mas o que agride na literatura é o mergulho, o reconhecimento da nossa mortalidade, nossa futilidade, nossa mesquinharia. Os bons livros rompem a membrana das relações corriqueiras, lembram-nos incomodamente que cada pessoa tem motivações e pautas que se manifestam através de diferentes camadas de ocultamento. Livros são universalmente apreciáveis porque as emoções de qualquer protagonista são as nossas. Se o *Retorno a Olama* teve algo de verdadeiro foi porque eu estava enlutado e minha ferida, aberta para as moscas. Pode ter me faltado talento, mas não me faltou honestidade. Mesmo que eu não soubesse definir bem o tema que a alegoria do livro deveria representar. Agora não me importo mais com literatura, estou curado, ajustado.

Mas, se isso é verdade, por que então me importo tanto com a opinião da Lisandra sobre o meu livro? Por que antes mesmo do veredicto dela já estou morrendo de raiva?

— O que você achou?

Ela volta a fazer carinho. Fico enervado, aflito com o movimento circular dos dedos dela, das unhas no meu couro cabeludo. Meu instinto é levantar e arrancar aquela mão.

— No começo, para falar a verdade, não gostei muito.

Ela se arruma na cama para apoiar as costas na cabeceira, ganhando tempo, escolhendo as palavras. Por demais atípico.

— E no final? — pergunto, impaciente.

— É que eu esperava uma coisa diferente. Eu não gosto muito de aventuras e fantasias, de histórias muito viajantes, sabe?

— Sei — digo, apreensivo, mal contendo a raiva.

— Mas... as aventuras do seu livro... toda aquela viagem dos bispos de túnicas brancas, as nuvens de insetos... a despedida... não sei explicar...

Sento ao lado dela, esperando com a mandíbula travada nos molares.

— É uma metáfora, né?

— Na verdade, é uma alegoria. E não são bispos.

Ela parece surpresa.

— Então... se entendi bem... e não tenho certeza se entendi, sabe?

— Fala.

— Então... é interessante...

— Mas...

— É que eu fiquei preocupada.

Seus olhos estão mareados e agora ela me encara com ternura.

— Preocupada com o quê?

Ela demora a falar, fica me examinando, alisando as costas da minha mão de um jeito repetitivo, que me causa profunda irritação. Inspira antes de responder.

— O teu pai não te abandonou, Dan. Você sabe disso, né?

Ela perde a briga com as lágrimas. Sinto o meu rosto ficar vermelho.

— Você não pode achar que todas as pessoas ao seu redor vão embora em algum momento. E nem achar que é natural abandonar as pessoas que ama.

Será que ela sabe alguma coisa da minha quase fuga? Será que me entreguei falando alguma coisa no sono? Olho para ela em silêncio. Mas ela não parece desapontada ou triste comigo. Parece triste por mim. Ela pega a minha mão e me dá um beijo molhado.

— O seu livro é sobre abandono, não é?

Sinto-me culpado, como se tivesse invadido a intimidade dela com uma história que nem eu entendo direito. O meu livro não é sobre abandono. Acho. A Lisandra só está projetando os próprios medos no que eu escrevi. É como se ela pressentisse a minha vontade de abandoná-la e me colocasse contra a parede com psicologia reversa. Beijo-lhe a mão. Lembro-me da sensação de ser uma criança que papagueia alguma coisa na sala de jantar, dissipando os sorrisos dos adultos em constrangimento; a criança não sabe o que disse de errado, mas o fato de ter acertado um nervo a assusta, e ela chora.

Há dores que eu ainda não conheço ou simplesmente ainda não reconheci. Penso que o clichê de esquecer o rosto de pessoas queridas é verdadeiro. Não consigo produzir nenhuma lembrança do meu pai comigo. Ele sempre está fora da minha experiência, estou sempre sozinho do lado visível de um espelho falso. Pela primeira vez, penso na agonia que ele deve ter sentido, as pernas petrificadas por uma cãimbra dolorida, longe da praia, tentando nadar, debatendo-se até a exaustão, engolindo água, apavorado e sozinho em alto-mar. Abraço a Lisandra com medo e me ancoro nela; ouço um pensamento se formando na minha cabeça, dizendo que a minha vida adulta começou. Eu preciso verbalizar as coisas para torná-las reais.

E aí a homogeneidade engole mais dois anos vorazmente, fatorando tudo na memória pelo menor denominador comum. Depois de me mudar com a Lisandra para um apartamento lindo e impessoal, os dias perdem os nomes próprios e são etiquetados como simplesmente úteis ou não úteis. Ondas de tédio, tristeza, alegria e esperança vêm em ciclos de maré, sem tsunamis. Os recados deixados pela Amanda, que começam em perplexidade e terminam em ódio, já não se impõem intrometidos em brechas de pensamentos.

Até os sonhos, na lucidez e no sono, se espaçam mais. Procuro evitar pensar tanto em "e se?" e começo a considerar a vida como fatura liquidada. Volto a sonhar com o meu pai, algo que não acontecia há anos. Num dos sonhos, ele aparece alegre, altivo e forte e eu o abraço sem reservas. Caminhamos lado a lado no calçadão da praia, em silêncio, até que a multidão se adensa e o engole sem que eu perceba. Fico sozinho, perplexo, olhando para os lados e sem conseguir gritar o seu nome.

A minha mãe não chama mais a Lisandra de balzaca, e a Lisandra já não faz mais caretas e fecha a cara quando falo com a minha mãe no telefone. Elas se veem no meu aniversário e se comportam com uma civilidade surpreendente. A Lisandra começa a falar em filhos, andando à minha volta em círculos como uma leoa em torno da presa, esperando o momento perfeito para o ataque fatal. Ela diz que não temos muito tempo, que seria uma coisa muito boa para mim, que me deixaria mais centrado. Desconverso, tento me fingir de morto e escapar, sorrateiro, toda vez que o assunto emerge. Ela já diz que me ama como quem diz um bom-dia, e respondo que eu também. Ela fica mais ousada na cama e eu aproveito, um pouco intimidado com o seu apetite renovado. Ela me convida para ir ao ginecologista com ela e eu invento desculpas. Até a minha mãe começa a tocar no assunto. Diz que eu já não sou um menino, que quer um neto, que não é justo com a Lisandra. Não é justo com a Lisandra, quem diria?

Algumas noites tenho dificuldade para dormir e às vezes me pego distraidamente fantasiando sobre fugas, rompimentos e recomeços.

Na agência, ainda sinto saudade da Kelem. Ela nunca mais falou comigo, mas mantém contato com as outras secretárias do escritório e periodicamente manda fotos do filho loirinho e simpático que fez com o Anta. Ouvi dizer que está grávida de novo. Ela faz falta não só pelo flerte descontraído — pelo menos até a Lisandra arruiná-lo por motivos agora claros —, mas pela eficiência como secretária. Minha nova assistente, a Matilde, vive em estado de permanente pavor. Tudo lhe parece urgente, todas as ligações potencialmente cataclísmicas, e a mera proximidade da Lisandra quase faz a pobre mijar nas calças.

— Seu Daniel, tem uma moça na recepção pro senhor. Disse que é urgente e que precisa falar com o senhor agora. Que se o senhor não atender, vai ficar esperando na saída do prédio. Ai, meu Deus, o que eu faço?

— Primeiro, fique calma. Não deve ser nada grave. Se bobear, não é nem pra mim. — Navego na minha agenda do computador. — Nada marcado. — Confirme se é pra mim, e se for pegue o nome direitinho e de onde é.

Ela sai esbaforida da minha sala. Mesmo sabendo que ela é desmesurada, inevitavelmente acabo apreensivo.

— Seu Daniel, a recepção disse que é uma tal de doutora Demires, por parte de um senhor Bem alguma coisa. Posso mandar entrar?

A Amanda? Todas as coisas são escravas das circunstâncias. Mesmo a mais sonhada fantasia precisa do momento certo para não se tornar um pesadelo. Sonhei em encontrar a Amanda e fugir de São Paulo, mas não posso encará-la agora.

— A Lisandra já voltou?

— Acho que ela não volta mais hoje, deixou a chave do carro pro senhor. Posso liberar a entrada da moça?

— Pode. Põe ela na sala 2. Aproveite e peça pra alguém arrumar o ar da minha sala. Está congelando aqui, vou morrer de pneumonia assim.

— Foi o senhor que pediu pra manter o termostato em dezenove graus.

— É, mas deve estar uns doze agora — digo, tossindo.

* * *

Entro na sala. A Amanda está em pé, de frente para a janela que dá para o jardim de inverno.

— Boa tarde. — Estendo a mão.

Ela se vira para mim, mas recusa o meu cumprimento.

— Por que você fugiu?

A pergunta é feita como se estivéssemos retomando uma conversa interrompida momentos antes. Fugir é uma palavra muito forte, penso em dizer jocosamente, mas a expressão severa do seu rosto me dissuade. Não tenho coragem de dizer que foi por uma combinação da minha tendência natural a procrastinar com o medo da Lisandra.

— Eu não tinha interesse na sua proposta.

— Não foi isso que você me disse no telefone. E, de qualquer forma, você poderia ter se dignado a me dizer isso na época, em vez de se recusar a atender meus telefonemas.

Levanto os ombros.

— Desculpa? — pergunto, cauteloso.

A Amanda não é exatamente bonita. É baixinha, e apesar de relativamente magra tem traços campestres, seios grandes, olhos castanhos um pouco afastados demais, testa curta e cabelo castanho grosso preso num rabo de cavalo. Mas é uma daquelas moças espevitadas, agressivas, que preenchem os ambientes com energia impaciente. Parece que a qualquer momento vai desgrudar do chão e começar a ricochetear pela sala. Ela desaba numa cadeira e começa a tamborilar os dedos nos braços do móvel. Suas unhas estão roídas.

— Sabe o que é engraçado?

— Não — digo, aproximando-me.

— Primeiro ele ficou obcecado por você. Queria saber detalhes da sua vida. Eu perguntava por quê, para quê, mas ele não dizia nada. Ficava mudo, me olhando como se eu fosse incapaz de entender. Talvez tivesse razão. É incompreensível para mim o que um homem como ele poderia ver de interessante num sujeito como você.

Sento na cadeira em frente dela e bebo um gole de água. A Amanda continua sem prestar atenção em mim.

— Primeiro ele passou meses coletando informações sobre você, ficou lendo e relendo aquele seu livrinho como se tivesse algum segredo escondido nele. Depois, quando soube que você tinha virado diretor desta empresa, me mandou te procurar. Quando eu disse que você iria encontrá-lo no vale, ficou agitado como eu nunca vira antes. Não parava quieto na casa, queria detalhar todos os preparativos pra sua chegada.

Ela sacode a cabeça, vira os olhos para cima e expira com uma expressão de incredulidade.

— Você não conhece o Caleb. Ele não é assim. Não fica agitado nem impaciente. Enfim, como bem sabemos, você não apareceu. O Marrom me disse que o porteiro não te viu sair. Ele ficou horas te esperando em frente ao prédio. Até aí, tudo bem, não me surpreendeu tanto. Caras mentirosos, que se comprometem com alguma coisa e não cumprem, conheço de montes. O problema foi o efeito no Caleb. Eu já estava com ele há quase um ano e nunca o tinha visto se abalar por nada. Não consigo entender por que ficou tão perturbado por você não ter aparecido. Olha, esse homem brilhante, bondoso e sereno ficou desolado, apático. Até fatalista, tudo que ele não é, dizendo que era melhor assim e coisa e tal. E pedindo pra eu não insistir, pra deixar pra lá! Eu disse que seria fácil te encontrar e te trazer. Você acha que adiantou? Olha, naquelas semanas que eu fiquei te ligando um milhão de vezes ele nem ficou sabendo. Simplesmente não queria mais saber do assunto. E não queria mais saber de perguntas. Ficou com raiva de mim porque eu insisti, se afastou de mim. Como se a culpa fosse minha!

Ela se levanta e me encara, feroz.

— Olha, em todo o tempo em que eu trabalhei com ele, nunca falhei em nada que ele me pediu. Exceto te levar até ele. E é claro que para a minha sorte isso era aparentemente a coisa mais importante do mundo.

Espero um pouco para ter certeza de que ela acabou o monólogo e digo:

— Me parece um sujeito extremamente rancoroso e injusto. Não foi culpa sua.

— Não. Foi sim. Claro que foi. E agora eu vou corrigir isso.

— Depois de todo esse tempo? Não entendo por que você resolveu me procurar de novo agora.

— Quero que ele saiba que eu sou capaz de fazer qualquer coisa por ele. Mesmo que ele resolva ir embora e não me levar junto.

— Deixa ver se eu entendi. Você quer que eu vá até Teresópolis como uma prova do seu amor por um sujeito que eu nem conheço?

— Prova de amor! Você é muito folgado mesmo.

— Eu sou folgado? Você é que invadiu o meu escritório e ficou aqui gritando comigo sobre um cara que eu nem conheço.

— Preciso que você venha comigo.

— Por que diabos eu faria isso por você? Telefona pra ele que a gente conversa pelo telefone.

— Ele não quer falar no telefone.

— Isso é ridículo.

— Pode ser, mas é do seu interesse vir comigo.

— Faço ideia. Estou interessadíssimo.

— Uma das últimas coisas que ele me pediu foi criar um *trust fund* na Ilhas Virgens Britânicas.

— E eu com isso?

— O *trust fund* estabelece regras pra liberar uma soma de dinheiro pra você.

Demoro alguns segundos para digerir a informação.

— Pra mim? Que regras?

— Agora você finalmente parece interessado, claro.

— Que dinheiro é esse?

— Você vai ver. O Caleb me nomeou curadora. Estou cuidando sozinha de toda a papelada. Juro por tudo que é mais sagrado que se você não vier comigo vou fazer de tudo pra garantir que o dinheiro nunca chegue a você.

— Assumindo que isso seja verdade, você tem esse direito?

Ela me encara com a expressão desafiadora.

— Não, claro que não. Mas não quer dizer que eu não vá fazer.

— Olha, doutora, saiba que eu sou advogado e posso te processar, caçar o seu registro na OAB!

Ela ignora solenemente a minha ameaça.

— Você vai me ajudar ou não?

Ela senta novamente e expira forte. Com o corpo largado na cadeira, fica me encarando.

— Muito suspeita essa história toda. O que esse cara quer comigo?

— A única coisa que eu sei é que ele queria que você escrevesse a biografia dele.

— Biografia? Eu? Por quê?

— Sei lá. Acho que tem alguma coisa a ver com o seu livrinho.

— O meu livrinho?

— É. O Caleb me contou a história da volta para o *Olam ha-ba*.

— O livro se chama *Retorno a Olama*.

— Eu sei, você só trocou "*olam*", que é "mundo" em hebraico, por "Olama", mas a história é uma alegoria para o *tikun* cósmico.

— Não sei do que você está falando. E quem é você pra me dizer sobre o que é o meu livro?

Só pode ser um golpe. Claro, dinheiro de graça, condições esotéricas, um mistério. Mas, pensando bem, ela ainda não pediu nada em troca. Não pediu dinheiro para liberar o *trust fund*, não pediu os meus dados pessoais ou documentos, não pediu a minha assinatura. E vir aqui pessoalmente? Parece muito risco para um golpe contra mim. A não ser que o alvo seja a Lisandra.

— O que você quer de verdade, mocinha?

— Mocinha? Pra você é doutora!

— Isso tudo está me cheirando muito mal. Você está achando que eu tenho cara de otário, não é? O que você quer de mim?

— Olha aqui, seu trouxa, se você quiser me ajudar, eu te ajudo. Mas já estou começando a achar que você iria atrapalhar mais do que ajudar.

Ela se levanta e arruma as pregas das calças, bufando.

— Você pode me dar alguma prova de que está falando a verdade? Porque eu não encontro nada na internet sobre esse seu cliente misterioso e esse papo todo de *trust fund* é muito vaporoso. Preciso de algo minimamente concreto.

A Amanda pondera, trocando o peso de um pé para o outro.

— Eu não entendo qual o seu problema! Eu estou pedindo pra você ir até o Rio de Janeiro, não até o Nepal. Se você não quiser vir, não venha e pronto.

Realmente. Não sei por que estou hesitando tanto. Não é nada demais.

— Está bem. Podemos sair na sexta-feira. Digo que vou visitar a minha mãe...

— Não, senhor. Já fiquei esperando uma vez. Agora você vem comigo, já. A gente passa na sua casa, pega umas roupas e vai direto.

— Eu preciso falar com a....

— É inegociável.

No final das contas, era tudo que eu queria. Mais uma vez deixar uma mulher mandar em mim e me carregar com ela.

— O.k.

Estico a mão e a Amanda estende a mão dela. Aperto os dedos pequenos com força e encaro-a de frente para ver se ela desvia o olhar primeiro. O fato da mão dela estar suada e fria me conforta.

— Você pode me soltar, por favor? — ela diz, puxando a mão com os olhos semicerrados.

O motorista está dentro do carro, esperando na frente da agência. A Amanda senta no banco do passageiro e me deixa no banco de trás, como uma criança. O motorista me olha pelo retrovisor. Ela lhe pergunta se ele ainda se lembra do meu endereço e ele solta um grunhido que ela aparentemente toma como consentimento.

— Eu não moro mais naquele apartamento — informo, sentado na ponta do assento, apoiando as mãos no encosto do banco dianteiro.

Sem olhar para mim, a Amanda pede o novo endereço. Respondo, mas ela já está com o celular colado no ouvido. Fico brincando com o meu, jogando-o de uma mão para a outra, pensando no que eu vou dizer para a Lisandra. A Amanda desliga e vira o rosto para o lado o suficiente para me olhar de canto de olho.

— Você mora sozinho?

— Não.

— Você não usa aliança.

— Interessante você ter reparado. E você, é casada?

— Claro que não.

— Por que claro?

Ela não responde. Segura a alça do carro com uma mão e suspira. Quando paramos na frente do prédio, ela se vira totalmente para mim.

— Faça uma mala rápida. Juro que só vou esperar quinze minutos, contados no relógio.

Saio do carro. O porteiro me cumprimenta.

— Conseguiu sair mais cedo do trabalho, seu Daniel? A dona Lisandra ainda não voltou.

Dou um sorriso amarelo e aperto o passo em silêncio.

Quando estava escrevendo o meu livro, tinha um pesadelo recorrente. Nele, entro na casa dos meus pais e sinto o calafrio de culpa de quem lembra subitamente de um compromisso importante com um dia de atraso. Tento, mas não consigo recordar o que foi que esqueci, o que eu fiz de errado. Ando pela casa, caçando a lembrança fugidia, obstinado como um cachorro que arranca o curativo e morde a ferida, mas é inútil. Só mais tarde, quando já estou longe do apartamento, é que a lembrança chega, carne viva latejante de urgência. Deixei o meu pai acorrentado na banheira cheia de água, treinando apneia. Eu prometera que o liberaria das correntes depois de três minutos, para que ele pudesse emergir e respirar. Mas agora é tarde demais.

No elevador do prédio, em silêncio, sinto tontura. Não é só a fuga. É o turbilhão de emoções associadas ao meu pai. Tenho a mesma sensação do pesadelo, de estar esquecendo alguma coisa vital. Um encontro pessoal em Teresópolis, dinheiro num *trust fund*. Tenho evitado pensar nisso, mas é claro que fantasio que o Caleb seja o meu pai desaparecido. Que ele reaparece com alguma história incrível para contar, me abraça e rebobina a nossa vida até o dia em que ele sumiu no mar. Ou quem sabe antes?

    No apartamento, começo a tossir. Penso em escrever um bilhete para a Lisandra. Pego caneta e papel, sento na mesa da copa. Escrevo o nome dela seguido de uma vírgula. Rasgo o papel. Olho para o relógio e me espanto que cinco minutos já tenham se passado. Começo a jogar roupas numa mala pequena. Pego as minhas melhores cuecas. De repente, uma compulsão se apossa de mim: preciso de uma foto do meu pai. Vasculho a memória e não consigo lembrar onde posso ter uma foto dele. Aliás, sequer consigo lembrar de ter posado com o meu pai para uma foto. Lembro dele tirando fotografias da minha mãe, minhas, mas não me lembro dele em nenhuma foto. Saio do *closet* puxando a mala. No quarto, há várias fotos minhas e da Lisandra. Sobre a minha cabeceira há uma com os nossos rostos colados, sorridentes, contra o céu perfeito, quase artificial, do outono da Toscana. Foi nossa primeira viagem juntos para fora do país. Olhando em retrospecto, nossa lua de mel.

    Na manhã da foto estávamos em Siena. Tínhamos acabado de acordar e a Lisandra puxou o lençol da cama, colocou sobre os ombros e saltitou na ponta dos pés até a varanda do nosso quarto, no primeiro andar de uma pousada fora da cidade murada. Ela se debruçou na grade e ficou alguns minutos ali, enrolada no lençol, observando o jardim do hotel, as colinas recortadas contra o azul do céu. Depois ela se virou para mim, encostou as costas na grade e, abrindo o lençol, me chamou com o dedo indicador, sorrindo como uma menina. Corri da cama até ela, pelado. Quando cheguei, ela me envolveu no lençol, passando os braços pelo meu pescoço, e enterrou a cabeça no meu peito para sentir o meu cheiro. Apesar da minha ereção, permanecemos parados por alguns instantes, encasulados, com apenas a cabeça para fora do lençol. Fiquei observando por sobre o ombro dela os hóspedes tomarem seu café da manhã idílico no jardim do hotel. Um casal de israelenses lia juntos o mesmo guia; as duas filhas, em silêncio e de óculos escuros, tinham a postura ostensiva de tédio que parece ser um dom de todas as adolescentes. Havia também um casal americano em lua de mel, e o rapaz debruçava-se sobre o prato, atacando ferozmente os pães e os queijos. A Lisandra começou a me beijar o pescoço, a serpentear o corpo contra o meu. Abaixei um pouco para me encaixar entre as suas pernas, mas ela me interrompeu e pediu para eu buscar a máquina fotográfica. Corri de volta para o quarto, peguei a câmera na escrivaninha e esgueirei-me para dentro do lençol com um braço por trás da cintura dela e o outro esticado, segurando a máquina na nossa direção. Depois transamos no chão da varanda. Ela ria enquanto eu espiava os hóspedes lá embaixo, preocupado que eles nos vissem.

Lembro de como me senti à vontade com a Lisandra na Itália. Nossa diferença de idade não parecia digna do interesse dos outros. Caminhando pelas ruas estreitas de Siena com as mãos dadas, não percebia nenhuma virada de pescoço, nenhum olhar maldoso. E ela, feliz e cheia de energia, conduzia a viagem como se tivesse ensaiado para ela a vida toda. Passando pela porta de um pequeno restaurante ela me puxava para dentro e pedia as comidas mais saborosas do mundo sem olhar o cardápio, como uma *habitué*. Na praça central de Orvieto, até sentou no meu colo para tomar sorvete, enquanto uma procissão preguiçosa, precedida por uma banda de anciões paramentados como escoteiros, seguia até a catedral carregando uma santa num altar. Num jardim de San Gimignano, sentados lado a lado a observar as torres da cidade, que despontam como arranha-céus medievais, conversamos intimamente pela primeira vez. Ela apertou forte a minha mão, procurando os meus olhos. Sorrimos e trocamos olhares, mas depois de um instante ela desviou o rosto para a paisagem. Seu sorriso relaxou até desaparecer.

— Quando eu tinha uns vinte e cinco anos tive uma crise maníaca.

— Como assim uma crise maníaca?

— É difícil explicar. É como uma agitação, sabe? Uma energia meio descontrolada. Inicialmente era só uma compulsão por compras. Comprava todos os sapatos que experimentava, mesmo os que achava feios ou desconfortáveis. Saía da loja com cinco ou seis caixas de sapato. Na loja de biquínis, comprava um de cada modelo.

Ela me olhou de lado e, depois de perceber que eu não estava nada impressionado, prosseguiu.

— Depois as coisas foram ficando mais complicadas — ela disse e me examinou atentamente antes de continuar. — Eu me achava linda, poderosa, irresistível. E sem censura. Eu não era eu mesma. Nunca cheirei, sabe, mas acho que a sensação era a mesma de estar cheirada o tempo todo. Fiz coisas que nunca vou me perdoar de ter feito.

— O que pode ser tão grave assim? Você matou alguém?

Ela abriu a boca sem emitir nenhum som, suspendendo a fala, reconsiderando se devia me contar. Peguei sua mão, encorajando-a a continuar.

— Nada do que você fez pode ser tão grave.

— Eu comecei a transar com todos os homens que me atraíam, sem dar bola para qualquer outro critério, se eram solteiros ou não, se gostavam de mim ou não.

Senti que aquela era uma confissão rara, difícil de fazer, mas não pude ocultar meu julgamento.

— Eu odiava esse comportamento. Fazia tudo rápido, para acabar logo, depois me remoía de culpa.

— E porque você continuava fazendo?

— Era como se eu estivesse explodindo de energia, como se todos os meus desejos não coubessem dentro de mim. Uma fome infinita de urgência absoluta.

— E você não procurou ajuda?

— Eu não sabia onde procurar. O meu pai estava furioso, achava que eu estava sendo mimada, irresponsável. Disse que não pagaria mais os estouros do meu cartão de crédito. Me comparou à minha mãe, me chamou de frívola, tudo que eu não era. Tudo que eu lutei a vida inteira para não ser. Sempre me esforcei para me afastar do modelo da minha mãe, sabe? Eu nunca a perdoei, mesmo quando entendi como ela seria incapaz como mãe, mesmo quando percebi que ela era doente, fodida. No auge da minha gastança, trabalhava mais de doze horas por dia na Talent, fui a primeira aluna da minha classe na faculdade. Era capaz de estudar ou trabalhar dois dias seguidos sem dormir e ainda sair para a balada. As minhas amigas sumiram quase todas, horrorizadas. Fiquei sabendo que falavam mal de mim pelos poucos amigos que tiveram a decência de recusar os meus convites sexuais. Por sorte, retive uma parte pequena do meu bom-senso e não me envolvi com drogas. Mas a sensação de não conseguir conter minha energia continuava me matando, era um besouro aprisionado dentro do meu ouvido.

— Que barra! Difícil acreditar nisso te vendo hoje.

— O que eu sou hoje é resultado de muita terapia e muito remédio.

— Você toma remédio?

— Essa é uma história à parte. Briguei muito com os medicamentos. Tomei lítio, engordei feito uma porca, tomei todos os antipsicóticos e os inibidores de serotonina...

— Antipsicóticos? — não consegui controlar o espanto. Já tinha ouvido falar de mulheres viciadas em remédio para emagrecer, remédio para enxaqueca, remédio para dormir. Prozac, Frontal, Zanax. Mas antipsicótico? Lembro do frio na minha espinha.

— É, custei a acreditar que precisava de remédio. Nesse tipo de transtorno é difícil separar a doença do traço de personalidade. O meu pai achava que a minha mania era fogo no rabo, que a minha depressão era manha e que tudo era só uma forma de chamar a atenção dele.

— Depressão? Você?

— É. Depois de uma fase maníaca sempre vinha uma depressão a reboque. Aí, tudo entra em perspectiva. Nenhuma energia positiva compensa uma depressão de verdade. Quando eu ficava deprimida, era desespero absoluto, um escuro asfixiante.

Fiquei em silêncio, tentando esconder como estava assustado, esperando que ela continuasse.

— Agora levo o tratamento a sério. Não vou voltar a tomar lítio nunca mais, mas não deixo de tomar meus remédios, por mais que eu sinta que eles roubam um pedaço de mim. O remédio apara tudo que não é normal. É bom, mas sinto falta da intensidade de ser eu mesma.

Ela fez uma pausa e pegou a minha mão.

— Mas o que eu quero te dizer é que agora, com você, estou me sentindo leve e equilibrada. Não sinto sequer a tentação de parar de me medicar. Quero continuar bem e aproveitar a vida de verdade.

Eu sabia que deveria dizer "eu te amo" ou algo que correspondesse minimamente à declaração de amor dela. Queria dizer, mas não conseguia, então apertei a sua mão, palmeei o seu rosto e apertei os meus lábios contra os dela, demoradamente. Lembro como ela parecia totalmente entregue.

A verdade era que eu compartilhava as impressões do pai da Lisandra. Eu mesmo já ficara deprimido, mas me mexi para mudar, sem remédio. É muito fácil se deixar seduzir pela depressão. É preciso força de caráter e estoicismo para resistir ao abraço lânguido da melancolia. Acho temerário, moralmente errado que um médico entupa de remédios psicotrópicos alguém tão funcional como a Lisandra.

Naquela mesma noite, depois de tomar banho, ela me chamou no banheiro. Estava sentada na ponta da banheira, enrolada na toalha do hotel.

— Quero te mostrar uma coisa que nunca mostrei pra ninguém.

Ela me encarou por alguns segundos. Depois abriu as pernas e levantou a toalha, expondo a parte interna das coxas, próximo à virilha. Tive dificuldade em ver o que ela me mostrava, mas ela pegou a minha mão e desenhou com o meu dedo indicador o caminho apagado de várias cicatrizes brancas e finas. Demorei a registrar o que ela queria me dizer, depois senti um pavor repentino, como se tivesse falhado em defendê-la.

— Quem fez isso? — perguntei num sussurro assustado.

Ela apenas pegou o meu dedo e o beijou. Seus olhos arregalados procuraram os meus, querendo transmitir um pensamento. Como falhei em captar a mensagem, ela disse baixinho, ainda segurando a minha mão perto da sua boca.

— Dan, quem você acha que é a pessoa mais perigosa para mim?

Fiquei em silêncio com a minha cara de espanto, preparado para matar alguém, se necessário. Minha respiração estava rasa, a vontade de tossir era quase incontrolável. Quando finalmente entendi o que o olhar dela significava, perguntei, menos beligerante, ofegante, tentando soar compreensivo:

— Por que você fez isso, Lis?

Ela me abraçou.

— Eu não devia ter te mostrado. Fica calmo.

Tentei me desvencilhar do abraço, mas ela me segurou firme e cochichou no meu ouvido:

— Eu já estou bem, Dan. Juro.

Hoje é óbvio para mim que a Lisandra estava me oferecendo a posição de força, tentando ocupar a posição de fragilidade. Mas eu não apenas recusei a troca, como sequer percebi que ela estava sendo oferecida. Olho de novo para a foto e sinto uma vergonha profunda. Será que amei a Lisandra? Se não amei, será que já amei alguém? Será que sou capaz de amar alguém? Será que essa pergunta é razoável ou é como perguntar sobre o sentimento de um vírus? Deito o porta-retratos na mesa e lembro da única vez que a Lisandra caiu doente desde que ficamos juntos. Foi só uma gripe, mas ela queimou de febre, ficou abatida, de cama. Não reclamou, não sucumbiu ao desejo de deixar a virose consumi-la. Cheguei mais cedo do escritório com uma sopa de legumes pronta que esquentei no micro-ondas e levei para ela na cama. Eu sentia que o certo era dar colo, cuidar dela, ajudá-la a tomar banho. Mas o cheiro do suor, do mau hálito dela me repeliam, e o medo de ver a Lisandra envelhecer rastejou por debaixo da minha pele. A impossibilidade de viver com uma Lisandra não energética, otimista, agressiva. Lembro e tusso, tusso, tusso. Aperto os olhos fechados com a ponta do indicador e do polegar, tentando desviar meu pensamento, tentando localizar na memória onde posso encontrar uma foto do meu pai. Não consigo lembrar do rosto dele. Como ele era mesmo? Caminho até o escritório. Lembro abstratamente dos olhos verde-claros, dos dentes laterais trepados nos caninos, do pomo-de-adão protuberante, dos pontos escuros de barba que endureciam seu rosto nos fins de semana. Mas a soma desses detalhes não forma um rosto. Abro as gavetas da escrivaninha, reviro papéis.

E a voz dele, como era? Ele costumava me dizer alguma coisa, me chamava de um jeito particular quando eu era criança. Passo os dedos nas lombadas dos livros na estante. Procuro um livro que ele me deu cheio de cerimônia. Um livro que fingi ter lido. Lembro que quando ele me perguntou o que eu achei, menti, disse mais ou menos. Ele ficou desapontado. Será que percebeu que eu não tinha lido? Onde está o livro? *Third Wave*. A terceira onda. O que ele me dizia sobre esse livro? Finalmente o encontro. As páginas estão amareladas, o cheiro de mofo me faz tossir de novo. Abro o livro. Vejo a caligrafia do meu pai nas margens. Linhas sublinhadas, mesmo com o grafite desgastado pelo tempo, gritam de entusiasmo. Tusso. Será que ele me disse alguma coisa na semana em que sumiu? Falamos no telefone. Ele me telefonou do escritório dele e me disse alguma coisa. O que foi? Tusso de novo. Estou sem ar. Talvez seja uma crise de bronquite alérgica por causa do mofo. Depois de um novo acesso de tosse, sinto dificuldade em respirar. Talvez seja um ataque de pânico. Tento me acalmar e inspirar fundo, mas é como se a parede interna dos meus pulmões estivesse plastificada. Puxo o ar com força e fico tonto. O prenúncio de um novo acesso de tosse me deixa aflito, estou me afogando. Não consigo respirar. O escritório gira e tudo fica escuro.

Netsach — Vitória ou Indeterminação

Lisandra aperta os olhos, fingindo que está dormindo, enquanto Décio se levanta da cama e caminha na direção do banheiro. Quando ouve o urro dele, que sempre precede e sucede cada rodada de vômito, ela enfia a cabeça embaixo do travesseiro e o aperta com toda a força, para tentar abafar o som. Enquanto ele bochecha e cospe várias vezes na pia, ela espia o despertador, sem tirar o travesseiro de cima da cabeça. São cinco e meia da manhã.

Décio volta do banheiro gemendo e desaba ao lado dela na cama.

— Te acordei, menina?

Lisandra solta um grunhido e coloca o braço sobre o corpo dele, aflita. Quando começou a sair com Décio, adorava seu corpo peludo, chamava-o de ursão. Agora é cada vez mais comum sair com a mão cheia de pelos cada vez que encosta nele. Racionalmente, ela sabe que é efeito da quimioterapia, que é temporário, que ele está ficando bom, mas é cada vez mais difícil tocá-lo. E agora ele cheira mal. E deixa o banheiro empesteado. É tudo tão nojento, tão feio e azedo!

Ela tira o travesseiro de cima da cabeça, espia-o de soslaio e fecha os olhos novamente. Décio lhe dá um beijo na cabeça, mas ela precisa contrair todos os músculos do corpo para não fugir do toque que começa no rosto e termina próximo da têmpora. Ele deixa a mão lá, apoiada no rosto dela, exalando cheiro de hospital. Antes ele tinha aquele cheiro doce e másculo do couro da poltrona do consultório misturado com charuto.

Ela força um sorriso, ainda de olhos fechados, sem coragem de encará-lo.

— Eu te amo — ele sussurra — mais do que a vida. Não tenho medo de morrer com você do meu lado. Poderia ir agora. Iria feliz.

— O médico disse que você já está bem. Que a químio é só por precaução — ela diz sem abrir os olhos.

— Os médicos são todos mentirosos patológicos.

— Você é médico.

— Não mais. Sou psicanalista. É muito pior.

— Eu preciso dormir. Vou trabalhar daqui a pouco — ela diz, aproveitando para tirar a cabeça de baixo da mão dele.

Durante sua crise maníaca, quatro anos antes, o psiquiatra a dopara com doses cavalares de antipsicóticos. Mas logo a sensação permanente de dormência, sonolência e desânimo absoluto tornaram-se tão ruins quanto a doença original. Lisandra começou a jogar os comprimidos matinais na privada. Sentindo a energia voltar, ficou mais confiante e logo começou a não tomar as pílulas da noite também. Disse que estava bem para voltar ao trabalho na agência e, sem contar para ninguém que parara de tomar a medicação, negociou com o psiquiatra uma redução gradual da dosagem com a maior cara lavada. Mas os gafanhotos do seu cérebro são criaturas insidiosas. Depois de terem certeza de que ela parara de se medicar completamente, voltaram com tudo. E dessa vez era diferente, não mais só um incômodo, uma depressão daquelas que as atrizes de cinema têm no ocaso da carreira. Os gafanhotos voltaram fortes e barulhentos, destruindo tudo o que alcançavam. A única coisa que a tranquilizava era mutilar-se. Cortar-

-se com um estilete tornara-se um vício. Adorava a concentração que era capaz de invocar, a sensação de controle, o rompimento da pele sob a ponta do estilete. As pessoas não entendiam, achavam que era uma forma de autoflagelação, mas era exatamente o contrário. Sentar na tampa da privada e fazer os cortes nas pernas era a única coisa capaz de acalmar sua cabeça, afugentar os pensamentos negros. Perguntavam a ela quais eram esses pensamentos, se eram de suicídio, mas o problema é que não eram pensamentos feitos de palavras, nem mesmo de imagens, eram uma massa disforme e pesada, um turbilhão de tristeza, impotência e desesperança. Ela não pensava em suicídio, pensava em liberação, sonhava com o alívio de não ser mais nada. Os cortes até silenciavam os insetos por um tempo, mas Lisandra sabia que estava perdendo a guerra. Com sua última reserva de senso de autopreservação, resolveu tentar a psicanálise.

Décio era a antítese do psiquiatra anterior. Falante, caloroso e bem-humorado, fazia com que se sentisse segura. Não. Fazia com que se sentisse querida, desejada.

Transar com ele, no consultório, num rompante de desejo, foi a melhor sensação que teve na vida. Sentiu que era capaz de qualquer coisa. Quatro anos mais tarde, quase um ano depois dele receber o diagnóstico de câncer de próstata, ela se sentia traída. Como ele pôde fazer isso com ela? Como pôde ter a coragem, a insensibilidade de revelar as calamidades da vida longa para uma menina tão fragilizada?

Ele a salvara de si mesma, depois aproveitara-se dela. O jogo parecia empatado. Abandoná-lo era como ferir esse equilíbrio. Mas não havia alternativa. Lisandra não era mais uma menina, mas também não era velha o suficiente para se resignar a passar o resto da vida com Décio.

* * *

Jonas nunca saíra do país antes. Na sala de embarque, tenta controlar sua agitação, anda de um lado para outro com o cartão de embarque na mão.

— Já está na hora de embarcar — ele informa à funcionária da Varig, mostrando o cartão.

— Senhor, eu já lhe disse, não se preocupe que nós vamos anunciar o embarque já, já.

Ele agradece, desapontado, mas nota o olhar da funcionária na marca de aliança na sua mão.

— O senhor vai viajar sozinho?

— Sim, vou a trabalho.

— Ah. O que o senhor faz?

— Tudo.

Ela sorri, flertando. Ele arruma o cabelo, sorri de lado.

Já no avião, quando a aeromoça oferece uma taça de champanhe, ele recusa, pensando em poupar dinheiro.

— Tem certeza, senhor?

Ele faz um sinal com a mão convidando a aeromoça a abaixar-se para que ele sussurre.

— É em dólar?

Ela mal contém o sorriso.

— Senhor, todo o serviço é cortesia.

— Claro.

A aeromoça repara que o fone de ouvido pendurado no pescoço dele não está conectado. Ela se inclina, pedindo licença, e conecta o fone no descanso de braço. Jonas sente o cheiro forte do perfume dela, repara na proximidade desnecessária.

— Daqui a pouco vai começar o filme.

Jonas enxerga o flerte inequívoco no sorriso da aeromoça. É a segunda vez que flertam com ele desde que ele chegou no aeroporto. O que havia mudado para que ele se tornasse repentinamente tão irresistível?

Esse é o início do entendimento profundo de que não existe uma versão fundamental de si, uma essência. Jonas começa a perceber que o mundo funciona quase inteiramente numa superfície rasa, como Yoshua diz. Você é o que é visível a seu respeito. Todos operam com esse atalho de percepção. Jonas hoje é um profissional bem-sucedido e aprumado, que viaja de classe executiva para Nova York: essa é a base para a identidade que ele quiser, ou puder, criar.

Jonas não dorme, não consegue assistir ao filme, nem ler o material que trouxe. Mal pode esperar para chegar em Nova York. Sabe que a conferência da IASIU foi um presente do presidente da seguradora e pretende aproveitar cada minuto. O prêmio foi merecido. Jonas vem desbaratando fraudes institucionais com uma desenvoltura impressionante. É bem verdade que a ajuda de Yoshua tem sido instrumental. Jonas não sabe onde Yoshua consegue as informações, mas das últimas seis indicações dele, quatro revelaram fraudes, todas relativamente parecidas. O último ano na seguradora é o melhor ano profissional da vida de Jonas. Profissional, nada, é o melhor ano de sua vida. Ponto. O presidente da seguradora o procura e se aconselha com ele, parabeniza-o com frequência, surpreende-se com sua cultura, sua inteligência.

Na fila da imigração, ele treina seu inglês mentalmente. Quando chega sua vez, o rapaz bigodudo fala em espanhol, mas ele responde em inglês, saboreando cada palavra.

O táxi para na frente do hotel, que não é tão luxuoso como ele esperava, mas fica num prédio antigo com direito a gárgulas na fachada. Jonas não entra imediatamente no saguão. Fica parado na calçada, observando seu entorno. A cidade é mais suja e mais viva do que ele imaginava. Há algo especial na forma como as pessoas andam pelas ruas, como as mulheres olham para a frente e não para baixo, como ninguém parece caminhar, como todos parecem atrasados e levemente incomodados. Quando entra no quarto, pensa em telefonar para a mulher. Na noite anterior haviam discutido mais uma vez, durante o jantar.

— Você vai viajar de novo? — a mulher pergunta da forma usual, enquanto corta a melancia na cozinha.

— Vou, mas volto no domingo.

— Você falou que ia viajar menos. E que a gente ia mudar de apartamento.

— Você acha que eu estou juntando dinheiro pra quem?

— Você parece um disco arranhado. Onde está esse dinheiro? O Dan já não nos dá despesa. E agora você está esperando o quê? Não está ganhando muito melhor na seguradora? Não é líder de um projeto importante?

— Exatamente. O projeto é de altíssima visibilidade. Se tudo der certo, pode ser uma guinada na nossa vida.

Ela solta a travessa de melancia com força sobre a mesa. Um pedaço escorrega para fora da travessa.

— Eu cansei, sabe? Me iludi todos esses anos achando que você ia mudar. A nossa juventude já passou.

— A nossa vida está só começando.

Ela espeta o pedaço de melancia que fugiu da bandeja e o enfia na boca. Depois cospe os caroços na mão.

— O pior de tudo não é estar no mesmo lugar há vinte anos, vendo a vida passar sem fazer nada útil. O pior é me sentir burra. Idiota. De ter continuado acreditando, de ter empurrado com a barriga. Eu não sei o que vou fazer.

— Vai dar tudo certo. Agora falta pouco.

Ele lhe estende a mão. Ela o ignora e levanta o rosto com uma expressão de indiferença.

— Para onde você vai viajar dessa vez?

— Para um hotel-fazenda em Resende. Vai ser um treinamento de controle de riscos e fraudes, sem telefone.

— Por que sem telefone?

— Você sabe que o pessoal da seguradora anda totalmente paranoico com segurança.

— Você nem vai me ligar quando chegar?

— Vou tentar.

E se a ligação tiver eco? E se ela perceber que ele não está no Brasil? Ela poderia ligar para os hotéis de Resende e desmascará-lo rapidamente, mas ele duvida. Ela não é desse tipo. Confia nele. Apesar de tudo, sempre confiou. Jonas mantém as contas escondidas da mulher para evitar que ela o pressione a gastar mais. Ele quer juntar dinheiro para um negócio próprio, provavelmente alguma coisa em sociedade com Yoshua, que vem insinuando que está preparando algo imenso, um projeto realmente transformador. O trabalho na seguradora é ótimo e Jonas sempre será agradecido a eles, mas sabe que essa fase é um degrau para um patamar mais alto. Jonas não nasceu para ser empregado. A mulher, no entanto, não parece interessada em seus projetos. Só quer sapatos novos, viagens para ficar em hotéis menos confortáveis do que a própria casa e ver praias mais feias que a de Copacabana. E, principalmente, ainda não parece ter se dado conta de que o Jonas que mora com ela é cada vez menos relevante.

Depois da conferência da IASIU, Jonas caminha pelas ruas de Wall Street com uma sobrecarga sensorial. Entra numa delicatéssen judaica e pede um sanduíche de *pastrame* depois de dizer para a garçonete que é judeu. Ela responde: "Bom para você". E os dois riem por motivos diferentes. Ela porque acha engraçado o comentário gratuito. Ele porque sabe que poderia ter dito que era acrobata ou piloto de caça sem que ninguém pudesse contradizê-lo. Entre mordidas no sanduíche, Jonas tenta adivinhar qual será a ideia de Yoshua. Ele adora cercar tudo que faz de mistério. Seja o que for, Jonas não vê a hora de começar.

Interceptações

Ou talvez esses momentos sejam os pontos e o que chamamos de nossa vida são as linhas que desenhamos entre eles, conectando os pontos em figuras imaginárias de nós mesmos. Sabe? Como aqueles desenhos míticos das constelações traçadas entre estrelas.

Stuart Dybek, *Paper Lantern*

Centro de cabala

1

— Então, Isaac Luria diz que para atingirmos a luz do mundo superior precisamos nos conectar com nosso desejo de compartilhar e limitar nosso desejo de receber. Todo gesto reativo é uma manifestação do nosso desejo de receber, adiciona um *tsimtsum*, uma limitação, uma membrana opaca entre nós e a luz divina de *Ein Sof*. Toda vez que nos vitimamos, toda vez que reagimos a uma agressão com outra, toda vez que agimos sem caridade, nos afastamos da luz. Toda forma de felicidade real e plena só existe nos mundos superiores. Toda forma de satisfação terrena e material fica contida no *asiyá-gashmi*, o mundo menos elevado, mais distante da *ohr*, da luz. As mesmas três letras hebraicas que formam a palavra *"olam"*, "mundo", também formam a palavra *"elem"*, "esconder". As formas de satisfação plenas e puras que emanam do desejo de compartilhar são as únicas formas de revelar acessos temporários aos mundos mais elevados.

— Mas nós podemos realizar parte da nossa carga de retificação no mundo material?

— Sim, para a maior parte das pessoas a carga de *tikun*, reparação, está totalmente contida no nosso universo físico.

— Você disse a maior parte das pessoas. E as outras?

— Algumas almas que encarnam no nosso mundo têm o poder de acessar os mundos superiores. Mas é algo raríssimo. Nossa missão é neste mundo.

2

— Yoshua, isso está fora da minha alçada.
— Você não é o gestor do projeto de implantação do sistema de prevenção a fraudes?
— Essas decisões passam pelo financeiro, pelo departamento de compras. É um processo complexo, muitas pessoas põem a mão.
— Mas, Jonas, é você quem vai redigir o parecer técnico.
— É.
— E você vai ter acesso aos preços.
— Vou.
— Então basta redigir um parecer favorável e definir um preço aceitável.
— Mas esse *software* está pronto? Tem alguma referência concreta?
— Claro que não. Mas a equipe é de primeira, um pessoal da universidade de Tel Aviv. E você vai participar do projeto diretamente. Ajudar a Migdalor a cada passo. Eu criei essa empresa em Israel pra você.
— Eu não sei se consigo.
— Jonas, você confia em mim?
— Claro.
— Então faça a seguradora contratar a Migdalor e deixe o resto comigo.
— Tudo bem.
— *Baruch hashem.*

3

— Jonas, você mesmo disse que o sistema começa com regras definidas.

— Não é tão simples assim.

— Tenho certeza de que não é simples. As coisas mais importantes da vida não costumam ser simples.

— Eu não posso fazer daqui? Não sei... É muito mais sério do que imaginei.

— Jonas, medo e hesitação não combinam com você.

— O que você está sugerindo não é pouca coisa.

— Claro que não. Você sempre disse que estava esperando uma grande oportunidade. Essa oportunidade chegou. Você achou que uma vida nova viria de graça?

— E depois?

— Daqui a seis meses, talvez um ano, todos os preparativos já devem ter sido feitos. Se você achar conveniente, você volta para o Brasil. Mas saiba que voltar para o Brasil ampliará muito o risco. Muito.

— Mesmo com uma identidade nova?

— O que você acha?

— Eu sei. Eu sei. Não consigo me decidir.

— Você conhece a história de Yoshua e Caleb?

— Não.

— Dois anos depois da saída dos judeus do Egito, doze homens foram enviados à terra prometida para espionar os inimigos que teriam que ser expulsos para que os judeus finalmente pudessem conquistar Canaã. Dez desses homens voltaram com relatos assustadores de povos de gigantes armados até os dentes, muralhas intransponíveis. Só dois espiões disseram: vamos lá, vamos tomar a terra, Deus está conosco, ele nos prometeu. Mas o povo preferiu o medo, preferiu o relato dos dez espiões. Deus ficou furioso e condenou os judeus a andar mais trinta e oito anos no deserto, decretando que nenhum adulto nascido no Egito pisaria na terra prometida. Nenhum adulto exceto Yoshua e Caleb. Eles não eram fanáticos nem idiotas, sabiam das dificuldades, mas não fraquejaram, acreditaram no poder da luz. Caleb era filho de Quenisitas, não era filho de judeus, mas foi reconhecido como servo de Deus, uma honra até então só concedida ao próprio Moisés.

— Servo de Deus.

— Você quer desistir?

— Não sei.

— Muita gente acha que a religião é feita para tornar a vida mais fácil, mais confortável, mais palatável. Isso é uma aberração. A cabala não é um conjunto de alegorias elaboradas ao longo de séculos para fazer você se sentir bem. É uma doutrina que nos ensina como reparar o mundo, como juntar as faíscas estilhaçadas por Adão em uma luz única, forte o suficiente para iluminar todo o universo.

— Eu queria ter a sua convicção.

— Sei que estou lhe pedindo uma coisa difícil. Muito difícil. Eu gostaria de não ter sido incumbido de uma missão que exigirá tanto de você. Mas Deus colocou um zumbido permanente no meu ouvido que não me deixa esquecer por nenhum instante qual é a minha missão enquanto eu habitar este corpo. A minha missão é criar um centro de cabala grande o suficiente para preparar o mundo para o *tikun*. Gostaria de ter outra forma de construí-lo, mas esse foi o caminho que se materializou para mim. Não tenho escolha. Se você não estiver pronto, não puder fazer, eu entenderei.

— E a minha mulher? E o Daniel?

— Seu filho já está crescido. Você fez um bom trabalho com ele. E sua mulher parece infeliz no casamento. Eu vou fazer o seu *guet*, seu divórcio judaico, antes de você sair, para que ela possa recomeçar a vida.

— Eu queria deixar as coisas arrumadas para eles.

— Qualquer gesto incomum seria suspeito. Eu vou ajudar como puder. Depois que o processo todo terminar, nós vamos ajudá-la. E tudo isso é temporário. Logo todas as preocupações mundanas serão irrelevantes.

— Quando você vai ajudá-los?

— O mais cedo possível. Quanto mais distante do evento, melhor. Você tem certeza de que o contrato com a Migdalor está firme?

— Absoluta.

— Como está o seu hebraico?

— Melhorando, melhorando. Você já sabe como eu vou fazer? Acho que o melhor dia é sexta-feira. É um bom dia. Eu já sei onde deixar as minhas coisas no Arpoador. Você já sabe como eu vou sair de lá?

— O Marrom vai levar você de carro do hotel do Arpoador até Ponta Porã. De lá você pega um avião privado para Buenos Aires. De Buenos Aires você vai com um grupo de estudantes da *yeshivá* num voo fretado para Jerusalém. Um sobrinho do rabino B. vai te receber pessoalmente antes da área de desembarque do aeroporto.

— E quando eu vou poder voltar?

— Não sei. Estou vendo com um amigo, acho que vai dar tudo certo. Você vai conduzir as alterações de código de lá de Israel. Você pode voltar para apertar o gatilho, se quiser. Mas você precisa saber que as coisas vão ficar feias. E, óbvio, ninguém pode saber de nada. Ninguém.

4

— Já?

— Já.

— Vai ser triste. A equipe que a gente montou na Migdalor é ótima.

— Você já passou por muito pior. E a Migdalor é só um instrumento.

— Eu sei. Tento não pensar no passado. E a Migdalor está indo tão bem! Por que destruí-la agora? E como a gente pode ter certeza de que nenhum dos envolvidos vai sofrer consequências? Você acha que os bancos e as seguradoras que usam o sistema de prevenção vão deixar barato? Não é impossível abrir uma porta dos fundos no sistema, mas é impossível fazer isso sem deixar rastros.

— Você mesmo garantiu que consegue incluir sozinho os ajustes no código antes da compilação. E você não aparece como executivo em nenhum documento da Migdalor. Nem como Jonas nem como Caleb.

— Eu sei. Só não entendo por que você quer fazer isso agora. A Migdalor cresceu mais do que a gente podia imaginar em qualquer fantasia. Nós já temos oito contratos em produção. E três no *pipeline*. Temos uma mantenedora forte para o centro de cabala, uma empresa legítima que está crescendo. Por que destruí-la?

— Caleb, meu caro, você está pensando pequeno. Não está vendo a grande figura. A Migdalor foi criada para este momento.

— Eu confio em você, Yoshua, mais do que em qualquer outra pessoa no mundo. E não quero soar mal-agradecido, só quero que você tenha clareza das implicações possíveis, prováveis, de manipular o sistema de prevenção a fraude das seguradoras.

— Você não entendeu. Não estou pedindo pra você manipular o sistema de seguros. Tem que ser tudo ao mesmo tempo. Seguros, financiamentos, tudo.

— Tudo?

— Tudo. Claro. Só pode funcionar se for rápido e coordenado. É só desligar as regras de detecção de fraude que combinamos. Três ou quatro dias com a porteira aberta devem ser suficientes.

— Vamos dizer que eu consiga alterar todos os códigos e criar essa nova versão sem despertar a desconfiança de ninguém antes do sistema começar a rodar. E nossos princípios? E tudo que a gente estudou sobre a importância de uma vida justa, sobre as boas ações, as *mitsvot*, sobre a importância espiritual de compartilhar?

— Não insulte a sua inteligência. Sei que você aprendeu, depois de tanto tempo no centro de cabala, a enxergar o mundo por trás da cortina do óbvio. O mundo material é, por essência, um circuito fechado, de soma zero. Foi necessário esperarmos séculos para que os físicos e os economistas descrevessem essa realidade. O dinheiro pode trocar de mãos, mas não cria nem destrói nada nesse movimento. Se consumimos o dinheiro na esfera de *asiyá*, se não utilizarmos o poder do dinheiro no mundo físico para conseguir alguma transformação nos mundos superiores, não teremos feito diferença nenhuma.

— Mas nós vamos cometer um crime.

— Você acha que as leis dos homens precedem as leis divinas? E estamos falando de um crime sem vítimas. O dinheiro, em última instância, vai sair das resseguradoras e talvez de alguns acionistas de bancos. É possível que alguma corporação bilionária fique alguns milhões mais pobre. Mas lembre que todo esse dinheiro é uma ficção, uma mentira, pedaços de papel e números nos computadores dos bancos centrais. E o que vamos fazer é iluminar a verdade. Vamos disseminar a palavra da cabala a milhões de pessoas e acelerar o *tikun olam*. Os dois movimentos são convergentes, reduzir a mentira e ampliar a verdade. Estaremos promovendo a elevação, para toda a humanidade, no único plano que importa, o espiritual.

— O que você está dizendo é que os fins justificam os meios.

— Você tem dúvidas? É claro que sim. Sempre. Os meios são meramente uma variável de custo na avaliação de um investimento.

É só assim que conseguimos funcionar. Só há consciência quando avaliamos nossos atos à luz dos nossos objetivos ulteriores. A Torá mostra isso o tempo todo; como atos aparentemente cruéis ou desmesurados sempre servem a um propósito nobre, mesmo quando não os entendemos completamente.

— Não sei. Talvez ainda esteja muito preso ao mundo material.

— O fato de você saber e assumir isso já o coloca espiritualmente acima da maior parte das pessoas. Mas lembre que quando Jonas hesitou em levar a palavra divina a Nínive foi engolido por uma baleia. Não lhe peço nada, meu caro, só posso lhe mostrar a oportunidade. E sabemos que o seu sacrifício não vai ser compensado diretamente. É um sacrifício pelo mundo. Sei que não é nada fácil.

— Você ainda acha que eu vou precisar sair de novo do país?

— Acho que você nem devia ter voltado. Correu um risco desnecessário. Você não entrou em contato com ninguém, entrou?

— Não diretamente.

— Como assim, não diretamente? Você procurou o Daniel?

— Não. Só dei uma mãozinha pra ele através de um conhecido. O médico que está me ajudando com a minha insônia. Desde que o Daniel publicou o livro, tenho tido dificuldade em dormir. E, quando durmo, sonho com aquele pássaro preto. Mas não precisa se preocupar, garanto que não tem risco. Disse pro médico que precisava arrumar um emprego pra esse jovem, que era um conhecido do meu padrinho.

— Você devia queimar todas as aparas de unha. Não devia estar aqui.

— Aparas de unha?

— Dizem que os hassídicos queimam as aparas das unhas. O Tanya diz que as unhas devem ser queimadas ou enterradas, pois podem ferir mulheres grávidas.

— Mulheres grávidas?

— Quem traz o novo. O rabino B. me disse que, se você espalhar suas unhas, quando o *mashiach* voltar seu corpo vai precisar varrer o mundo e catar as unhas para poder se levantar. Você entendeu? As unhas cortadas são tecido morto, parecem não fazer mais parte de você, mas se você não as queimar sempre se sentirá incompleto sem elas.

— Não sei se eu consigo queimá-las.

— Mais um motivo pra você não ficar de bobeira aqui no Brasil. Você não consegue nem ficar em Teresópolis. Quando você vai embora, meu caro?

— Logo.

— E a moça, a advogada?

— Vai ser difícil, mas de todas as aparas de unha ela é a única que eu já sabia que ia ter que queimar.

Sessões de psicanálise

1

— E o seu paciente misterioso?
— Ele me pediu um favor. Estou pensando em entrar em contato com a Lisandra.
— Por que a Lisandra?
— Acho que ela pode ajudar. Ele quer ajudar um rapaz em São Paulo. Um escritor.
— E você acha que entrar em contato com a Lisandra é prudente, Décio?
— Eu sei que parece que estou criando um pretexto pra falar com ela. Talvez seja mesmo isso. Mas eu pensei que mesmo que minha motivação final seja egoísta, ajudar alguém não pode fazer mal.
— Ajudar seu paciente?
— Ajudar o rapaz.
— Você acha adequado interferir?
— Você pode achar que nossa posição é uma torre de marfim, mas eu discordo e você sabe disso.
— Sei bem. Da última vez que discutimos o assunto você abandonou a terapia por quase um ano.

— Eu não fui o primeiro nem serei o último médico a me envolver com uma paciente.

— Uma jovem paciente bipolar em crise maníaca.

— Eu não me aproveitei dela. Interrompi o tratamento antes de começar um relacionamento com ela.

— Quer dizer que pra você o marco inicial do relacionamento ocorreu fora do consultório?

— Transar com ela no consultório foi um erro, eu reconheço. Mas nosso relacionamento propriamente dito só começou bem depois de eu parar de atendê-la.

Décio já se habituou tanto a essa versão que quase não se sente mentiroso quando a reconta. Como se a mera repetição houvesse conjurado essa história como substituta adequada à verdade. Ele nunca ferira seu profissionalismo antes, mas a Lisandra, a intensidade dela, era diferente. A química. Não é incomum automutilação em pacientes bipolares, especialmente meninas. Mas a forma como ela relatou os cortes não tinha nada da autopiedade ou da vergonha que costumam acompanhar esses relatos.

Ela falou sobre a mutilação de forma erótica, deliberada. Descreveu como esterilizou com álcool o estilete na pia do banheiro. Como tirou as calças e sentou na tampa da privada com as pernas abertas, arranhando de leve a pele com uma das pontas da lâmina antes de pressionar com mais força, cortando a pele branca do interior das coxas. Como foi quase possível ouvir o estalo inaudível do rompimento da pele. Como a pele inicialmente ofereceu resistência ao corte, afundando sob a ponta da lâmina, mas depois de rompida abriu-se em abandono, num tipo de gozo de alívio, como que revertendo à sua condição natural. Como o sangue vermelho-escuro e brilhante demorou um instante para brotar, primeiro em gotículas, depois num filete. Décio lembra do pavor que sentiu com sua ereção. Como apoiou as mãos no colo, tentando disfarçá-la.

Lembra da moça perguntando se ele queria ver as cicatrizes e a resposta saindo da sua boca sem que ele pudesse controlá-la. Inimaginável, inaceitável. Mas ele não reagiu quando ela se levantou e se aproximou dele lentamente. Não fez qualquer objeção quando ela soltou o botão da calça *jeans*, nem quando ela desceu o zíper e expôs a calcinha branca e o relevo visível dos pelos pubianos pressionados contra o tecido. Não encerrou a sessão quando ela tirou os sapatos e depois a calça e se aproximou dele. Não resistiu quando ela apoiou a coxa sobre o seu ombro e não hesitou em mergulhar o nariz na sua virilha, ou morder com os lábios a vagina quente sob a calcinha de algodão, ou abrir a própria calça e forçar a moça a sentar no seu colo, penetrando-a, apertando seus peitos com força com a mão esquerda e empurrando seu quadril para baixo com a direita até expulsá-la pouco antes de gozar.

— Sei.

— Não sei porque você sempre quer retomar esse assunto.

— Fui eu quem retomou o assunto?

— Eu não estava falando da Lisandra, estava falando do meu paciente.

— O.k.

— Já resolvi emocionalmente o rompimento com a Lisandra. Ela me abandonou por causa do meu câncer. Era imatura, assustou-se, era de esperar.

— Hum.

— É claro que eu me ressenti. Estava vivendo um momento extremamente complicado e acho que a minha fragilidade me humanizou na imaginação da Lisandra de forma muito abrupta. Esse processo deveria ter ocorrido de forma mais gradual.

— Deveria?

— Não me surpreende que ela tivesse uma imagem idealizada naquela época. E é natural que a imagem mitificada do cônjuge descasque para revelar o ser humano imperfeito que existe abaixo dessa camada. Mas um desvelo muito repentino pode ser traumático.

— Sei. Se você me permite uma opinião profissional, acho que você não deveria voltar a procurar a moça.

— Depois da quimioterapia ganhei uma nova perspectiva sobre o que é realmente importante.

— O que realmente é importante, Décio?

— Abrir as portas e as janelas dos nossos desejos.

Silêncio. Décio bufa e continua.

— É absolutamente irritante e antiprofissional essa sua postura moralista. Você precisa controlar os seus recalques pessoais. É incrível que você tenha passado por toda a formação psicanalítica e mantido esse nojo por sexo. Você acha repulsivo um velho como eu transar com uma mulher mais jovem. Você não acredita em sexo consensual no século XXI, acredita que as mulheres são frágeis, vítimas do falo.

— Décio, você é mais inteligente do que isso.

— Eu só vou pedir um favor a ela.

Silêncio.

— Não adianta me olhar com essa expressão de decepção. Eu já decidi ligar. Não vou mudar de ideia. Vou confiar no meu instinto.

2

— Ele criou uma espécie de mitologia pessoal. É absolutamente funcional, não demonstra nenhum distúrbio comportamental evidente, é um empresário bem-sucedido, lúcido. E essas memórias que ele afirma ter podem ser uma forma de delírio no limite do bizarro, mas certamente não podem ser classificadas como alucinações, há uma integridade de identidade nítida. E, como eu disse, não tem nenhum comprometimento cognitivo, ao contrário.

— Você acha que não é esquizofrenia.

— Não. Pelo DSM seria o mais próximo, mas ele não se encaixa em desorganizado, catatônico, indiferenciado ou residual. Talvez paranoide, mas, se for, é diferente de todos os casos que eu já li.

— Pode ser um distúrbio de memória. Pode ser uma mitomania restrita. Ele tem outros traços psicóticos?

— Nada.

— Pode ser só um problema de memória, uma paramnésia. Você já ouviu falar do caso Wilkomirski?

— O nome não me é estranho.

— É um sujeito que publicou em 1995 um livro de memórias do Holocausto chamado *Fragmentos*. Ele narra memórias entrecortadas da sua experiência de criança nos campos de concentração de Majdanek e Auschwitz. Essas lembranças teriam sido reprimidas pelos seus pais adotivos e reemergido após um processo psicanalítico, cinquenta anos depois. O livro ganhou todos os prêmios que você possa imaginar e o autor tornou-se uma espécie de herói do Holocausto. Eu li o livro, é bem forte. Tem cenas de violência inimaginável, ratos roendo dedos de bebês moribundos, discípulos do Mengele realizando experimentos médicos em crianças, guardas esmagando crânios contra paredes.

"De qualquer forma, em 1998, um jornalista suíço publicou um artigo num jornal de Zurique acusando Wilkomirski de ter fabricado as memórias. As editoras internacionais do livro contrataram um historiador para verificar os fatos. O tal Wilkomirski nem era judeu, era filho ilegítimo de uma mulher que o entregara depois do parto a um orfanato de Biel. O menino logo foi adotado e passou toda a infância e a adolescência com os pais adotivos, os Doessekker, totalmente seguro, num vilarejo suíço. O historiador afirmou ter encontrado uma série de paralelos entre alguns dos relatos macabros do campo de concentração e experiências reais do menino na Suíça."

— Você está dizendo que o meu paciente é um impostor? O que ele ganharia se destroçando em culpa nas nossas sessões?

— Não, não é isso que eu estou dizendo. Lembra de toda aquela febre de memórias recuperadas na década de 1990? Lembra da quantidade de relatos de abusos sexuais sofridos na infância e reprimidos durante toda a vida para reemergir em sessões de psicanálise? Na brutal maioria desses casos, os relatos eram fantasias e fabricações, mas os pacientes acreditavam profundamente nas experiências e sofriam com elas, mesmo anos depois da suposta violência.

— Ah, então você está dizendo que eu conduzi meu paciente a uma fabulação.

— Não fique ofendido. É um risco que sempre existe, especialmente com pessoas inclinadas a fantasias e altamente sugestionáveis.

— Entendi, mas acho que você não ouviu o que eu disse. O meu paciente fala de memórias de uma outra vida, como se ele vivesse numa espécie de reencarnação no mesmo corpo, uma repetição.

— Ele acha que está vivendo no filme *Feitiço do tempo*.

— *Feitiço do tempo*?

— Aquele do dia da marmota, sabe?

— Ah, sei qual é. Não, não. Ele não tem ilusão de presciência. Ele fala de experiências aqui no Brasil que ele obviamente não pode ter vivido, porque estava em Israel na mesma época.

— Ele tem ciência dessas inconsistências?

— De certa forma. No início ele ficava irritado quando eu apontava a incompatibilidade nos relatos, mas depois começou a dizer que ele tinha passado por um *ibur*, que é um tipo de reencarnação judaica, pelo que entendi. Agora toda vez que eu insinuo alguma coisa nesse sentido ele simplesmente diz: "Foi em outra vida, doutor".

— Bem, não vejo grande problema. Provavelmente as memórias fabricadas constituem a única via de acesso a questões mais centrais. É uma estratégia interessante, nunca tinha visto esse tipo de mecanismo tão cristalino em adultos.

— O problema é que ele está muito ansioso, e as memórias parecem amplificar o problema. Acho que vou prescrever um ansiolítico. Não costumo prescrever para paciente de psicanálise, mas acho melhor do que encaminhar para outro psiquiatra que vai entupir ele de lítio, só por segurança. Assim ele dorme melhor. E, se ele dormir bem, já me parece suficiente.

— Cuidado, Décio. Você não trabalha com prescrição há anos, não sei se é prudente. E acho que as diretrizes do conselho são claras nesse sentido.

— Você já devia ter aprendido que eu estou cagando e andando pro conselho.

— Falando nisso, você ligou pra Lisandra?

— Liguei. Ela vai procurar o rapaz.

— Hum.

— E não quis tomar um café comigo. Melhor assim.

Telefonemas

1

— Amiga, você fugiu da sua própria festa e nem deu tchau!
— Fugi não, Paulinha. Fui levar aquele menino pra casa.
— Eu vi. Quem era?
— O protegido do Décio.
— Ah, você ligou pra ele?
— Não liguei, não. O Décio tinha pedido pra eu não ligar do nada porque o rapaz ia estranhar e o Décio não quer que ele saiba que é um favor.
— Como você fez?
— Eu tenho meus contatos, amiga. Encontrei um carioca que estudou na mesma escola do menino e é funcionário da Lavínia na Avon.
— E ele chamou o rapaz a troco de nada?
— Eu fiz a Lavínia garantir que o menino fosse na festa. Disse que precisava conhecer ele.
— Safada!
— Oxe, não fiz nada errado, não!
— Sei.
— Sabe que o menino é interessante?

— É escritor, né?
— É. E mal saiu da puberdade. Um doce.
— E você está doida pra provar desse doce.
— Adoro uma burrada, mas não exagera. Só vou levar ele pra almoçar no Naga e contratar ele lá pra agência.
— Lisandra, você não deve nada pro Décio. Se alguém deve alguma coisa pra alguém é ele que deve pra você.
— Ai, foi deprimente falar com ele. Não sei como eu fui me envolver com aquele homem.
— Eu cansei de te dizer pra se afastar, mas você não escutava.
— Ai, amiga, desculpa. Foi uma fase ruim. Mas já passou. Já estou com a cabeça no lugar de novo.
— Eu só quero o seu bem.
— Eu sei, amor.
— Vê então se não se enrola com o menino, viu?
— Prometer eu não posso, não.
— Você não presta mesmo.

2

— Você não fica bem com ele. Nem parece você mesma.
— Nunca me senti melhor.
— Você fica se desculpando. Se vigiando o tempo todo.
— Você acha que eu devia ter continuado com o Sérgio? Eu não tenho vocação pra bibelô.
— O Sérgio não é perfeito, mas é um homem feito. Não é uma bomba-relógio.
— Oxe, Paula, você está sendo muito dramática!
— Me diz que você não está emocionalmente envolvida com o Daniel.

— Claro que estou.

— Eu não sou moralista, Lisandra. Mas ele é novo demais. Ele vai te magoar. E o tempo continua passando. Você não está ficando mais nova.

— É fácil pra você dizer. Já resolveu a vida, tem as meninas e o Cláudio.

— Não é bem assim. Minha vida não é cor-de-rosa, você sabe bem.

— O Daniel é diferente. Ele não é arrogante e frio como o Sérgio. Mas também não é exatamente inseguro e carente como o Décio. Ele me trata com carinho, às vezes até demais, sabe? Mas não fica pendurado em mim, não me suga, é independente.

— Lis, o que você acha que vai acontecer?

— Não sei. Por que eu não posso viver o presente?

— O que você vai achar se ele te largar daqui a cinco anos?

— Por que você está sendo tão maldosa? Por que ele tem que me abandonar?

— Abandonar? Lis, nem parece você falando. Você mesma disse que ele parecia um pintinho imaturo.

— Perto dele, eu é que sou imatura. Ele aprende tudo. Você tinha que ver ele na Itália. Nem sabia o que era *chianti* quando a gente chegou. No final já perguntava em italiano pros garçons qual *brunello di montalcino* eles tinham.

— Com você bancando tudo, claro.

— Você acha que isso faz alguma diferença pra mim? Eu adorava quando ainda pagava as coisas pra ele.

— Pagava? Quem paga o salário dele, Lis?

— Quem paga o salário dele são os clientes da agência, e você sabe disso. Só o negócio da Constrular que ele fechou...

— Ai, Lis, nem começa. Eu já discuti com você sobre esse assunto mil vezes.

Silêncio.

— E você sabe muito bem que o pessoal da Constrular nunca ia dar o contrato pra concorrência. O Tomás come na mão do teu pai.

— O Tomás não é o único dono da Constrular, ele presta contas pros outros acionistas e pro conselho.

— Sei, Lis. Não vamos brigar por causa disso, o.k.?

— Então me dá força. Eu já tenho minhas inseguranças. Você acha que eu não me sinto velha? Eu nem aguento ele me fazendo carinho; fico neurótica que ele esteja contando os meus pés de galinha. Mas eu amo o Daniel. Ele é estranho, é inteligente, me trata bem. Eu quero fazer isso funcionar. Quero ter um filho com ele.

— Ai, meu Jesusinho querido. Deus nos proteja.

3

— Como assim sumiu?

— Sumiu, Paulinha. Não atende o celular. Não está em casa nem no escritório.

— Estranho. Ele não está em algum cliente?

— Não. O porteiro disse que viu ele entrando num carro preto carregando uma malinha. Disse que estava todo esbaforido, entrou no carro correndo.

— Um carro preto?

— É. Será que ele foi sequestrado?

— Que sequestrador pediria pra ele ir pra casa fazer a mala?

— Talvez tenham ameaçado ele com alguma coisa.

— Com assim? E por que alguém sequestraria ele?

— Por minha causa?

— Lis, você está paranoica. Vai ver ele foi jogar tênis com um cliente ou coisa do gênero.

— Ele não joga tênis.

— Você já ligou pra mãe dele?

— Não quis deixar ela preocupada. Imagina se ela acha que o filho sumiu depois do que aconteceu com o marido?

— Você vai ligar pra polícia?

— E você acha que adianta alguma coisa ligar pra polícia?

— É verdade. E nos filmes eles sempre falam que só podem fazer alguma coisa depois de vinte e quatro horas.

— Eu vou ver se a câmera do prédio gravou alguma coisa.

— Por que você não chama o Sérgio?

— Ia ser engraçado.

— Você acha que ele não ajudaria?

— Não é isso. É que o Sérgio vivia fazendo perguntas sobre o Daniel quando a gente começou a sair.

— Eles se conheciam?

— Não. Parece que o Sérgio estava olhando alguma coisa na empresa do pai do Daniel.

— Ué, o pai dele não morreu?

— Pois é, foi o que eu disse pro Sérgio.

— Você tem vergonha de ligar pra ele?

— Nenhuma.

— E aí? Você vai ou não vai ligar pra ele?

— Não sei. Se ele foi mesmo sequestrado, o Sérgio pode piorar tudo. Vai querer botar pra quebrar.

— Mas ele também pode resolver. Pode descobrir onde o Daniel está mais rápido e tirar logo essa preocupação da sua cabeça. Tenho certeza de que não aconteceu nada.

— Tomara. Vou pedir pra ele ver o vídeo da portaria comigo.

Notícias

1
Polícia Federal emite nota de desculpas por Operação Judas

Depois de fortes críticas de entidades judaicas, a ouvidoria da PF emitiu nota oficial pedindo desculpas pela atribuição de um codinome que pode ter sido interpretado como preconceituoso ou antissemita.

No último dia 24, a PF desbaratou uma quadrilha internacional responsável pelo que pode ser o maior crime financeiro já realizado no país. Segundo o delegado Zoroastro Oliveira, da PF do Rio de Janeiro, mais de 300 milhões de reais em fraudes contra seguradoras e bancos já foram atribuídos à ação do grupo.

A Susep e o Ministério Público investigam a acusação de que várias seguradoras entraram em uma espécie de operação-padrão, aumentando a burocracia e suspendendo reembolsos e coberturas num esforço de revisão global de procedimentos. O Procon registrou mais de 8 mil queixas de segurados somente na última semana. A Fenaseg (Federação de Seguradoras do Brasil) divulgou nota afirmando que as empresas estão empenhadas em garantir o mínimo de impacto aos segurados, mas que a operação é fundamental para garantir a continuidade dos serviços.

2
FIERJ repudia ações antissemitas

Nota oficial assinada pelo presidente da Federação Israelita do Rio de Janeiro e mais de vinte representantes de entidades judaicas no país denuncia a escalada do antissemitismo no país. Na última semana, vários incidentes foram registrados no Rio de Janeiro e em outras cidades do Brasil. A Sinagoga Ari, em Botafogo, foi criminosamente incendiada, os muros da escola judaica Beit Yakov, em São Paulo, foram pichados com suásticas e em Porto Alegre dois adolescentes judeus foram espancados por *skinheads* na saída de um movimento juvenil.

"A comunidade judaica no Brasil, apesar de pouco numerosa, sempre esteve engajada não só na preservação e na transmissão dos valores judaicos, mas também na construção da cidadania. Além da contribuição individual de seus milhares de membros — médicos, pesquisadores, artistas, empresários e profissionais de toda sorte —, a comunidade judaica mantém diversas entidades filantrópicas que estendem seus serviços a brasileiros carentes de todas as origens e credos. A comunidade judaica do Brasil sempre se orgulhou de fazer parte do quadro multicultural de um país notoriamente tolerante e aberto. Temos certeza de que as recentes manifestações antissemitas não representam a atitude da esmagadora maioria da população e convidamos todos a repudiar veementemente qualquer manifestação de preconceito ou ódio religioso. A comunidade entende que eventuais ações criminosas de indivíduos afiliados à religião judaica devem ser tratados com todo o rigor da lei, mas achamos perigosas e potencialmente desastrosas ações como a da Polícia Federal e de alguns veículos de comunicação que buscam de forma sensacionalista e desonesta criar uma identificação religiosa a um crime comum."

3
Ato ecumênico reúne mais de 60 mil na Avenida Paulista

Como judeu, já ouvi várias versões da piada de dois judeus que depois de um naufrágio acabam perdidos numa ilha deserta e fundam três sinagogas. Uma para cada um e uma terceira na qual eles não entram nem mortos. Hoje, judeus reunidos na Avenida Paulista, em São Paulo, parecem ter demolido a terceira sinagoga. Judeus ortodoxos uniram-se a judeus tradicionais e reformistas, ateus, cristãos e muçulmanos em ato contra a discriminação religiosa e o antissemitismo.

"Foi bonito. Andei de mãos dadas com uma menina de chador", me disse uma manifestante, Shoshana bat Ariel. A moça, judia, foi criada segundo a tradição hassídica e nunca conhecera um muçulmano antes. "Acho que todas as religiões merecem respeito igual, né?". É irônico que muitas vezes seja necessário que o ódio se manifeste para que o que há de melhor nas pessoas aflore.

A passeata foi coordenada pelo Centro de Restauração Cósmica, que distribuiu gratuitamente livros de iniciação à cabala.

4
Editorial

A alegada ligação entre a recém-desbaratada quadrilha internacional responsável por fraudes contra seguradoras e o Centro de Restauração Cósmica, o maior centro de estudos e disseminação da cabala da América Latina, revelou uma triste realidade. Antes mesmo de qualquer condenação na justiça, a Operação Judas (sic) despertou o antissemitismo adormecido no Brasil. A intensidade das manifestações contra judeus foi especialmente preocupante por revelar o insidioso preconceito latente no país, inclusive em importantes veículos de comunicação. Felizmente a civilidade parece ter triunfado. Passeatas no último domingo demonstraram que a tolerância e o respeito prevalecem sobre as forças sombrias do ódio racial e religioso.

Este jornal acredita, no entanto, que à luz dos novos desenvolvimentos do caso, autoridades federais e quiçá o próprio presidente da República, que se manteve vergonhosamente calado até o momento, deveriam emitir desculpas formais à comunidade judaica e, em especial, ao rabino Yoshua. A revelação de que todo o dinheiro identificado como desviado na operação da PF foi recebido de forma legal pelo Centro de Restauração Cósmica e integralmente aplicado em dezenas de entidades filantrópicas enaltece a integridade do rabino, que com coragem e altivez manteve sua dignidade de forma surpreendente durante todo o triste episódio.

É claro que, independentemente da destinação dos recursos, esperamos que as empresas responsáveis pelas fraudes financeiras sejam investigadas e os responsáveis, exemplarmente punidos.

O Centro de Restauração Cósmica criou um endereço de internet para a divulgação do uso dos recursos recebidos e abriu mão do seu sigilo bancário.

5
Radar econômico

A Susep e a CVM investigam falhas nos sistemas de controle de fraudes das maiores seguradoras e bancos do país. Se revelada negligência, as multas podem chegar a 20 milhões de reais. A presidência pediu às autoridades competentes máximo rigor e profundidade na investigação do caso. Línguas ferinas nos corredores do planalto dizem que o presidente celebra secretamente a repercussão do caso, o primeiro dessa magnitude a não envolver nenhuma esfera do governo.

6
Notas

Uma força-tarefa conjunta da unidade de crimes financeiros da Polícia Federal e da Interpol ainda tenta encontrar a origem do sistema de prevenção a fraudes que parece ter sido o pivô da maior fraude financeira do país. A sede da empresa israelense responsável pela licença do *software* foi encontrada deserta e sem sinal de uso recente pela polícia israelense, que auxilia na investigação. Fontes próximas à PF indicam que as seguradoras e os bancos afetados conduzem uma investigação privada paralela.

Segunda parte

*Eu era pouco mais que uma criança, quando à noite
um incêndio destruiu a casa de meus pais.* [...]
*Eu sentia: então é isso, um incêndio? Afinal, é como
ter a casa em chamas. Isso aí é tudo?*

Thomas Mann, *Desilusão*[2]

Limbo

Quero deixar claro que a precisão deste relato é irrelevante. Não preciso justificar eventuais floreios narrativos, liberdade poética ou o que for. É impossível contar qualquer história de outra forma. A reconstrução que fazemos da nossa vida é repleta de invenções. Não gostamos de lacunas. O suspense existe no mundo inteiro porque não toleramos perguntas sem respostas. Queremos soluções completas e finais, precisamos entender as causas e as consequências. Buscamos sentido e motivações em tudo. Procuramos ação deliberada até na chuva, nos golpes circunstanciais que muita gente chama de destino ou carma. É automático. Basta ver como falamos de vírus que *querem* se reproduzir ou de como o vapor quente *fará* de tudo para sair de uma panela de pressão. Não aceitamos um universo de estatísticas frias, de natureza indiferente. Entendemos o mundo como um palco onde tudo acontece por fruto do desejo. E não sabemos descrever nenhuma ação sem uma motivação subjacente.

Desafio você. Procure sua lembrança mais vívida que inclua outras pessoas. Olhe ao seu redor. Aposto que você pode entrar na cabeça de qualquer um, tenho certeza de que você presume saber as intenções de todos os envolvidos, mesmo que as motivações de todos, inclusive as suas, estejam completamente fora de alcance.

O que quero dizer é que não sou tão pior do que você, do que qualquer um. Aliás, qualquer pessoa é mais parecida com você do que diferente de você.

No escritório, meu ataque de pânico me derruba no chão. Não sei se apaguei por dez segundos ou duas horas. Corro até a janela e olho para baixo. O carro ainda está lá. Desço pela escada batendo as rodinhas da mala nos degraus. Passo correndo pelo *hall* e paro na frente do carro, ofegante. O motorista abre a porta de trás. Dentro do carro, a Amanda me encara com fúria. Entro no veículo levantando as mãos, rendido.

— Desculpa. Eu estava procurando uma coisa.

— Você subiu há meia hora! Qual o seu problema?

Sento no banco de trás em silêncio e abraço a minha sacola como a um urso de pelúcia, para tentar me sentir mais seguro. Tusso. A Amanda faz uma ligação e começa a falar sobre contratos de compra e venda de ações, de estruturas de *holdings offshore*. Depois de alguns minutos, perco o interesse e fico observando as ruas em silêncio.

Paramos num posto de gasolina na Marginal. A Amanda sai do carro apressada. O motorista sai do carro e eu o sigo. Estendo a mão direita para cumprimentá-lo.

— Prazer, Daniel.

O motorista troncudo pega a minha mão com o esboço de um sorriso que poderia ser descrito tanto como tímido como malicioso.

— Marrom — ele diz numa voz de tenor rouca, quase inaudível. A palma da mão dele é uma lixa e seus dedos curtos envolvem a minha mão com força por quinze segundos a mais do que eu julgaria necessário.

— Marrom, você conhece o Caleb?
— Trabalhei pro padrinho dele.
— O que ele faz?
— Não é da minha conta — ele responde sério.
— Quantos anos ele tem?
— Se você perguntar, ele vai te dizer que tem mais de cem. Mas deve ter uns trinta, trinta e poucos.
— Uma alma velha. Trinta e tantos, você disse. Tem certeza?
— Não é da minha conta. Pergunta pra dona Amanda.

A Amanda volta para o carro abrindo um pacotinho de Trident. Ela desembala a goma de mascar e põe na boca, oferece uma para o Marrom e me ignora.

— Vamos?

Dentro do carro, apoio-me no encosto do banco da frente.

— Qual a idade do Caleb?
— Trinta e oito. Por quê?
— Trinta e oito? Tem certeza?
— Claro que tenho certeza. Por que você quer saber?
— Se eu tivesse perguntado isso antes, acho que teria atendido ao seu pedido na primeira vez. Estou me sentindo completamente idiota.
— Não tenho a menor ideia do que você está falando. Que diferença faz a idade do Caleb?
— Nenhuma.
— Tá bom.

Ela pega o celular e fica com ele apertado na orelha. Depois recoloca o aparelho na bolsa e comenta:

— Esta cidade é horrível.
— É. O Tietê não é o rio mais bonito do mundo, pelo menos aqui na Marginal.
— Por que você mudou do Rio? Dinheiro?

Penso um pouco.

— Não. Não foi exatamente planejado. Nada parece ser planejado na minha vida. Acho que foi pra me afastar dos meus pais.

— Seu pai morreu muito jovem, não? Quantos anos ele tinha?

— Quarenta. Ele morreu afogado. Nunca acharam ele.

Ficamos em silêncio, observando ilhotas de espuma branca boiando nas águas imundas do Tietê. Uma barca tira pneus e móveis do leito do rio. A Amanda vira-se para me olhar, depois vira para a frente novamente. Ela abre a boca para dizer alguma coisa, mas desiste. Depois de alguns instantes, parece reconsiderar com uma sacudida da cabeça. Vira-se de lado no banco e me olha com o canto do olho.

— Espera aí... Você achava que o Caleb podia ser o seu pai?

Fico mudo. É estranho ouvi-la dizer isso. Sei que é um clichê falar de nó na garganta, mas acho que a maioria das pessoas nunca experimentou a sensação, não sabe como a descrição é precisa. É como se um pomo estivesse engasgado dentro do pescoço, a vontade de chorar é uma ânsia de vômito, um reflexo. Mas me controlo. Olho para o rio sujo, para as bocas de concreto que despejam nele um líquido estranho de córregos canalizados ainda mais sujos. Numa das margens, uma garça branca está pousada num sofá roxo abandonado. Parece uma cena pós-apocalíptica. Quem me dera!

— Uma parte de mim, não sei... Eu sempre... Acho que eu acreditava. Na... na... — Parece que estou falando uma língua estrangeira, tenho dificuldade de encaixar as palavras por um momento. — A reversibilidade, sabe? De tudo. Eu não penso muito. Mas era possível. Quem sabe? Ele podia ter fugido, mudado de nome. Não seria impossível. Eu entenderia. — Concentro-me para não dar um vexame e começar a chorar. Respiro fundo e tusso. — Acho que ele não gostava muito de mim. O meu pai.

A Amanda segura o suporte de mão, olha pelo vidro. O carro fica pequeno. Encosto a cabeça na coluna da janela e fecho os olhos. Cochilo com o barulho do motor me embalando, aliviado pela sensação de estar sendo levado.

Acordo com o meu celular tocando. É a Lisandra. Mando a ligação para a caixa postal. O telefone toca de novo. E de novo. E de novo.

— Por que você não atende?

— Não sei. Aliás, eu não sei nem o que eu estou fazendo neste carro.

— Quem é?

— Minha chefe.

Minha chefe. Eu sou realmente ótimo.

— Diz que volta em dois dias. Diz que está doente. Você não é diretor da empresa?

— É meio complicado.

— Complicado é você não atender o telefone. É um hábito horrível. Você não sabe como é frustrante pra quem está tentando falar com você. Deixa de ser covarde e liga pra ela.

— Quando a gente chegar, eu ligo.

— Não tem sinal de celular no vale.

Tamborilo com os dedos no aparelho. Ela pega o celular dela e o levanta para que eu o veja por entre os bancos da frente, sem virar o corpo.

— Você quer que eu ligue? Posso dizer que você está de cama. Que sou sua vizinha, sei lá.

— Nã-nã-não. Não liga, não, por favor. Não é uma boa ideia.

O celular começa a tocar de novo e me apresso em desligar o aparelho.

— Não acredito que você vai fazer isso. Eles vão ficar preocupados. Vão acabar chamando a polícia.

Sento em cima do celular, como se pudesse enterrar o incômodo no banco.

— Me conta um pouco sobre esse Caleb.

— O que você que saber?

— Tudo. Qualquer coisa.

— Ele é israelense. É um empreendedor de sucesso, um daqueles gênios loucos. Fez um sistema de computador, vendeu para a Intel Capital. Você sabia que a Intel já comprou mais de sessenta empresas israelenses? Eles têm um tipo de Vale do Silício do Oriente Médio. Bom, ele conhecia o Brasil bem, tinha morado no Rio de Janeiro com um padrinho durante a maior parte da infância, fala português fluente. Além de hebraico e inglês, claro. É impressionante. Quando ele ganhou o dinheiro na venda, resolveu investir no Brasil. Comprou a casa do Vale da Cuca, disse que tinha memórias fortes da infância em Teresópolis. Parece que o padrinho tinha uma casa lá. Ele me contratou pra montar as *holdings* de participação aqui no Brasil e no exterior. É uma pessoa muito especial, diferente. Ele é profundo. Você devia se sentir privilegiado em conhecer ele.

— É, devia. Provavelmente devia. Pena que não entendo muito de tecnologia. Aliás, uma das muitas fontes de desapontamento do meu pai. Ele entendia tudo de computadores.

— Ele trabalhava com tecnologia?

— O meu pai? Não. Ele trabalhava com seguros. Mas estudava sobre computadores. Aliás, estudava sobre tudo. Era uma das pessoas mais inteligentes que eu conheci. Mas eu demorei demais pra perceber isso. Nunca dei muita bola pra ele.

— Relação complicada, né? É muito triste que ele tenha falecido antes de vocês se resolverem melhor.

— Você tem uma boa relação com o seu pai?

— Relação? O meu pai saiu de casa quando eu tinha dezesseis anos. Largou a minha mãe pra morar com a intérprete dele.

— Intérprete?

— É. Ele trabalhava pra uma empreiteira brasileira no Iraque.

— E a sua mãe?

— É difícil descrever. Só conhecendo. Vamos dizer que nossa relação é intensa.

— Como assim?

Ela pensa um pouco.

— Não dá pra explicar. Ela é muito estranha.

— Todo mundo acha isso dos pais em algum momento. É um viés de interpretação egocêntrico.

Ela bufa. Eu continuo.

— Eu costumava vilificar meus pais. Agora sei que as coisas não são tão simples. Aposto que a sua mãe é muito mais normal do que você imagina. Aposto que você é parecida com ela.

A Amanda se arruma na poltrona. Olha para mim. Ameaça falar alguma coisa e desiste. Alguns minutos depois, dispara:

— Sabe o que ela me deu de presente quando eu fiquei menstruada pela primeira vez?

— Quem?

— Minha mãe.

— O que ela te deu de presente? Não sei. Um sutiã?

— Quase. Um tapa na cara.

— Um tapa?

O Marrom dá uma risada. A Amanda continua, sem olhar para trás.

— Era uma tradição de família, mas a minha querida mãe se esqueceu de me preparar para esse singelo ritual. Muitos anos de terapia. É um milagre que eu tenha me tornado uma pessoa sã.

— É impossível sobreviver incólume aos pais.

A Amanda olha pela janela e fica em silêncio. A noite começa a cair sobre o céu azul, e ela diz que vai cochilar. Ficamos os três mudos até chegarmos no pé da serra. De repente, lembro nitidamente da estrada, de subir a serra em êxtase, só eu e o meu pai. Foi nessa viagem que ele me contou a história fantástica que foi a semente do *Retorno a Olama*. A alegria repentina da lembrança da empolgação do meu pai me contando a história rapidamente cede espaço à memória da volta da viagem. A solidão que senti quando desci a serra foi a mais profunda que jamais experimentara até então. E desde então.

Procuro a entrada do Parque da Serra dos Órgãos, mas a estrada está escura, e quando me dou conta já passamos pela cidade e estamos seguindo pela Rio-Bahia até Vargem Grande. De Vargem Grande seguimos por um portal que nos dá boas-vindas ao Vale da Cuca. Depois de poucos quilômetros por uma estradinha de terra, o carro passa por um portão de ferro alto e entra num caminho de pedras quadradas ladeadas por um imenso gramado. Vejo uma casa de tijolo aparente iluminada, grande, mas não suntuosa, no topo de uma pequena colina gramada cercada de mata Atlântica. O carro se aproxima da rotatória na frente da casa, que envolve um jardim florido iluminado por baixo, tão perfeito que parece cenográfico. Saímos do carro, a Amanda boceja e eu instintivamente a imito. Ela olha para o céu e eu também. Dá para ver a poeira de estrelas da Via Láctea. É uma cena digna de um momento decisivo na vida.

Luxúria

Uma mulata gorda com um lenço amarelo na cabeça e avental laranja nos espera do lado de fora da casa, de braços cruzados. A Amanda a cumprimenta com um beijo estalado e pergunta onde está o Caleb.
— Ele saiu. Hoje cedo foi conversar com o seu Décio. Depois voltou, pegou o carro e saiu. Acho que foi pro Rio.
— Estranho. Ele não me disse nada.
— Entra em casa, menina, que você vai pegar friagem.
— Ele não disse quando volta?
— Você não vai me apresentar esse menino bonito, não?
— Esse é o Daniel — ela diz, dando-me as costas e entrando na casa. Estendo a mão para cumprimentar a mulher. Num gesto que parece automático, ela limpa a mão no avental e a estende.
— Arlete. Encantada.
— O encanto é todo meu — rio.
Entramos na casa. No caminho, ficara imaginando uma mansão vitoriana, com estátuas de mármore, colunas gregas e quadros a óleo com molduras douradas cobrindo as paredes. O que encontro é muito mais aconchegante. Uma casa de campo, protegida por uma carranca de madeira no *hall* de entrada e móveis de couro preto com cara de uso. As paredes são repletas de janelas. No meio da sala, uma imensa coluna de madeira parece sustentar todo o telhado.

— Arlete, ele não levou nenhuma mala, levou? — a Amanda pergunta.

— Não vi, não. Acho que deve voltar hoje mais tarde ou no máximo amanhã.

Olho para a Amanda.

— Sério?

— Ele sabia que eu estava vindo hoje, não me avisou nada. Deve ter sido alguma emergência.

— Liga pra ele.

— O celular dele fica desligado.

— Qual a utilidade de andar com um celular desligado?

— Ele liga só quando precisa falar com alguém.

— E agora? A ideia é ficar esperando aqui até ele voltar? Você não tem o telefone dele no Rio?

Ela solta o cabelo, segura o elástico na boca e depois o prende de novo num rabo de cavalo. Fica em silêncio. Depois vai até a cozinha. Eu a sigo.

— O Décio deve saber. Vamos tomar um banho e jantar, depois eu descubro onde ele está.

— Juntos?

— Quê?

— O banho? — digo baixinho, já perdendo a coragem no meio da gracinha.

Ela me ignora, caminha na direção da escada e diz, de costas, que o Marrom vai me mostrar o meu quarto.

— Ela é sempre assim? — pergunto jocosamente para o Marrom, inclinando a cabeça na direção da Amanda.

Ele se vira para mim e me encara sem nenhuma expressão no rosto. Como não quero morrer assassinado, desvio o olhar.

O quarto tem cheiro de capim-cidreira. Há uma imensa janela numa das paredes, com uma escrivaninha embaixo. A colcha florida combina com as fotos emolduradas acima da cama. O teto de madeira acompanha a inclinação do telhado. Um tapete branco e felpudo parece nunca ter sido pisado. Sento na cama confortável e seguro o celular desligado com as duas mãos. Ai, ai, a Dinamarca pode mesmo ser uma prisão.

Depois de um banho quente, desço a escada na ponta dos pés para tentar diminuir o barulho dos sapatos nos degraus de madeira. A Amanda me espera na sala de jantar.

Sorrisos dizem muito. O processo de sorrir forçado é coordenado por uma região do cérebro diferente da que coordena os músculos para um sorriso natural. Vítimas de lesões nessa área do órgão ficam impossibilitadas de sorrir quando solicitadas, mas abrem um lindo sorriso quando veem pessoas queridas. Claramente a Amanda não sofreu um derrame nessa área do cérebro; ela me espera com um sorriso esconso, de filme de terror.

— Tudo certo com o seu quarto?

— Tudo ótimo. Obrigado. Conseguiu falar com o Caleb?

— Conseguiu falar com a sua chefe?

Ela indica uma cadeira e eu sento à mesa. A Arlete surge da cozinha carregando uma sopeira de porcelana. Com um sorriso natural, anuncia:

— Sopinha!

— Você disse que não tinha sinal de celular aqui — digo para a Amanda.

— Arlete, você pode pegar o telefone sem fio para o Daniel, por favor? — ela responde sem tirar os olhos de mim.

— Pode deixar, Arlete. Depois do jantar eu telefono.

— Melhor, meu filho, sopa fria é horrível — ela diz, enquanto põe o líquido fumegante no meu prato antes de servir a Amanda. Fica parada com a mão apoiada na mesa de jantar, esperando que eu experimente a sopa. Provo a sopa. Ela espera que eu me pronuncie, sobrancelha levantada em expectativa. Sorrio, naturalmente.

— E aí, meu filho, está boa?

Faço cara de quem está refletindo.

— Não gosta de abóbora, é? — ela pergunta magoada.

— Já sei: gengibre! Maravilhoso.

Ela sai serelepe em direção à cozinha.

— Não se enche de sopa, não, que eu fiz badejo!

A Amanda toma a sopa em silêncio.

— Você não conseguiu falar com o Caleb, conseguiu?

— Ele deve voltar amanhã. Devia ter alguma coisa pra resolver. Deixei uma mensagem no celular dele. Logo ele liga.

— O que acontece se ele não aparecer amanhã?

— Ele vai aparecer.

— Como você conheceu ele?

— Eu trabalhava no Maruso, Castro e Filho. — Ela levanta o olhar da sopa e eu faço uma expressão que denota o meu reconhecimento do escritório.

— Estava cansada da vida no Rio, das mesmas amigas invejosas e dos chefes escrotos. O Caleb apareceu no escritório, fez uma reunião comigo e um dos sócios.

A Amanda se levanta.

— Você toma vinho?

— Claro.

Ela abre uma adega climatizada alojada dentro de uma cristaleira, pega um vinho e lê o rótulo. Devolve o vinho, mas depois reconsidera e o pega de novo. Entrega-me a garrafa com um saca-rolhas, depois pega duas taças grandes. Abro o vinho e faço pose, cheirando a rolha como se isso me dissesse alguma coisa. Lembro da Lisandra rindo quando tentava me ensinar sobre vinhos e eu simulava afetações enológicas, fungando ruidosamente sobre a taça, falando de cheiros de cavalo molhado e bochechando ruidosamente. Afasto a lembrança e sirvo um pouco do vinho, esperando que ela experimente antes de encher a taça. Ela bebe e continua:

— Trabalhando num escritório grande de advocacia, a gente aprende rápido o que esperar de tipinhos jovens e endinheirados como o Caleb. Basta verem uma advogada júnior que pensam automaticamente que vão se dar bem. E é bem verdade que na maioria das vezes eles têm razão.

Ela espera a Arlete tirar a sopa e trazer o badejo com molho de maracujá, trouxinhas de legume e arroz selvagem antes de continuar.

— E a gente não tem quase nenhuma vida social no escritório, trabalhando catorze horas por dia. Quando um sujeito rico te oferece um jantar no melhor restaurante da cidade ou um passeio de iate em Angra, é difícil recusar. Especialmente se você tem vinte e poucos anos e é deslumbrada com qualquer coisa.

— Eu sei. Você não precisa se explicar — digo, escondendo meu sorriso na taça de vinho.

Ela aperta os olhos com severidade.

— Ai, como você é idiota. O que eu queria dizer é que o Caleb é diferente. Nunca fez uma oferta impertinente, nunca insinuou nada — ela diz, ofendida.

— Mas você está dormindo na casa dele.

— Eu trabalho com o Caleb há dois anos. E durmo aqui como convidada porque o único hotel próximo é o Le Canton, que fica a meia hora daqui. Não é prático. E eu não sei o que você tem a ver com isso. Que direito você tem de...

Ela para de falar e sacode a cabeça. Em silêncio, corta um pedaço do peixe e despeja no meu prato como se fosse o grude do bandejão de uma penitenciária. Depois repete o gesto com o arroz e as trouxinhas, sem me consultar ou pedir licença.

Sinto-me seguro e feliz com a descompostura dela. Não consigo conter meu sorriso.

— Calma, calma. Amigo, amigo — tento acalmar a fera, expondo as duas mãos para que ela veja que não quero lhe fazer mal.

Ela esvazia sua taça num grande gole.

— Eu sei que não é muito profissional da minha parte, mas como você não é meu cliente, posso dizer.

— Dizer o quê?

— Que eu não vou com a sua cara. Acho que você não é confiável. Você tem esse jeito de vítima, de cachorro sem dono, que deve funcionar pra desarmar as pessoas. Como se você fosse um órfão de cinco anos de idade, inofensivo. Mas você é desagradável. É agressivo, abusado, e parece nem perceber. Senti isso desde a primeira vez que te telefonei.

— Você tem uma opinião surpreendentemente forte a meu respeito pra alguém que me conhece tão pouco.

— Olha, desculpa. Eu não estou muito bem hoje. Estou frustrada, irritada. Na verdade, não sei se foi uma boa ideia te trazer aqui.

— Você me arrastou até aqui e agora quer que eu vá embora?

A Amanda enche de novo a taça, monopolizando a garrafa de vinho. E bebe expondo os dentes, como se quisesse morder o vinho ou mastigar o cristal. O prato dela está intocado. Eu estou saboreando cada garfada. Ela repousa a taça e refaz o rabo de cavalo, me estudando.

— Você achou que o Caleb era o seu pai...

— Essa possibilidade me ocorreu.

— Desde a primeira vez que eu te liguei?

— Talvez. Acho que sim.

— Não tem a menor lógica! Por que você não me perguntou nada? Você podia ter eliminado essa hipótese com uma ou duas perguntas básicas.

Preciso fugir da sombra, trazer a conversa de volta para o sol.

— Engraçado. Por que você me falou das advogadas que saem com clientes jovens e ricos se essa não foi a sua experiência?

— Eu já disse. Eu queria te mostrar como o Caleb é diferente.

— Infelizmente?

— Claro que não.

Ela pega a garrafa de vinho e a examina contra a luz para ver se está vazia.

— Ambientes de trabalho são os locais mais comuns de encontro de adultos. Não vejo problema nenhum em sair com alguém que você conheceu no trabalho. Acho um pudor ridículo.

— Ridículo é você dizer isso como se realmente acreditasse.

— Como assim? Claro que eu acredito.

— Ah, claro que sim. É verdade. Só que é verdade exclusivamente para homens.

— Você não está na década errada, não?

— Isso não vai mudar nunca. Se tem uma coisa que aprendi há muito tempo foi que as mulheres não podem nunca usar o corpo sem ficarem estigmatizadas.

— Há muito tempo? Você fala como se tivesse sessenta anos.

— Deixa pra lá.

Inclino-me sobre a mesa para pegar a garrafa de vinho e despejo o resto na taça dela. A minha taça ainda está pela metade.

— Fala. Prometo me comportar.

Ela me olha por cima da taça, desconfiada. Já deve estar razoavelmente bêbada. Eu tiro proveito.

— Fala.

— Eu não devia ter bebido tanto.

— Você mesma disse. Eu não sou seu cliente. Relaxa.

Ela cruza os braços e me encara. Eu me reclino, tentando a expressão mais inocente que consigo conjurar.

— É que eu entrei na puberdade muito antes das minhas amigas todas.

Molho o meu lábio com vinho, evitando contato visual para não intimidá-la, e espero ela continuar.

— Lembro bem da primeira vez que eu percebi que já era vista como mulher. Eu tinha doze anos, estava estudando lá na casa da Vivian. Fui buscar um refrigerante e dei de cara com o irmão mais velho dela, comendo na cozinha com um amigo. O amigo dele congelou com o sanduíche na boca assim que me viu. Ficou encarando os meus seios como uma cobra hipnotizada. Eu era uma criança, um bebê, mas em vez de ficar envergonhada ou intimidada fiquei me sentindo incrível, poderosa. Peguei um copo e o estendi, pedindo refrigerante, como uma *femme fatale* de cinema oferecendo o cigarro para ser acendido. Os dois até arrumaram o cabelo com as mãos engorduradas e se ajeitaram na cadeira, enquanto o irmão da Vivian me servia guaraná. Até um dia antes, eu e as minhas amigas estávamos habituadas a sermos escorraçadas como vira-latas pelos irmãos mais velhos. Agora eles viravam patetas quando me aproximava deles. Você não pode imaginar a força que eu senti.

Ela bebe o resto do vinho e me encara.

— Claro que com o tempo a gente aprende o custo de sacar essa arma. Por mais promíscua que eu fosse, sempre preteria alguém. Ou negava exclusividade. Todo mundo parecia ter uma razão pra me odiar. Passei anos convivendo com minha fama de galinha, fingindo que ela não existia só pra contrariar a minha mãe. Até o dia em que o meu pai saiu de casa.

Ela fica quieta. Coça os olhos, parece sonolenta. Álcool e mulheres. Roda o restinho de vinho, molhando as paredes da taça. Acho que desistiu de falar, mas depois de um tempo, ela continua:

— Acordei no dia seguinte me sentindo diferente, como se o meu corpo fosse meu pela primeira vez. Não foi a minha libido que diminuiu, foi um egoísmo saudável, uma relutância em dividir o meu corpo e o meu desejo com qualquer um. Não me maquiei nem me empetequei toda antes de ir pra escola. Sentei na frente da sala e dessa vez ouvi o que o professor estava falando. Percebi que eu não era burra. Eu entendia o que ele estava dizendo, não era grego.

"Minhas notas melhoraram e, com o tempo, me acostumei com a ideia de ser uma boa aluna. De ser A Boa Aluna. E era muito melhor do que ser A Vadia. Passei de primeira em direito na PUC. Mas não esqueci o que aprendi. Nunca esqueci que os homens são bichos. A única forma de conhecer um homem de verdade é imediatamente depois do sexo."

Termino meu vinho em silêncio. Essa história não é arbitrária. Nenhuma mulher fala uma coisa dessas à toa. E no carro ela me contou aquela história da menstruação. Está me dando corda. Tenho certeza de que estou num filme de comédia romântica em que o ódio da mulher pelo protagonista é meramente desejo latente. Ou pelo menos essa é uma versão na qual gosto de acreditar. Procuro um comentário mordaz, uma insinuação inteligente, maliciosa sem ser vulgar. Não consigo pensar em nada, mas preciso preencher o silêncio.

— Inteligência e beleza juntas é uma arma fatal. É claro que o Caleb não teve nenhuma chance.

Ela afasta a cadeira com cara de nojo.

— Vou subir e dormir. Amanhã nós falamos com o Caleb.

Tento esconder meu desapontamento.

— Boa noite.

— Liga pra São Paulo.

— Tá.

— Hoje.

Por que não quero ligar? Por que prefiro fingir que a minha vida em São Paulo não existe? A vida compartilhada é tão complicada!

Ter responsabilidade com os sentimentos dos outros é tão cansativo, tão incômodo! Não é que eu não me sinta mal em deixar a Lisandra preocupada. Nem tento racionalizar a esse respeito. Mas, paradoxalmente, não me sinto um canalha. Sinto-me vítima. A despeito do meu melhor julgamento, só consigo ver o meu relacionamento com a Lisandra como um impedimento para o meu flerte com a Amanda. Quero roubá-la desse Caleb. Quero que ela se apaixone por mim. Quero largar o meu emprego. Quero morar aqui no Vale da Cuca, longe da civilização. Quero o meu oásis pós-apocalíptico pessoal. Quero acordar uma tábula rasa todos os dias da semana.

Penso em telefonar para a minha mãe. A essa altura a Lisandra já deve ter ligado para ela. Pego o telefone sem fio e começo a teclar, mas desligo antes de terminar. Subo para o quarto, visto o meu pijama e, quando vou escovar os dentes, descubro que me esqueci de trazer pasta de dente. Dou murros no granito branco da pia até ficar com os metacarpos dormentes. Tudo que eu precisava era acordar de manhã e cumprimentar a Amanda com um bafo de onça. Ando de um lado para outro como se uma ideia brilhante pudesse brotar a partir da fricção dos meus pés no piso. Dane-se, eu penso, e finalmente abro a porta do quarto e desço para a cozinha. Talvez a cozinheira ainda esteja acordada, ou talvez eu encontre uma despensa na casa. Infelizmente está tudo apagado. Entro na cozinha tateando a parede e tenho que engolir um urro de dor quando dou uma canelada na base do balcão. Abro a geladeira para usar a sua luz e me localizar.

— O jantar não estava bom, não?

A figura da Arlete iluminada pela luz da geladeira e contornada pela penumbra parece uma assombração. Ela está de touca e braços nus cruzados sobre os fartos seios, escondendo o contorno da camisola, o que cria uma estranha ilusão de nudez parcial. Fico paralisado como um fugitivo capturado e, sem refletir, levanto os braços em rendição.

— Não comeu direito e agora vai assaltar a geladeira, né? — ela simula uma bronca.

— Na verdade eu estou procurando uma pasta de dente.

— Na geladeira?

Penso em explicar, mas ela dá uma risada e fala para eu trazer a minha escova que ela passa um pouco da pasta dela. E diz que amanhã vai pedir para o Marrom comprar um tubo para mim quando ele for para a cidade. Subo, pego a minha escova e desço a escada na ponta dos pés para não fazer barulho. Ela sugere que eu escove os dentes na área de serviço e já passe mais pasta para a manhã seguinte.

Enquanto escovo os dentes no tanque da área de serviço, ela fica em pose de flamingo, examinando-me de cima a baixo. Odeio que todas as mulheres sintam-se à vontade em me examinar sem pudor.

— Você vai trabalhar para o seu Caleb?

— Afxo que xim — respondo com a boca cheia de espuma de triplo frescor.

— Você que ia vir um tempo atrás, não? Eu lembro. Ele ficou uma espoleta na época. Ficava andando de um lado pro outro que nem moleque. Me apertava a bochecha e me dava beijos e logo depois brigava por qualquer bobagem. Até falei pra ele que ele tinha era que casar. Mas é só eu começar a falar em casamento que ele fica uma arara. Mas ele fica mantendo essa menina aí e, como os caboclo diz, não caga nem sai da moita. Eu acho errado, viu? Mas não gosto de ficar falando da vida dele, não, porque ele é um santo, viu? Tem um coração que só vendo. Sabe que ele pagou escola pra meninada toda lá de casa? E no Rio, viu, no Rio de Janeiro mesmo, e em escola de gente rica mesmo. Comprou até roupa e tudo pra molecada. Minha mais velha é que fica lá cuidando deles; ele falou pra eu ficar lá também, mas eu tenho medo do Rio, tem muito bandido. É muito tiro e muita droga. E o barulho? Quem consegue dormir? Mas pras crianças é melhor, que o seu Caleb disse, e ele sabe bem mais que eu, que não sei nada, né? — ela diz com visível falsa modéstia.

Já enxaguei a boca.

— Aposto que você sabe um bocado.

Ela coloca mais pasta na minha escova para eu usar de manhã.

— Eu sei é limpar chão, privada, janela, fazer feijão — ela diz, finalmente encabulando.

— E fazer a melhor sopa de abóbora com gengibre.

Ela abana a sugestão, fazendo *pff* com a boca. Depois fica séria, senta num banco de madeira e pergunta com a sua voz natural, sem modulações ou afetações protetivas:

— O que você veio fazer aqui?

Sento ao lado dela.

— O Caleb, o seu Caleb, parece que ele quer que eu escreva um livro.

Dizer aquilo em voz alta me faz lembrar da improbabilidade de toda a situação. Acho que no fundo ainda acho que esse Caleb tem que ter alguma coisa a ver com o meu pai. Fico incomodado.

— Um livro sobre o quê? — ela pergunta, interessada.

— A biografia dele. Acho.

Ela pondera um pouco antes de perguntar.

— Então você é escritor de livro?

— Não exatamente.

— Eu ia ter um medo danado de ter que escrever um livro. Escrever receita já dá um trabalhão.

Encosto-me na parede, ao lado dela, aliviado por poder conversar abertamente com alguém. Sinto-me à vontade com a Arlete. Um canto da minha consciência lembra bem com quem me senti assim pela última vez, mas também não quero nada com essa lembrança.

— Escrever um livro não é muito diferente de cozinhar. Fazer é muito fácil, fazer muito bem é quase impossível. Em que o seu Caleb trabalha?

— Não sei, não. Ele fica quase o tempo todo aqui. Diz que não precisa mais trabalhar. Eu sei que ele ganhou muito dinheiro com uma invenção de computador, sabe? Agora ele fica no telefone, às vezes viaja pro Rio. Acho que vai trabalhar. Mas tem outras vezes que ele fica dias sem sair de casa.

— E a Amanda?

— Boa menina. É advogada dele, assistente. Inteligente. Mas fica tempo demais aqui no meio do nada — ela responde, sacudindo a cabeça para os lados como se estivesse espantando uma mosca ou discordando do que acabara de dizer.

Ela não parece muito disposta a falar mais sobre aquele assunto, e fico envergonhado em perguntar mais sobre o Caleb ou a Amanda. Então conversamos sobre a família da Arlete e a minha. Ela me conta do seu marido, que era bonzinho, porque nunca encostara um dedo nela, mas era um inútil que não queria saber de trabalhar. Depois do nascimento do quarto filho, o canalha pegou o pouquíssimo dinheiro que eles tinham guardado na poupança e voltou para o Nordeste. A Arlete me conta como conheceu o Caleb, quando estava vendendo empadinhas numa barraca na Rua do Alto, no centro de Teresópolis, e como ele "adotou" a família dela. Ela considera o sujeito um anjo. Quanto mais pessoas o admiram, mais o odeio. Conto um pouco sobre a minha família. Conto sobre a neurótica da minha mãe.

— E o seu pai?

— Morreu há alguns anos. Afogado.

— Ai, que horror! Deus o tenha.

— É.

— Vocês eram próximos?

— Não. Ele não tinha muito tempo pra mim ou pra minha mãe.
— Trabalhava muito?
— Também. Mas acho que ele não tinha muito interesse na gente. Tinha sempre coisa melhor pra fazer.
— Coitado de você com um pai assim.

Engraçado alguém com uma vida tão sofrida dizer que sente pena de mim. Como se regras diferentes se aplicassem à nossa existência. Uma cega mascando chiclete. Obviamente, não há qualquer traço de ironia no comentário dela. Não imagino que lhe ocorra me jogar na cara a miudeza do meu sofrimento. De qualquer forma, resolvo me explicar.

— Sabe, pode parecer estranho, mas na verdade eu não me lembro do meu pai. Às vezes tento lembrar alguma coisa, mas não vem nada na minha cabeça. Antes mesmo de vir pra cá, fiquei tentando me lembrar dele, das coisas que ele me dizia. Não consegui. Eu procuro no fundo, no fundo, no fundo. Vasculho minhas lembranças, meus aniversários, minha formatura, as férias. Eu sei que ele estava lá. Mas quando tento olhar pra ele, lá no filme da memória, ele parece um manequim ou um cartaz de pai. Às vezes, ouço ele dizendo algum coisa de dentro do manequim, que não mexe a boca, mas eu não entendo nada.

Faço uma pausa para sentir a ponta de lança atravessar o meu peito, cortando cada camada de tecido, quebrando ossos, dilacerando órgãos, rasgando a pele. Fecho os olhos e, sem tentar, resgato uma memória, que estava lá o tempo todo me esperando.

— Ele jogou bola comigo. Eu lembro dele jogando bola comigo.
— Vocês jogavam bola?
— Não. Nenhum de nós dois gostava de futebol.

Ela espera eu continuar.

— Eu era um menino quase invisível na escola, até para os professores. Ninguém me incomodava e eu não incomodava ninguém. Encarava a minha habilidade de passar despercebido como uma bênção. Os meninos encrenqueiros mantinham distância de mim e eu consegui escapar de receber um apelido daqueles maldosos que todos os meninos tinham. É claro que eu tinha uns poucos colegas, feios, fedidos, burros demais ou inteligentes demais. Mas confesso que preferia não me aproximar muito deles, preferia ficar sozinho a fazer parte da turma dos párias. Sonhava em participar do time de futebol e ser popular com as "gazelas", as meninas populares da turma. Num dia de escolha dos times de futebol para o campeonato da escola, usei o meu talento camaleônico pra me camuflar com o cenário da quadra poliesportiva. Dois capitães começaram a escolher meninos para os respectivos times, um a um. Quando o número de meninos escolhidos já era maior do que o de não escolhidos, sutilmente me mudei para o lado dos escolhidos e fiquei lá, me disfarçando, até que os dois times estivessem completos. Nem meus colegas nem o professor de educação física atentaram para o fato de terem formado dois times perfeitos de sete jogadores numa turma com quinze meninos. Fui para o banheiro sem ninguém perceber e fiquei esperando a partida acabar.

— Coitadinho.

— Você acha, né? Mas quando cheguei em casa e contei pra minha mãe, ela, em vez de me embalar no colo, ficou furiosa. "Por que você não falou com o professor? Por que não pediu pro fulano te ajudar?" Como eu a odiei naquele dia! Chorei de raiva. O meu pai sempre chegava tarde e ia direto pro quarto, depois de me dar boa-noite. Nesse dia, a minha mãe contou pra ele o que tinha acontecido, provavelmente esperando que ele reforçasse a bronca. Mas ele pegou uma bola dente de leite e desceu comigo, às nove da noite, pra jogar no pátio do prédio. Nós ficamos jogando até os vizinhos reclamarem do barulho da bola batendo na parede. Ele não disse nada, não me abraçou. Só ficou comigo, chutando a bola contra a parede.

A Arlete está me olhando compenetrada, mastigando a história, antes de decidir se vai engoli-la. Imagino se ela está fazendo o paralelo com o pai dos filhos dela, fico envergonhado e resolvo encerrar o assunto de forma diplomática:

— No final das contas, essa sensação era fruto de um horrível complexo de superioridade. Eu me achava muito especial e me ressentia de que o mundo não percebesse. Acho que a minha mãe é que estava certa. Ela nunca tolerou autopiedade. Não fosse a energia dela, eu teria virado um molenga como o meu pai. Que morreu com planos fantásticos e uma vida medíocre.

Mal digo isso e já me sinto Brutus esfaqueando César. Sinto pena do meu pai. Acho que nunca dei uma chance para ele. Como será que ele realmente era? A Arlete, com incrível sensibilidade, interrompe o meu devaneio e começa a contar causos do Marrom, que é ex-policial, trabalhava como segurança para o padrinho do Caleb e intimidava todo mundo, mesmo com sua aparência de bonachão e sua estatura atarracada. Quando dou por mim, estamos apoiando o peso do nosso corpo ombro a ombro e já são onze e meia. Digo boa-noite e me viro para voltar para o quarto.

A Arlete, com uma agilidade inesperada para alguém com o seu peso, me dá uma palmada de mão cheia, fazendo um estalo que ecoa no silêncio da casa. Subo a escada rindo sozinho e com uma banda da bunda formigando do tapa.

No quarto, o telefone desligado sobre a cabeceira me chama e me pergunta: "Você não achou que ia dormir o sono dos justos, achou?".

Gula

Passo a maior parte da noite em claro. Cochilo sonhando de novo com o meu pai trancado no armário, sufocando, me esperando. Sinto alívio quando o sol começa a invadir o quarto por entre as palhetas da veneziana. Lavo o rosto, escovo os dentes e visto a minha melhor roupa. Olho para o meu cabelo desgrenhado no espelho e me comisero por não ter herdado a crina escura e lisa do meu pai. Desço a escadaria pulando os degraus de dois em dois.

 A casa é ainda mais bonita de manhã. A luz atravessa as grandes janelas e projeta uma sombra tão precisa do pilar de sustentação central que parece fazer parte da decoração. Reconheço a voz do Cat Stevens cantando *I listen to the wind*, baixinho mas nitidamente. O cheiro de pinheiros carregado pelo vento frio é uma navalha afiada. Parece que a minha vida mudou de qualidade. Parece que saí de uma produção de comercial de desinfetante e vim parar num clássico em tecnicolor remasterizado digitalmente. Vou até a varanda encher o peito e fico contemplando os jequitibás, as embaúbas e os ipês-roxos que margeiam o terreno. A voz da Arlete me chama.

 — Dâni, vem tomar o seu café que a Amanda já está esperando, menino.

 A mesa está posta com um copo de suco de laranja, uma xícara de café com leite, um mamão papaia recheado de iogurte e coberto com granola e um fio de mel, uma cestinha de pães de queijo e duas fatias grossas de pão integral, uma fatia de bolo de fubá, um potinho de requeijão, uma fatia de queijo de minas e um potinho de geleia de amora. Perto do meu prato, um hibisco vermelho enfeita a mesa.

— Tudo isso pra mim?

— Se você comer rapidinho. A Amanda falou pra você tomar café e ir lá no escritório falar com ela. Ela já tá te esperando há mais de uma hora.

— Que horas são?

— Oito e meia.

Depois de comer o banquete, vou até o escritório. A Amanda está sentada na escrivaninha, revirando uma caixa de documentos, procurando alguma coisa.

Bato na porta aberta e enfio o rosto no escritório.

— Bom dia.

Ela continua compenetrada na tarefa, não levanta os olhos.

— O Caleb ainda não voltou. Ainda não consegui falar com ele. Não sei o que aconteceu, eu sabia que ele estava meio estranho.

— E agora?

Ela fecha a caixa, guarda-a numa gaveta e me encara.

— Você ligou pra São Paulo?

— Você acha que o Caleb volta ainda hoje?

— Não sei. Você não ouviu eu dizendo que não consegui falar com ele?

— Tá bom, tá bom.

Entro no escritório e examino a estante de livros. Tento puxar um livro pela lombada, mas ela está colada à prateleira.

— São decorativos — a Amanda diz, olhando para o seu celular.

— E aquele sujeito que o Caleb foi ver ontem? Doutor Cássio?

— Doutor Décio.

— Será que ele não sabe do Caleb?

— Pode ser, pode ser — ela diz, batucando as teclas do celular, considerando a sugestão.

— Ele é daqui do vale?

— É. Foi ele quem trouxe o Caleb pra cá — ela diz, ainda compenetrada no celular.

— O Caleb estava doente?

Convidado para escrever a biografia de um paciente terminal. Já não fizeram esse filme?

— Não.

Ela puxa o elástico que prende o cabelo no rabo de cavalo.

— Mais ou menos — ela diz baixinho.

— Como assim, mais ou menos?

— Não é da sua conta.

Ela levanta, digita um número no celular e vira de costas para mim, apoiando as mãos no batente da janela e observando os estratos-cúmulos que seguem com pressa para o leste.

— Doutor Décio? Oi, doutor Décio. É que eu estou procurando o Caleb, o senhor sabe dele? A Arlete disse que ele esteve com o senhor ontem. Sei. Não, é que eu precisava falar com ele o mais cedo possível. O senhor não pode me dizer agora, pelo telefone? É que eu estou com um pouco de pressa. Eu precisava mesmo saber dele. Sei. Obrigada. Mas é que... Eu prometo que vou outro dia... Tá bom... Tá bom. Então daqui a quinze minutos eu estou aí.

Ela guarda o telefone no bolso e me olha com uma expressão de quem comeu e não gostou.

— Ele quer que eu vá lá.

— Ótimo.

— Esse homem... Não sei por que não fala logo pelo telefone.

— Ele mora longe daqui?

— Não. Dá pra ir a pé.

— Então qual o problema?
— Nada. É só que o doutor Décio é...
— O quê?
— Ele é meio pegajoso, sabe? Meio grudento.
— Eu posso ir com você.
— Não — ela diz sem convicção.
— Eu não quero ficar sozinho aqui — digo com a minha mais convincente cara de coitado.

Ela põe as mãos na cintura e reflete. Seu mau humor permanente me deixa estranhamente excitado.

— Está bem. Mas não dá corda pra ele senão a gente não sai de lá nunca mais.

Vamos caminhando. A Amanda está especialmente linda hoje, com calça *jeans*, camisa social e os óculos escuros ridículos e grandes escondendo as olheiras. Ela solta o rabo de cavalo e o cabelo solto suaviza as linhas duras do seu rosto. Tenho vontade de segurar a sua mão, mas tenho medo de que ela me morda. Logo depois de passarmos pelo portão da casa do Caleb avistamos a edificação baixa com fachada de pedra de São Tomé e os batentes das portas e das janelas pintados de azul. Pendurado no meio da grande porta de madeira maciça está um anel de ferro com o rosto de um leão esculpido no centro. Ao lado da porta, uma pequena placa de porcelana embutida na alvenaria traz o seguinte texto com letras miúdas de esmalte azul: "BEM-VINDO À MAISON ORTIZ, FAVOR DEIXAR SAPATOS E ARMAS DO LADO DE FORA.".

A Amanda bate o anel de ferro duas vezes contra a porta. Um senhor gordo, extremamente bronzeado, com cabelo branco penteado para trás e um espesso bigode branco amarelado, abre a porta. Ele está vestindo uma espécie de quimono azul-marinho de seda e pantufas combinando. Ele a examina em silêncio, inexpressivo, por um momento. Depois abre os braços curtos e espessos num abraço que ela aceita relutantemente. Quando a libera, ele me encara por mais alguns segundos. Começo a estender a mão para dizer "prazer", mas ele ignora a minha iniciativa e abre o mesmo abraço para mim. Peço socorro com os olhos, mas a Amanda inclina a cabeça na direção do urso-polar à minha frente. Entro no abraço meio de lado e dou uns tapas nas costas dele. Ele me aperta e, depois de me libertar, dá um passo para trás e se apresenta, teatralmente:

— Doutor Décio Ortiz, ph.D. pela Faculté de Medicine René Descartes, Paris cinque.

Dou uma risada involuntária e a Amanda torce o nariz para a rotina que parece conhecer bem. Tiramos os sapatos e escolhemos, entre as várias opções disponíveis ao lado da porta, pares de pantufas. Escolho as pantufas mais discretas, zebradas. Na sala de estar, o *bandoneón* de Astor Piazzolla lamenta-se em *Libertango* num volume de *rave*. A Amanda precisa gritar para perguntar.

— Então, doutor Décio, o senhor sabe do Caleb?

Ele a ignora e nos conduz direto até a cozinha da casa. A cozinha é maior do que a sala de estar, tem três pias na bancada, duas geladeiras velhas e um imenso armário de madeira, com as portas fechadas por maçanetas de bronze. Na parede oposta, há um velho fogão a lenha e sobre ele um suporte de metal onde estão suspensas diversas panelas de tamanhos diferentes. No centro da cozinha, uma ilha com quatro tábuas de corte feitas de madeira é ladeada por quatro bancos altos. Uma *paellera* dourada está pendurada, sozinha, como uma obra de arte, no centro da ilha.

Ele pega a frigideira gigante e anuncia, batendo com a colher de pau nela.

— *Paella*!

— São nove da manhã — a Amanda protesta, irritada.

— Ah, minha cara, mas quanto tempo você acha que é necessário pra produzir uma obra de arte? Vocês vão comer uma autêntica *paella valenciana*. Garanto que até ela ficar pronta você já vai estar salivando.

— Na verdade a gente está com um pouco de pressa, doutor Décio. Eu só queria mesmo saber se o senhor sabe do Caleb.

— Sei, sim. Mas você é muito afoita. E se vocês vieram até aqui, na minha humilde casa, pra compartilhar da minha comida, vão ter que ajudar a prepará-la.

Enquanto fala, ele abre o armário e tira três aventais, depois uma caixa cheia de facas.

— É que eu precisava falar urgentemente com o Caleb.

— Princesa, impetuosidade e impaciência fazem parte da beleza da juventude. Meu papel é temperar isso com experiência. Nada é urgente. Urgência é um construto moderno, uma invenção que seria considerada loucura ou bruxaria em épocas passadas.

Ele entrega um saco de tomates para a Amanda e um frango inteiro para mim. Depois pega dois pacotes no congelador.

— Vamos ter que descongelar o coelho e substituir o pato por frango.

De um dos vasos sobre a pia ele corta um ramo de alecrim. Depois, entra numa dispensa e volta com duas xícaras com feijão-lima e feijão-branco e um saco de arroz valenciano debaixo do braço.

— Você sabe que eu escapei de um câncer gravíssimo? — ele pergunta.

— Sei sim, o senhor já me contou — a Amanda responde com impaciência.

— Fui desenganado pelo meu oncologista. Ele disse que a minha chance era uma em dez mil. Sabe o que eu respondi?

— Sei — ela retruca.

— Que a chance de eu existir era infinitesimalmente menor. De todos os bilhões, trilhões de combinações de DNA possíveis, eu nasci. Há algo mais improvável?

Ele veste um avental por cima do quimono, entrega um para mim e faz questão de vestir a Amanda, passando os braços pela cintura dela para amarrar o avental nas costas. Ela se esquiva e se encolhe como se ele tivesse lepra. Resignada, ela pega uma faca e começa a cortar os tomates. Questiono-me sobre a prudência de deixar uma faca afiada na mão da Amanda.

— O Caleb lhe disse pra onde estava indo? — ela bate com a faca na tábua de corte com força depois de atravessar o tomate.

O dr. Décio se aproxima da Amanda por trás, coloca as mãos sobre as dela e conduz o corte dos tomates.

— É assim, na vertical. Depois tira as sementinhas com o dedo. A gente vai ralar esse tomate.

Depois que se desvencilha dele, ela solta a faca e o tomate sobre a tábua de madeira e põe as mãos na cintura.

Ele sorri.

— A senhorita com certeza entende a confidencialidade entre um médico e seu paciente. É mais forte do que a confidencialidade entre uma advogada e seu cliente.

— O senhor mesmo me disse que o Caleb é mais amigo do que paciente.

— Uma coisa não elimina a outra. A separação das esferas profissional e pessoal é uma ficção contemporânea, uma invenção perniciosa que em outros tempos seria considerada loucura...

— Ou bruxaria — corta a Amanda.

Aproveito a deixa.

— Eu concordo.

Ele olha para a Amanda.

— Querida, não me interrompa. A única vantagem de ser velho como eu é poder pontificar à vontade. — Depois vira-se para mim com um sorriso falso. — E o senhor é...?

— Daniel. A Amanda me trouxe para discutir um negócio com o Caleb.

Ele leva o coelho congelado para a pia e começa a encher uma bacia com água.

— Negócio?

— Parece que ele quer que eu escreva a biografia dele — digo, inseguro.

O dr. Décio congela por um instante. Coloca o coelho na bacia, fecha a torneira, enxuga as mãos no avental e vira-se para mim.

— Daniel. Então o senhor é o escritor.

— Mais ou menos.

Ele senta num banco alto, serve-se de xerez e fia o bigode entre os dedos.

— Ah, então o senhor é o escritor daquele livrinho. Olam, Ulamba...

— *Retorno a Olama*. O senhor é um dos meus dezessete leitores ou foi o seu paciente quem lhe contou?

— Por que você não desossa o frango?

Manipulo o frango tentando disfarçar o meu nojo, sem saber por onde começar. Olho para a Amanda, que, possessa, tira as sementes de outro tomate. Quero morder o pescoço dela, deixar a marca de um chupão na sua clavícula. Pego uma faca pequena e começo a procurar um ângulo de ataque. Para o frango. O dr. Décio se aproxima por trás de mim e pega a minha mão.

— Assim. Primeiro, corta a cartilagem da junta, depois faz cortes pequenos no sentido do osso e solta a carne com a outra mão.

Ele acende o fogão e começa a tostar pistilos de açafrão na frigideira. Depois esmaga-os num pilão de madeira, assobiando ao som da milonga que vem da sala. A Amanda coloca os pedaços de tomate numa tigela e limpa as mãos no seu avental.

— Doutor Décio, por favor, o senhor pode me dizer pelo menos se o Caleb está no Rio?

Ele põe os feijões numa panela de pressão.

— Sim, ele foi pro Rio, caríssima Amandita.

— E quando ele volta?

Ele se vira para mim.

— Então, Daniel, você está escrevendo um novo livro?

— Não.

— O que o senhor está fazendo então?

— Trabalho numa agência de *marketing*.

— *Marketing*? Mesmo? Qual?

— O senhor não conhece. A gente só trabalha com *marketing* direto. A empresa não é muito conhecida.

— É mesmo? Qual o nome da agência?

— Jazz.

— Ah, Jazz. Lindo nome.

— O senhor conhece? — pergunto, surpreso.

— Sim, sim. Conheço a família que é dona de lá.

— O senhor conhece a Lisandra?

Ele hesita. Bebe mais uma dose de xerez.

— Conheço, sim. Como ela está? Feliz?

Tusso duas vezes.

— Feliz? Acho que sim. Ela é uma pessoa positiva, pra cima. Acho que ela está bem.

Tusso de novo. A Amanda me encara com os olhos arregalados.

— Você não telefonou? Ela deve estar achando que você morreu assassinado e que jogaram o seu corpo num terreno baldio.

— Eu liguei pra ela — minto.

— É o mínimo que podia fazer. Doutor Décio, o senhor vai ou não vai me ajudar a localizar o Caleb?

— Já te contei sobre a origem do Vale da Cuca?

— Já.

— Mas o Daniel certamente não conhece a história. Você sabe, Daniel, por que chamam este lugar de Vale da Cuca?

A Amanda puxa um banco alto, senta-se e bebe um copinho de xerez.

— Por causa do *Sítio do Picapau Amarelo*?

— Sítio do pica-pau?

— A Cuca, aquela bruxa-jacaré, sabe?

Ele me olha perplexo, tentando decidir se estou fazendo uma piada. Não estou. Ele continua:

— Em 1973, quando o Geisel assumiu o poder com toda aquela conversa de distensão e liberalização, um grupo de psiquiatras, pedagogos e psicólogos do Rio se juntou para formular uma proposta de reestruturação e modernização do ensino público. As ideias já vinham sendo discutidas por vários educadores desde antes da ditadura, mas ninguém queria arriscar ser mal interpretado pelos milicos e colocar em risco a segurança das famílias. Eles vinham há muito tempo acompanhando a emergência dos movimentos construtivistas e neoconstrutivistas, e muitos namoravam experiências de educação democrática. Um deles havia passado dois anos em Summerhill. Você conhece Summerhill?

— Nunca ouvi falar.

— Summerhill é uma escola, uma experiência, fundada em 1922, na Inglaterra. Funciona até hoje. A escola dá liberdade quase total pros alunos, dentro de um repertório de regras criado e discutido, democraticamente, por todos os seus membros. O voto de cada professor e de cada inspetor vale o mesmo que o de um aluno do ensino fundamental. As crianças definem o que querem aprender e se juntam em grupos ao redor de projetos e interesses comuns. Você pode imaginar que propor alguma coisa nesse sentido durante a ditadura não parecia muito sensato. Prepararam o documento pra apresentar pro ministro da Educação, mas quando os milicos suicidaram o Herzog, todo mundo ficou meio de ressaca. Começaram a achar que todo o papo de abertura era pura balela e acabaram reduzindo o escopo do projeto. Em vez de tentar mudar o país, Deus sabe a que custo, resolveram tentar mudar sua vida, a vida de suas crianças.

"Um dos médicos do grupo era herdeiro de uma fazenda, um haras de mangas-largas marchadores deficitário desde os anos 1940. Ele loteou a fazenda e todos se mudaram para lá com a família e construíram uma comunidade integrada e quase autossuficiente. A distância até o Rio era perfeita, perto o bastante pra permitir que muitos continuassem trabalhando lá e longe o sufuciente pra garantir o insulamento necessário pro sucesso do projeto. Matricularam as crianças na minúscula escola municipal — com menos de vinte alunos nessa época — que serviu de semente para a construção da nova escola experimental. Em troca de pequenos favores ao prefeito, assumiram o controle do local, definindo o método de ensino, preenchendo o quadro docente e formando um conselho democrático e multidisciplinar para a gestão. O lema da escola, rebatizada de Escola Montaigne, foi retirado de uma carta do ensaísta para a condessa de Gurson: 'Melhor do que uma cabeça cheia é uma cabeça bem-feita'. Mandaram fazer um enorme arco de bronze pra colocar na entrada da escola com o lema. O artesão encarregado disse que não conseguiria acomodar o lema completo no arco, então abreviaram para: 'Melhor uma cuca bem-feita'. Com o tempo, toda a região ao redor do velho haras ficou conhecida como Vale da Cuca Bem-Feita, mais tarde Vale da Cuca."

— A escola ainda existe?

— Não. Os filhos criados em meio a galinhas, Platão e brinquedos de sucata cresceram e arranjaram empregos em bancos e distribuidoras de petróleo no Rio e em São Paulo. Há alguns anos, venderam o vale para uma incorporadora fazer um condomínio de veraneio para endinheirados cariocas. Irônico, não?

— Você era um dos pais?

— Não, não. Nunca deitei minha semente nesta terra. Mudei de São Paulo pra cá por conta de problemas pessoais.

— Você estava sendo processado — a Amanda diz, sardônica, e em seguida tira o avental e começa a sair da cozinha. — Obrigada pela conversa, doutor Décio. Se o senhor ficar sabendo do Caleb, por favor me avise. Ou avise a ele que eu o estou esperando.

— Minha querida, não vá. A *paella* não está pronta.

— Pode dividir com esse rapaz aí.

— Mas esse almoço é pra você — ele diz, bebendo mais um copinho de xerez.

Começo a tirar o meu avental e pergunto para ele qual a sua especialidade médica.

— Psiquiatria. Hoje sou psicanalista.

— O Caleb faz terapia?

— Ele tem uma condição muito... incômoda.

— Depressão?

— Não, de forma alguma. Obviamente não posso discutir nada da condição médica dele com vocês. Mas acredito que ele já deva ter-lhes dito que o mais provável é que ele tenha uma forma rara de paramnésia.

— Para-o-quê?

— Paramnésia é uma condição na qual a pessoa tem lembranças detalhadas de eventos que não vivenciou. Essas lembranças normalmente são traumáticas, assustadoras. A mente as cria para proteger o ego de outras, ainda mais dolorosas. É como ter estresse pós-traumático de verdade para eventos de mentira.

Que sujeito interessante! Poderia passar a tarde aqui com ele, mas a Amanda me chama, como se fosse minha chefe.

— Vamos?

Irritado, dou três petelecos rápidos na ponta do meu nariz.

O doutor Décio fica paralisado e me olha de forma estranha por um tempo constrangedor. Depois repete o gesto no próprio nariz e abre um sorriso largo, levanta-se, pega o telefone e tecla um número. Enquanto espera a ligação se completar, vira-se para mim.

— Você é brasileiro?

— Claro, por quê?

— Nunca morou em Israel?

Antes que eu responda, ele começa a falar ao telefone.

— Caleb? É rápido, sim. Você precisa voltar para o vale. Tem uma pessoa aqui que você precisa encontrar.

A Amanda olha para o dr. Décio espantada.

— Como você conseguiu falar com ele? Você ligou no celular dele? O celular dele está sempre desligado. Deixa eu falar com ele.

Mas o doutor a ignora e continua falando com o Caleb.

— Ele mesmo.

— Parece bem. A coordenação motora não é das melhores, estraçalhou um frango que eu mandei ele desossar. De resto, parece muito bem.

— Está bem. Eu aviso. Depois passa aqui. Acho que temos muito pra conversar.

A Amanda estende a mão para o Décio e ele lhe entrega o telefone. Ela diz "alô", mas não tem mais ninguém na linha. Ela telefona para o Caleb, mas bate com força o celular na mesa quando ouve a caixa postal.

— Por que ele não me atende?

— Ele disse que vai chegar às três da tarde. Ele quer encontrar o Daniel lá na casa dele.

— E eu? — ela pergunta, magoada.

— Você precisa ralar os tomates, minha linda.

Ele liga o fogão e despeja o azeite na *paellera*.

Traição

Estou sentado na soleira ao lado da Arlete, olhando o portão e tomando o chá de hibisco com hortelã que ela fez. A Amanda está trancada no quarto. O Marrom está fumando um cigarro e distraidamente arrancando ervas daninhas do jardim. Está sem paletó, com o coldre do revólver à mostra.

Olho para o relógio. São três e quinze. Um bem-te-vi se anuncia, repetindo o próprio nome três pares de vezes. Encosto a cabeça no batente para vasculhar o céu azul. Por que o Décio demorou tanto para ligar para o Caleb? Por que ficou me encarando? Como ele pode conhecer a Lisandra? Por que não lhe perguntei nada disso? Por que um sujeito com problemas clínicos de memória escreveria uma biografia? Por que comigo? Meu devaneio é interrompido pela chegada da Mercedes prata.

O carro estaciona perto da entrada. Não consigo ver através do filme escuro do vidro. Levanto-me. A Arlete pega a minha xícara e entra na cozinha. Fico sozinho sem saber o que fazer com as mãos. Um acesso de tosse me faz dobrar o corpo num breve desespero de sufocamento. O motor está desligado, mas ninguém sai de dentro do carro. Fico aflito, olho para a cozinha em busca da Arlete. O Marrom abre a porta do motorista. Um homem sai e fica me olhando, em silêncio.

Acho que o meu sistema límbico dá pau e reinicia com um ganido. O meu pai anda com passos firmes na minha direção. Estou paralisado da cabeça aos pés e lágrimas escorrem dos meus olhos sem que eu chore, simplesmente jorram como se houvesse um vazamento no canal lacrimal. Ele se aproxima e me abraça. Permaneço imóvel, apavorado.

Sempre penso qual a reação que gostaria de ter tido nesse momento. Um soco na cara. Um cuspe no chão. A retribuição do abraço. Virar de costas. Monologar. Mas meu corpo está travado, meu cérebro é um substrato de registro cinético, sem consciência. Sou um bebê recém-nascido. Não penso, não reajo. Absorvo a materialidade do abraço sem racionalização. É claro que acordo aos poucos. E a dor do meu ódio é também o ódio da minha dor. Ele me libera. Afasta-se um pouco, segurando-me pelos ombros, e me examina. Tem olheiras imensas, a barba está malfeita, mas ele está mais bonito, seus olhos verdes estão mais fundos. As sobrancelhas não estão arqueadas num pedido de desculpa, mas sim de pena.

— Vamos entrar?

Ainda não consigo responder, mas entro na casa atrás dele. Sentamos nas poltronas da sala, meio de lado. A Arlete traz duas xícaras de chá fumegantes. Ela entrega a minha com carinho, segurando a minha mão. A do meu pai, ela apoia na mesa de centro, olhando-o severamente. Tratamento inesperado para um santo protetor.

Olhando para as ondulações do chá avermelhado, percebo que estou tremendo. Sem levantar os olhos, falo com a voz trêmula.

— Por quê?

— É complicado, filho.

— Como?

Limpo as lágrimas com a manga da camisa.

— O Jonas morreu. Foi um projeto que não deu certo. Foi um degrau.

— Você é o meu pai. Do que você está falando?

Levanto-me olhando para a xícara. Penso em jogá-la no chão. Mas aí lembro que quem vai ter que limpar é a Arlete. Então penso como é estranho estar pensando nisso e não no meu pai.

— Você quer saber tudo?

— Acho que nunca vou poder te perdoar. Nunca me senti tão órfão quanto agora. Como você pôde fazer isso?

— Eu não estou pedindo o seu perdão, Dan. Eu sabia que estava queimando essa ponte. Só queria te contar.

— Preciso ligar para a mamãe. Ela precisa saber. E, além do mais, ela deve estar morrendo de preocupação.

— Acho que é tarde demais pra isso.

— Não com você, comigo. Ela não sabe onde eu estou.

Ele me olha em silêncio. Aperto a xícara com as duas mãos, tentando parar de tremer.

— Ela amava você, seu idiota. Eu também não sabia disso, mas ela te amava muito, sabia?

Ele me olha de um jeito estranho.

— Claro que eu sabia. O nosso amor é imenso. Sempre foi. Grande até demais.

— Eu não acredito! Ela sabe?

— Não é impossível. Um amigo meu falou com ela.

— Só eu sou o idiota, então?

— Dan, eu nunca deixei de te acompanhar. Fiquei tão orgulhoso quando você publicou o seu livro!

— O meu livro foi um fracasso.

— O seu livro me trouxe de volta. Ele me lembrou que o novo não anula o que o precede.

— Por que você fez isso comigo?

Estou tremendo de novo. Fico com raiva de estar tremendo, de estar chorando. Bato o pé no chão, urrando de frustração.

— Por que você acha que eu fiz alguma com você? Eu fiz o que precisava fazer. A vida do Caleb é muito maior que a do Jonas. Estou fazendo coisas que você não imagina.

— Você abandonou a gente.

Tento afastar o choro, mas minha voz está trêmula.

— Quero te levar para um lugar.

— Não sei se quero ficar mais tempo com você. Você me traiu, pai.

— Dan, você não é um órfão indefeso. É um homem feito. E pode escolher o que quer fazer. Sempre. Só saiba que eu não devo ficar aqui por muito mais tempo.

Os saltos da Amanda batem nos degraus. Esperamos ela chegar na sala. Minha tristeza começa a perder terreno para a raiva a passos largos quando reparo na compostura do meu pai. Ele não derramou uma lágrima, enquanto eu, imbecil, pareço uma diva destroçada, uma criança de colo perdida na feira.

A Amanda se aproxima do meu pai com uma expressão de alegria de filhote de cachorro. Falta só o rabinho abanando. Chega com os braços levemente projetados, buscando um abraço, mas o meu pai estica um braço e não permite que ela se aproxime demais. Ela leva um pequeno susto, mas o sorriso logo volta.

— Onde você estava? Me deixou preocupada. E por que você atende o Décio e não me atende?

O conteúdo semântico pode ser de bronca, mas o tom é de súplica. Fico com pena dela e mais raiva do meu pai.

— Amanda, eu não posso conversar agora.

— Você ficou bravo por eu ter trazido o Daniel? — ela pergunta sem olhar para mim.

O meu pai não responde. Escondo o rosto nas minhas mãos, limpando as lágrimas. Já não estou mais chorando.

— Você estava chorando? — ela me pergunta, aproximando-se. Tento repetir o gesto do meu pai para mantê-la afastada, mas ela força a entrada e aproxima seu rosto a centímetros do meu.

— Você está com os olhos e o nariz vermelhos. Você chorou! O que está acontecendo aqui?

Levanto-me e ando de costas até a janela. O meu pai segura o braço dela.

— Amanda, depois a gente conversa, está bem?

Ela fica olhando um e outro. Depois se afasta dele e se aproxima de mim. Já parei de tremer.

— Impossível — ela diz, sacudindo a cabeça.

Ficamos nos encarando. Ela olha para o meu pai e repete:

— Não é possível.

— Amanda, você pode nos dar licença? — o meu pai diz, agora rispidamente.

— Você é o pai dele? Como pode ser? — Ela sacode a cabeça. — Você é o pai dele?

Ela se vira para mim.

— Ele é o seu pai?

Aceno que sim. Ela faz uma expressão de dor aguda. Depois se aproxima de mim mais uma vez, me abraça e sussurra no meu ouvido um pedido de desculpas.

— Você não tem nada a ver com isto — digo.

Ela caminha na direção do meu pai. Ele assume uma postura de defesa, mas ela não cospe nele, nem lhe dá um tapa. Inspira fundo e diz:

— Claro. Como eu sou burra! A única lição que importa no mundo é que a gente nunca aprende nada.

Ela se encaminha para a escada e, antes de subir, diz:

— Vou arrumar as minhas malas e vou embora. Sugiro que você procure outra advogada. Outra idiota.

Enquanto sobe a escada, diz para si mesma, em voz alta:
— Que burra! Que burra!

É estranho e pode parecer mentira, mas, sem saber por quê, comecei a sentir uma potência, uma força que nunca sentira antes. Como se tivesse finalmente vomitado a pepita de criptonita de dentro de mim. Ando até onde o meu pai está sentado. Vê-lo de cima me deixa mais calmo ainda.

— O que você queria me contar?
— Aqui não.
— Onde?
— No rio. Ainda estou te devendo esse passeio.

A despeito de mim, sorrio. Minha maior humilhação, minha maior dor infantil, não é nada. Não significa nada. Não sou mais aquela criança. Esse não é o meu pai.

À medida que seguimos pela trilha tortuosa, o som do rio vai se tornando mais intenso e mais complexo. É como se as modulações do som da água desenhassem na nossa cabeça a geografia e a textura do rio. Chegamos numa praiazinha de areia escura, banhada por uma piscina natural que desemboca numa cachoeira de pouco mais de dois metros de altura. O meu pai margeia a praia e pula de uma pedra para outra até uma grande pedra lisa com um platô oval de uns três metros de comprimento, numa das extremidades da piscina natural. Ele se agacha na pedra e pergunta se preciso de ajuda. Aceito a sua mão estendida e sento ao seu lado, absorvendo o cenário. O rio é relativamente pequeno; pouco mais de seis metros de margem a margem. Pedras de diferentes tamanhos e texturas pontuam o leito, que é ladeado pela vegetação de mata Atlântica com árvores de diferentes tons. Muitos troncos estão cobertos de bromélias, das quais nascem flores em formato de espada em todo o espectro do vermelho.

Em outras árvores, crescem orquídeas brancas, azuis e cactáceas epífitas dos mais variados verdes. O sol incide malhado de sombras na água e nas pedras. Das árvores mais altas escorrem imensas barbas grisalhas. O meu pai acompanha o meu olhar.

— Barba-de-pau — ele diz, apontando para os galhos altos. — Não são parasitas, são primas das bromélias. A cor acinzentada é das escamas que cobrem as folhas e capturam a água. Como essa planta captura todos os nutrientes do ar, morre com um mínimo de poluição.

Confirmo com um movimento curto da cabeça, mas não comento nada. Estamos fora do mundo e do tempo. Será que Olama seria assim? Nada de satisfação permanente, alegria e bênção. Só um sentimento anestesiado que não é não sentir, é aceitar sentir tudo e ver que tudo se cancela. Sentamos na pedra oval, sobre pequeninas flores amarelas.

— Desde sempre, desde que me lembro, eu quis entender tudo, experimentar toda e cada possibilidade. Queria viver pra sempre — ele diz.

— Irônico você dizer que queria viver pra sempre.

— De forma alguma é irônico. Eu continuo querendo. Mas uma vida só não me permitiria viver tudo com a plenitude que eu preciso. O Jonas foi uma versão importante de mim. Foi ótimo viver com você e a sua mãe. Fui feliz.

Dou uma risada triste e pego umas florezinhas amarelas na mão, espremendo-as entre os dedos indicador e polegar. O meu pai olha para mim com o que me parece ser ternura. Limpo o dedo na água gelada. E permaneço em silêncio. Não quero mais ouvir a voz do meu pai. Quero estar sozinho aqui. Quero ficar aqui para sempre, ouvindo só a água. Mas o meu pai volta a falar.

— Sempre me ressenti de não ter formado um laço mais forte com você.

Ele me olha de lado. Olho para a água correndo para baixo de uma pedra em redemoinhos transparentes. Ele continua.

— Mas também aprendi que nossa ilusão de controle é muito perigosa. Ser o Caleb abria oportunidades incompatíveis com quem eu era. O Caleb só pode ser ousado e bem-sucedido porque não tem as amarras do Jonas. Você não pode imaginar as coisas que eu vi, Dan. Nadei em meio a naufrágios nas águas do mar Vermelho, morei numa pensão em Moscou, fundei uma empresa de tecnologia. Conheci outras mulheres.

— Como você pode me dizer isto com essa cara dura? E a gente? E todo o nosso sofrimento, achando que você tinha morrido? E o aperto financeiro da mamãe? Você sabia que eu fiquei meses deprimido depois da sua falsa morte?

— Claro que sabia. Mas eu resolvi esses problemas todos. Fiz o possível pra garantir que sua mãe não passasse necessidade. E consegui fazer com que você encontrasse uma carreira nova, na qual você parece mais feliz.

— Como assim, conseguiu fazer com que eu encontrasse?

— Fiquei sabendo do seu livro em Israel. Achei um pouco triste a maneira fatalista como você interpretou a história do *tikun olam* que te contei. Mas fiquei orgulhoso. Você é um escritor talentoso.

— O mundo parece discordar.

— O mundo é uma confederação de idiotas, filho. Não gaste seu tempo tentando agradá-los.

— Pelo menos, escrever o livro me fez largar minha carreira no direito. Mas não consegui escrever mais nada. Até tive algumas ideias, mas não conseguia escrever uma única palavra. Aliás, fiquei paralisado em todos os aspectos da minha vida, como se escrever o *Retorno* tivesse sugado toda a minha energia.

— Eu sei. Fiquei sabendo que você estava trancado no apartamento, tinha largado o direito, largado tudo. Voltei pro Brasil, mas não podia me aproximar demais, por uns probleminhas.

— Probleminhas? Sendo um deles o fato de você ter fingido que morreu afogado?
— Também. Não foi fácil pra mim. E havia outras complicações, mais sérias.
— Mais sérias do que forjar a própria morte?
— Dan, eu comprei uma nova vida. Isso nunca sai barato.
— Você matou alguém?
— Claro que não.
— O que você fez de tão grave que precisou morrer? E o que pode ser tão grave que você não pode se dignar a voltar para falar comigo ou com a mamãe?
— Tudo que você precisa saber é que eu não machuquei ninguém.
— Como assim, não machucou ninguém?

Levanto-me e coloco lentamente um pé na água, depois o outro. O rio está tão gelado que meus pés queimam, ficam dormentes. Mas não me mexo, preciso ficar de costas para o meu pai.

Ele suspira.

— Eu sabia que você não precisava de mim, Dan.
— Como assim, não precisava? Você é o meu pai. Era o meu pai.

Eu poderia ir embora dali, sair do Vale da Cuca, voltar para a Lisandra e me desculpar. Tenho certeza de que ele não me impediria. Mas tenho medo de perder o que pode ser a última oportunidade de ver o meu pai. Não sei o que quero. Mais do que enraivecido, mais do que magoado, sinto-me carente. Quero que ele demonstre alguma forma de amor por mim. Não sou velho demais para desejar isso. Molho as mãos no rio e bebo da água transparente, sentindo ela escorrer pela garganta até o estômago, aplacando a minha sede de forma ontológica.

— Você disse que cuidou de mim e da mamãe. Mas eu tive que me virar sozinho.

Ele tira a camiseta. É mais forte do que eu, mesmo hoje. Sua constituição é mais sólida, mais maciça do que a minha. Ele tira a calça e mergulha do outro lado da pedra, na piscina natural. Sinto-me humilhado, emasculado.

Ele emerge com um grito seco da água e sobe na pedra. Sento-me ao lado dele.

— Você disse que me conseguiu um emprego.

— Quando voltei pro Brasil, tive uma crise aguda de insônia. Tentei de tudo, mas, mesmo quebrado de sono, não conseguia mais do que uns cochilos curtos no meio da madrugada. Dores de parto da minha nova vida. Descobri que aqui em Teresópolis tinha um psiquiatra muito bom. Ele me ajudou a dormir quase todas as noites, com alguns remédios e muita terapia. Você pode me imaginar fazendo terapia?

Olho para ele com uma expressão incrédula. Se posso imaginá-lo fazendo terapia? Ele forjou a própria morte! Posso imaginá-lo fazendo qualquer coisa, virando budista, comendo criancinhas. Ele continua:

— Bom, de qualquer forma, descobri que o Décio era um sujeito muito bem conectado, era espanhol, tinha estudado na França, morado em São Paulo. Falei que precisava ajudar um jovem talentoso em São Paulo. Dei seu livro pra ele ler e ele se dispôs a dar uma mãozinha.

Estraçalho uma flor amarela, sem raiva, só desapontado.

— Claro. Como sou idiota! A Lisandra.

O meu pai apoia a mão molhada no meu ombro.

— Deu certo, não deu?

— Mais ou menos. Não posso dizer que estou muito feliz.

— Dan, isso é mais uma ilusão. Buscar a felicidade é como buscar a fonte da juventude, o tesouro do Eldorado. Você precisa fazer coisas, a realização é a única aproximação disponível para nós neste mundo. O resto é prazer, que é efêmero e decrescente.

— Por que você não se divorciou simplesmente, se mudou do Brasil, mudou de emprego, aceitou a tal oportunidade? A apólice do seu seguro de vida era uma merreca, a mamãe gastou tudo em menos de um ano. Pra que tomar uma medida tão dramática?

— Não importa.

Tenho a vaga consciência de que estou condenado a repetir mentalmente esses momentos. E me torturar infinitamente por todas as perguntas e todos os desabafos que não consegui fazer. Ainda assim, a minha inteligência e o meu julgamento estão inacessíveis. Vejo as águas cristalinas correndo ao meu redor, mas dentro da minha cabeça corre um rio turvo, meus pensamentos são peixes escorregadios roçando em mim na escuridão. Sem conseguir vê-los, meus reflexos estão lentos demais para que eu consiga pescar algum. O que me resta é afundar na lama dos meus ressentimentos mais infeccionados.

— A Amanda falou que você está indo embora do Brasil.

— Eu não disse isso.

— Eu estou te perguntando.

— Acho que sim. — Ele enxuga o rosto com a camiseta. — É provável.

— E a gente? E a minha mãe?

— O Jonas não existe mais, Dan.

— Que idiotice é essa? Você acha que mudar de nome muda alguma coisa?

— Eu não mudei de nome. Eu sou uma nova pessoa. Ônus e bônus.

Esmago outra florzinha amarela entre os dedos e aproximo dela o meu nariz. Tem um cheiro enjoado de resina e mato.

— Você forjou a sua morte, pai. Você é um criminoso, pode ser preso.

— Posso. Mas não vou.

— Como você teve coragem de magoar o seu filho e a sua mulher dessa forma? Você disse que amava a minha mãe. Que amor é esse?

— Quantas vezes você me telefonou depois que se mudou pra São Paulo?

— Você é o meu pai! Você é que tem que ir atrás de mim. Seu papel é estar disponível pra quando eu precisar de você. E eu também. Você podia ter vindo conversar comigo.

— Não é esse o ponto. O ponto é que o Jonas já estava acabando, se esvaindo. Quando ele sumiu no mar, foi um encerramento limpo. Uma oportunidade de seguir adiante para nós três.

— Eu não acredito em você. Você não percebe que fugir desse jeito é a maior covardia que alguém pode cometer? A mamãe está tão solitária!

— A sua mãe é jovem. E suspeito que esteja menos infeliz agora do que quando estava casada com o Jonas.

— Para de falar como o Pelé, na terceira pessoa. Você parece um profeta louco.

Uma borboleta com números 8 concêntricos nas asas brancas sobrevoa nossa pedra. O meu pai faz uma concha com a mão, bebe um gole da água do rio e solta um longo "aaah".

— E agora? — pergunto.

— Vamos voltar pra casa. Quero te contar toda a história, em detalhes. Quero que você a registre. Você não vai poder publicá-la, pelo menos por enquanto, mas quero que você saiba de tudo e que escreva. E não precisa se preocupar com dinheiro. A Amanda está preparando uns papéis pra te transferir um dinheiro, fruto de alguns negócios que fiz nos últimos anos. Vai te dar uma boa tranquilidade, você vai poder ajudar a sua mãe. A Amanda disse que ainda vai precisar de um tempo pra liberar tudo de forma legal, mas enquanto isso já vou te transferir a casa aqui do vale.

Não estou interessado nas peripécias do meu pai nos últimos anos. Tudo que quero é perguntar se ele algum dia me amou. Mas não consigo. Não é apenas vergonha, é uma impossibilidade física. As palavras não se formam na minha boca. Ele se levanta e estende a mão para mim.

No final das contas, reencontrar o meu pai é a experiência mais anticlimática do mundo. Cada grande expectativa merece uma decepção proporcional. Parece que estou conversando com um tio de segundo grau. Esse é o homem que me definiu. E não temos nada para dizer um ao outro. Talvez ele tivesse razão. Talvez ele já estivesse morto. Por quê?

Caminhamos pela trilha em direção à casa, lentamente, olhando para o chão. Será que ele também está procurando palavras, sentimentos? Será que é indiferente? A caminhada tem um quê de pesadelo, a consciência de alguma incongruência, alguma coisa faltando. Mas o que eu esperava? Que ele me revelasse alguma verdade fundamental? Que me abraçasse pedindo desculpas, dizendo que me ama? Seria estranho, inimaginável. Se ele fizesse isso, eu acharia que ele tinha enlouquecido. Assim, distante, ele ainda parece o meu pai.

— Por que Israel? E por que esse nome estranho, Caleb? — pergunto, ainda mirando o chão.

Ele para, olha para a casa e põe o braço na minha frente.

— Tem alguém na casa.

— A Arlete e o Marrom.

— Não. Tem um carro estacionado lá que eu não conheço.

Realmente há um segundo carro, visível perto da casa, um utilitário esportivo. Tenho a estranha sensação de já ter visto aquele carro.

— Será que é alguém que veio buscar a Amanda?
— É possível.

O meu pai aperta o passo e eu caminho atrás dele. Ele se vira para mim.

— Você contou a alguém pra onde estava indo?
— Não.
— Nem pra sua mãe?
— Não.

Ele levanta uma sobrancelha e dá um sorrisinho de lado de cumplicidade. Depois, sério, diz:

— Eu não conheço ninguém com uma Land Rover branca.

Violência

Caminhamos lentamente na direção da casa. Tento lembrar de onde conheço a Land Rover branca. Não estou me sentindo bem, a minha cabeça pesa, o meu corpo dói. Acho que estou ficando gripado. Entramos pela varanda. A Arlete trota na nossa direção, segurando o avental com as duas mãos.

— Ele disse que é amigo do Daniel, insistiu em entrar. O Marrom queria engrossar, mas eu mandei deixar entrar. Fiz errado?

— Não, Arlete, tudo bem — o meu pai responde.

Ele olha para mim.

— Você contou pra alguém que estava aqui?

— Não. Juro.

Assim que entro na casa vejo o Sérgio sentado, passando a mão pelo cabelo seboso. Ele veste uma jaqueta azul-marinho da Ralph Loren e, surpresa, uma camisa polo com brasão da marca americana que identifica os brasileiros nos shoppings de Miami. Ele não se levanta para me cumprimentar.

— Oi, pintinho.

O meu pai olha para mim.

— Pintinho?

O meu rosto pega fogo. O Sérgio se levanta com um gemido, mas não vem em minha direção, vai direto ao encontro do meu pai.

— Senhor Yephuna — ele estende a mão. — Sua empregada comentou que o senhor fala português fluentemente.

O meu pai estende a mão e cumprimenta o Sérgio com cautela.

— O senhor é...?

— Meu nome é Sérgio Prades.

— Posso lhe oferecer alguma bebida?

— Um uísque, por favor, sem gelo.

Sem tirar os olhos do Sérgio, o meu pai pega um uísque da cristaleira e serve dois copos.

— Daniel. Por que você não sobe e a gente conversa depois? — o meu pai diz, ainda olhando para o Sérgio.

— Acho que ele veio atrás de mim, pai.

— Pai? — O Sérgio faz cara de espanto.

Sou um gênio. Por que não consigo ficar com a boca fechada?

O meu pai entrega o uísque como quem alimenta um crocodilo, sem se aproximar muito, e pergunta:

— O que você quer com o Daniel?

— Acho que não quero nada com ele, mas com você. Acho que temos muito pra conversar.

Desabo na poltrona. O sol baixo se esconde atrás das nuvens e a casa fica fria. Encolho-me. Um calafrio me provoca um pequeno espasmo. Pergunto para o Sérgio:

— O que você quer com o meu pai? Não foi a Lisandra que te mandou?

O Sérgio senta na outra poltrona e o meu pai senta no sofá perpendicular, com o dedo indicador dentro do copo, encostando no uísque. O Sérgio dá um belo gole no seu e depois solta um "ah" vaporoso.

— Maravilhoso — ele diz, rindo e olhando o copo antes de continuar: — Então, pintinho. Você sumiu sem dar notícias e a sua patroa ficou morrendo de preocupação — ele diz, debochado.

— O meu celular não pega aqui — me desculpo, e logo sinto raiva por me desculpar.

— O porteiro disse que você tinha saído do prédio apressado, assustado. Disse que viu você entrando num carro que ele não conhecia, carregando uma sacola de viagem. A Lisandra teve a ideia brilhante de olhar a gravação da câmera da entrada do prédio — ele abre um sorriso largo, deliciado. — E adivinha o que eu vi na gravação?

Ninguém se aventura a responder. Ele bebe mais um gole de uísque e apoia o copo no braço da poltrona. Com a mão livre, alisa o outro braço, para a frente e para trás.

— Um Passat preto. Mas não qualquer Passat preto. O Passat que registramos várias vezes na frente do Centro de Restauração.

— Centro de Restauração? — pergunto com cara de idiota.

O Sérgio me olha e depois se vira para o meu pai.

— Centro de Restauração Cósmica. Sim, senhor, o famoso CRC. A gente monitorou o entra e sai do CRC durante semanas. Verificamos vários carros. E de outras instituições também. Centenas de carros diferentes indo e vindo, você pode imaginar. Mas de todos os carros, eu sempre me interessei por um em especial.

O meu pai reclina-se na cadeira e pergunta:

— Por quê?

— Porque em todas as monitorações a gente só encontrou uma pessoa fichada, um macanudo chamado Antônio Alves, que era exatamente o dono desse carro.

— Quem é Antônio Alves? — pergunto para o meu pai.

O Sérgio responde:

— O Antônio Alves é uma figurinha carimbada. Chamam ele de Marrom. É um ex-sargento da PM do Rio, ex-esquadrão da morte. Um sujeito que todo mundo sabe que é mais sujo que pau de galinheiro, mas que nunca tinha sido acusado por nenhuma das lambanças que fez no esquadrão. Era um dos cavalos corredores do nono BPM, a corja que fez aquela merda toda em Vigário Geral. Estava por dentro de muita podridão. A turma da PM deve ter achado por bem se livrar logo do problema, e exoneraram ele em 1995.

"Há uns anos ele apareceu de novo, foi fichado por agressão. Tinha quebrado a boca de um infeliz. Dizem que foi um favor a um médico que havia tratado dele anos antes, costurando ele numa clínica particular. Só que não ficou preso porque o agredido foi até a delegacia e retirou a queixa. Imagina quanto tempo o ex-integrante de um grupo de extermínio duraria na penitenciária. Esse sujeito que retirou a queixa era um tal de Yoshua, que é hoje o rabino do CRC, e o Marrom vivia visitando o sujeito."

— O Yoshua não é rabino — digo. Minha garganta está arranhando. O frio está no limite do meu desconforto. Acho que estou com febre. As cigarras começam a cantar do lado de fora. O sol está se pondo. A casa fica mais escura. Sem saber por quê, penso na Amanda. Será que ela ainda está na casa? Será que tenho alguma chance com ela? Lembro de quando ela cochichou no meu ouvido, quero o bafo quente dela de novo no meu rosto. Mas aí penso na Lisandra, e espanto a imagem como quem tenta espantar um pernilongo à noite: inutilmente.

O Sérgio me ignora.

— Ninguém da equipe deu importância para esse fato, mas eu tenho essa intuição, sabe? Sou tinhoso, confio nos meus instintos. Todo mundo sabia que o CRC tinha sido o principal beneficiado pelo dinheiro desviado na fraude do caso Judas. Mas ninguém achava nada que pudesse implicar esse Yoshua. Ele vivia uma vida simples e o dinheiro parecia ter sido todo aplicado de acordo com os registros do CRC. Coisas beneficentes pra velhos e crianças, esmola pra todo tipo de pobre e vagabundo. Mas eu sabia que tinha alguma coisa de estranho nessa história do Marrom rondar o CRC, conversar com esse rabino.

Ele bebe um gole de uísque antes de continuar:

— Sabe, neste mundo eu só tenho certeza de uma coisa: bandido não consegue ficar limpo, tem desejo incontrolável de chafurdar na merda. Se esse meliante estava perto do centro é porque tinha alguma merda lá pra ele chafurdar. Eu não sabia que merda era essa, mas sabia que era fedida.

O meu pai está com uma expressão de desamparo. Claramente tentando fingir controle, recostado no sofá, mexendo o uísque com o dedo sem beber nada. Eu tusso seco três vezes seguidas. Ouvimos o eco do silêncio da casa. O Sérgio termina o uísque e continua:

— Bom, depois que vejo o Passat no vídeo de segurança do prédio, ligo pro meu colega da PF, pergunto se ele tem o endereço do Marrom. Ele me pergunta pra que eu quero saber e eu explico que estou procurando um tal sr. Daniel Esdras, que entrou no carro do sujeito.

Ele põe o copo na mesa de centro e senta na ponta da poltrona, como se fosse confidenciar alguma coisa.

— Vocês não vão acreditar. Ouve só, pintinho. O meu colega disse que conhecia o *seu* nome de algum lugar. Mas não lembrava de onde. Ontem à noite ele me liga e conta que um tal de Jonas Esdras tinha sido citado no caso Midas porque foi o responsável por contratar o sistema da Migdalor pro Brasil, mas morreu antes da investigação começar.

Ele se vira para o meu pai, com um sorriso de louco estampado na cara.

— É você, não é?

Ele se levanta e dá um tapa na própria coxa antes de se aproximar do meu pai, rindo alto.

— Meu instinto! Eu disse que meu instinto é foda! Mirei no meliante de merda do Marrom e, cagada das cagadas astronômicas do universo, encontro o cara que trouxe o sistema da Migdalor pro Brasil, o pai morto desse merdinha, vivinho da silva!

Ele massageia as bochechas e diz, rindo:

— Não sei vocês, mas eu juro que estou nas nuvens.

Noto a Arlete apoiada no batente da porta, escutando a conversa. O Sérgio senta de novo na ponta da poltrona e continua, sacudindo a cabeça e sorrindo:

— Você trocou de nome. Puta que pariu, parece coisa de filme! Mas que porra de nome é esse, Caleb Yephuna? Não tinha nenhum nome mais escroto? E com passaporte de Israel. Com certeza tem o dedo daquele pai de santo do CRC. É tudo muito bom demais pra ser verdade! — Ele se belisca no braço, com a boca aberta e os olhos arregalados. — Ih, rapaz, acho que estou sonhando!

O meu pai bica o seu uísque e olha para mim. Pela primeira vez desde que o reencontrei, vejo o meu pai olhar para mim de verdade, a mesma expressão forçada de tranquilidade pouco convincente. Agitado, pensando alto, o Sérgio continua o seu monólogo.

— Claro que um negócio grande assim tinha que ter alguém de dentro. Caralho, como é óbvio! Bom, sempre é óbvio depois... Tenho que reconhecer que você tem muito colhão pra continuar aqui por perto. O que te prometeram? Quarenta virgens? Ah, não, isso é só pros árabes, né? Sempre confundo.

Sinto que preciso ajudar o meu pai, mas não sei o que fazer, estou colado na poltrona, pesando duas toneladas. Ele continua mudo. Tenho uma nova crise de tosse. O Sérgio muda o tom, fica sério, severo.

— O que eu quero saber é como vocês fizeram pra tirar o dinheiro do CRC. Dizem que o dinheiro todo foi desviado pro CRC e usado em ONGs e o caralho, mas eu não acredito nessa merda. Como vocês fizeram? Tem algum esquema com alguma ONG, não é?

— Posso saber o que está acontecendo aqui? — pergunto entre tosses, com a voz falhando.

O Sérgio olha para mim e dá uma gargalhada.

— Olha, pintinho, é melhor você sair daqui e ligar pra sua galinha, que está toda preocupada, e deixar os adultos conversarem.

— Quem você acha que é pra falar assim? — pergunto com a voz trêmula.

O meu pai ainda não abriu a boca. Fica com aquele sorrisinho idiota, alisando o copo. A Arlete entra na sala, tímida. Está visivelmente assustada. Todos olham para ela, que, relutante, pergunta:

— Seu Caleb? — ela faz uma pausa para olhar para mim e para o Sérgio. — Esse senhor vai ficar pra janta?

Ele responde com a voz suave, surpreendentemente controlada:

— Acho que não, Lete. Só precisamos resolver um probleminha aqui. Você já pode voltar pra casa. Leva comida pras suas crianças e pro seu marido. Ele já deve estar preocupado.

O Sérgio se levanta e fala alto, em tom de ameaça:

— Bom. Chega de papo furado. O negócio é simples: ou você me conta tudo que eu preciso saber e meus clientes tentam melhorar sua situação com as autoridades ou eu chamo a polícia agora e você se vira com eles. O que que vai ser?

— Nenhum dos dois — o meu pai responde, depois de beber um gole de uísque.

O Sérgio demora para processar a resposta.

— Você é muito cara de pau, seu judeuzinho de merda.

— Ele é convertido, seu nazista. Pai, do que ele está falando?

A sala mergulha em novo silêncio e ouvimos a Arlete murmurando na cozinha. Será que ela está rezando? Não me sinto bem. A minha cabeça lateja, a minha garganta parece fechada. Do lado de fora, o assobio longo e melancólico de uma saudade-de-asa-cinza anuncia o fim da tarde. Ouço um barulho de passos vindo do andar de cima e olho na direção da escada, mas não vejo ninguém.

O meu pai se levanta e olha para a porta da cozinha. Eu e o Sérgio acompanhamos o olhar dele. O Marrom entra na sala com passos firmes, empunhando sua arma colada ao corpo. Vejo o Sérgio enfiar a mão na jaqueta e ouço dois tiros. O barulho é diferente do mostrado nos filmes, não é aquele som retumbante e grave. É um ruído seco e alto de espoleta. O cheiro de pólvora toma imediatamente conta da sala. Desde que desponta da cozinha, o Marrom em momento algum desacelera ou hesita. Continua andando mesmo depois de disparar os tiros, sem perder um compasso. Continua até se aproximar do corpo do Sérgio, esparramado no chão como um saco de batatas, pisa no braço direito dele e dispara mais duas vezes no peito. Depois guarda a arma, abre a jaqueta do morto e pega a pistola do coldre escondido sob a roupa. Ele vira a arma na mão.

— Cabra rápido, já tinha até soltado a trava.

Ele vira a pistola na mão e a estende para o meu pai.

— Olha aqui, o número de série está raspado.

O meu pai estende a mão e pega a arma. O Marrom lhe diz para tomar cuidado. Enquanto o meu pai examina a arma, percebo a Amanda espreitando, descendo a escada de bunda, olhando por entre as grades do corrimão. Quero acenar para ela voltar para o quarto. Para chamar a polícia. Para fugir. Mas minhas reações continuam lentas. Será que o meu pai é cúmplice do assassinato do Sérgio? Será que eu sou?

Olho para a Amanda e tento enviar uma mensagem telepática. O meu pai e o Marrom interceptam o meu olhar e se viram para ela. Mais uma vez, o silêncio amplifica a sinfonia das cigarras do lado de fora. E do vento. O Marrom começa a andar na direção da escada como um assassino de filme de terror, com passos resolutos, sem correr. A Amanda berra, sobe a escada correndo e bate uma porta. A Arlete aparece na porta da cozinha e grita, implorando:

— Marrom, pelo amor de Deus, meu filho, fica calmo.

Ele não responde. Segue impassível no encalço da Amanda. Eu e o meu pai ficamos paralisados por uns instantes. Olho para o meu pai e o sigo quando ele começa a andar, alternando passos rápidos com outros lentos, sem saber se quero correr na direção do Marrom ou fugir dele. O meu sangue é fino demais para heroísmo. Coloco o pé no primeiro degrau da escada, atrás do meu pai, mas paro quando ouço o Marrom arrombando a porta do quarto com um chute. Subo mais um degrau e ouço a Amanda gritar. A Arlete corre de volta para a cozinha, estalando os chinelos no chão. Ouço a Amanda gritar de novo. E dois tiros. O meu coração capota múltiplas vezes, violentamente. O Marrom desce a escada ofegante e me segura pela gola com a mesma mão que está segurando a arma. O meu pai tenta se interpor entre nós.

— O que você pensa que vai fazer? — ele pergunta.

— O Yoshua falou pra eu te ajudar, mas eu nem conheço este cara. Só sei que ele conhecia aquele ali. Ele que trouxe aquele ali pra cá, pra vir atrás de mim.

A sua voz está entrecortada, os seus olhos não param quietos. O meu pai segura o braço dele.

— Você acha que o Yoshua autorizaria você a matar o meu filho?

— O Yoshua não precisa autorizar nada, ele é meu amigo, não é meu chefe.

— Solta o rapaz, por favor — o meu pai diz, tentando soar calmo.

— Não. Vou apagar ele e depois vou ver com o Yoshua o que eu vou fazer com você.

O Marrom enfia a mão solta no bolso enquanto me segura com a outra. Pega duas balas de revólver e as segura entre os lábios. Sinto o meu intestino revirar. Sinto-me desperto. Alerta. Observo tudo.

* * *

Um cientista americano fez a seguinte experiência: colocou voluntários num elevador industrial especial e pediu para que eles prestassem o máximo de atenção a um pequeno dispositivo que lhes entregou. O dispositivo piscava alguns números, uns por um segundo e outros por uma fração de tempo tão pequena que era impossível ler o número. Sem aviso, o elevador desabava em queda livre por alguns segundos, até frear em segurança, alguns andares abaixo. A ideia era confirmar ou refutar a impressão que muitos acidentados têm de que o tempo fica mais lento em momentos de perigo extremo, ou, em outras palavras, que nossa percepção se acelera e registramos coisas que não somos capazes de perceber em circunstâncias normais. O resultado? Nenhum dos voluntários foi capaz de ler os números que piscavam mais rápido. O pesquisador concluiu que a nossa percepção não muda em situações de perigo. O que muda é a nossa memória. Enquanto em situações normais registramos apenas uma pequena fração da nossa experiência, em condições extremas gravamos cada detalhe, ficando com a impressão de dilatação do tempo.

O meu pai estica o braço e praticamente encosta o cano da pistola do Sérgio na cabeça do Marrom. O Marrom encara o meu pai em silêncio. Depois olha para o cano da arma, levemente vesgo, e me solta. Tenta pegar as balas dos lábios, mas deixa cair uma no chão. Sem tirar os olhos do meu pai, pega a bala que sobrou, abre o tambor do revólver e tenta carregá-lo. Os seus dedos procuram o encaixe, a bala dança sem conseguir entrar. O meu pai continua mudo. O Marrom olha rapidamente para baixo, arruma com os dedos a bala na posição certa de inserção, segurando-a com a ponta dos dedos. Uma gota de suor escorre por sua testa e ele volta a encarar o meu pai. Finalmente consegue enfiar a bala e sorri, com o tambor ainda aberto. As cigarras continuam gritando.

— Solta a arma — o meu pai diz, firme.

O Marrom mantém a arma abaixada. Olha para o meu pai e depois para mim.

— Entrega a arma pro Daniel.

O Marrom fecha o tambor. O meu pai empurra com força o cano da arma do Sérgio contra a têmpora do Marrom.

— Agora.

O Marrom olha para mim. Sem tirar os olhos dele, o meu pai me pergunta:

— Filho, o Marrom pode confiar em você?

Encaro o Marrom com toda a seriedade do mundo e respondo:

— Pode confiar em mim.

Digo isso com o máximo de convicção possível. Quero que o Marrom tenha total certeza de que não vou falar nada sobre esse incidente. Não quero passar o resto da minha vida com medo de que ele surja de uma sombra para me apagar.

O Marrom bufa e me oferece a arma, sacudindo a cabeça. E o meu pai puxa o gatilho.

Fraude

— Qual o seu problema? Não tem a mínima graça — o meu pai diz.
— Eu sei. Eu sei.
Tenho dificuldade de controlar o riso. Olho para a cara de preocupado do meu pai, para a cara de morto do Marrom, e começo um novo acesso de riso. Rio até vomitar nos pés do Marrom. Quando o estômago comanda o vômito, o corpo expulsa o agressor num movimento de alívio. Quando o vômito é de nervoso, não importa quanta *paella* ou vinho ainda esteja no sistema digestivo, o corpo quer resistir, se nega a acreditar na ordem, pergunta: "Por que vomitar? Gostei da *paella*!". Mas, obviamente, é o cérebro que comanda todo o espetáculo. Ele vai conseguir o que quer, nem que seja na marra. Vai dobrar o seu corpo, vai te afogar no seco, vai fazer você querer chorar e sequer vai te deixar fôlego para tanto. E vai repetir e repetir a tortura até você conseguir trazer alguma coisa das profundezas. Não tem jeito, você vai acabar cedendo, vai vomitar, nem que seja um pedaço de você mesmo. E vai ficar feio, sujo, vazio, queimado.

O meu pai não segura a minha testa, não pousa a mão de conforto no meu ombro, não diz que tudo vai dar certo. Nesse aspecto, ele ainda é o meu pai. Em todos os outros, é um completo estranho. Mas o fato desse estranho ser o meu pai muda tudo. Muda quem eu sou. Por quê? O que mudou em mim em um dia? O que a simples descoberta de que o meu pai está vivo pode pesar na balança de toda a minha vida? Como pode desequilibrar o acúmulo de todas as minhas experiências?

Dorothy e James apaixonam-se um pelo outro no colegial, no inicio da década de 1940. Ele é o melhor corredor do estado, ela é oradora da turma. Beijam-se no baile de formatura, castamente, docemente. Os Estados Unidos entram na guerra e o jovem James alista-se. Volta condecorado e sem nenhum arranhão aparente, mas sua personalidade está mais metálica, sua voz é agora o eco da sua voz original. Ele não fala na campanha do Pacífico, ninguém pergunta, a guerra é passado. James pede a mão de Dorothy com um joelho no chão e a aliança estendida: "Doty, você é meu centro e minha atmosfera, minha matéria e minha energia. Só existo em você. Casa comigo?". "Claro. Hoje, sempre!" A cerimônia acontece no gramado da casa de campo dos pais dela. Com o G.I. Bill, James entra na Universidade Embry-Riddle e constrói uma carreira de sucesso como engenheiro aeroespacial. Ela, além de dona de casa, torna-se artista plástica de algum sucesso. Expõe em pequenas galerias de Nova York e até vende algumas esculturas. Quando o primeiro filho chega, mudam-se para uma casa no subúrbio e lá têm mais três filhos, lindos, saudáveis, carinhosos e competentes. Passam os verões na casa de campo dos pais dela. Ela esculpe, ele pesca, ela cozinha, ele faz móveis dos pinheiros tombados. A vida oscila do doce ao agridoce, e as dificuldades do casamento, os ataques de temperamento dele, a frieza sexual dela, só servem para ressaltar a perfeição de todo o resto. Um dia os filhos saem de casa, arrumam cônjuges e lhes dão netos perfeitos, que, no Natal e no dia de Ação de Graças, emporcalham os tapetes, quebram taças de cristal e enchem a casa de barulho e alegria. Depois das festas, quando a casa fica novamente silenciosa, os dois apreciam com intensidade renovada a paz de um lar perfeito. De um casamento que privilegiou o companheirismo e a honestidade. Nas bodas de ouro, quase uma centena de familiares e amigos ocupam o gramado da casa de campo, enquanto eles se beijam sob o mesmo salgueiro onde trocaram os votos matrimoniais. E aí, numa consulta médica de rotina, ela descobre um caroço no pescoço. O medo se materializa num tumor. A esperança, que dirigem com cautela, desaba num penhasco com o resultado da biópsia: carcinoma anaplásico da tireoide. O prognóstico é muito ruim, só cinco por cento dos pacientes com esse tipo de tumor reage a rádio e quimioterapia. Aos setenta e nove anos, ela decide não se submeter à quimioterapia, acha que brigar com o destino é uma afronta a Deus, uma ingratidão por todas as bênçãos que recebeu. Seus últimos meses são de suave melancolia. Ela está lúcida, tem medo, mas se sente realizada. E, mais importante, seu marido, a luz da sua vida, fonte inesgotável de orgulho, passa a maior parte dos dias a seu lado, limpa suas lágrimas com beijos longos, lembrando-a da vida maravilhosa que construíram juntos.

 Um dia depois da morte de Dorothy, o jornal local publica uma matéria inacreditável. Na oficina de marcenaria da casa de campo do herói de guerra, executivo proeminente e filantropo conhecido, a polícia encontra o cadáver de uma menina de nove anos, com sinais de abuso sexual. Equipes de peritos vasculham o local e encontram vídeos de violência indescritível protagonizados pelo patriarca da renomada família. A pobre menina não foi a única vítima do monstro.

 A felicidade de Dorothy foi verdadeira? Quanto das suas conquistas e da sua realização é uma mentira cautelosamente encoberta? Quantos presentes, quantos carinhos, quantas viagens não tiveram motivos ulteriores, totalmente fora do alcance da sua imaginação? Qual o poder de um único evento, uma única revelação, para reescrever uma história inteira? Como uma descoberta pode nos fazer reinterpretar memórias gravadas ao longo de tantos anos? Se somos a frágil costura das nossas lembranças, e nossas lembranças são tão vulneráveis à reinterpretação, qual a certeza que nos resta da nossa identidade?

Basta um pouco de atenção e perceberemos que essas releituras podem ocorrer, em menor escala, todos os dias. O que muda se soubermos que o sujeito que nos deu uma fechada agressiva no trânsito estava levando uma desconhecida em trabalho de parto para o hospital? E que o chefe nos deu uma bronca desproporcional porque acabou de descobrir que estava sendo traído pela mulher? Que o menino esquisito que não queríamos perto do nosso filho apanha do pai todos os dias? Precisamos entender que o nosso cérebro quer preservar o *status quo*, que qualquer tentativa de reinterpretação será entendida como agressão. Tentamos ignorar os fatos, evitamos a todo custo revisar nossa visão de mundo. É natural.

Aquele homem que bate repetidamente com o indicador na ponta do nariz, aquele homem parado ali na minha frente, o homem que salvou a minha vida, o homem que arruinou a minha vida, não é o meu pai. O meu pai não usa armas de fogo, não se envolve em fraudes milionárias, não dirige uma Mercedes prata. O meu pai não mata um sujeito desarmado com um tiro à queima-roupa. O meu pai era o sujeito cuja inquietude inofensiva me irritava. Sua esperança escapista, o egoísmo que o tornava cego a mim e à minha mãe. Eu sempre tentara entendê-lo como se a sua vida orbitasse ao redor da minha e agora descubro que o universo não é danielcêntrico, que os meus pais são diferentes do que eu presumia, muito mais complicados do que eu podia imaginar. Esse entendimento tardio me define? Redefine? O fato desse pedaço de carne ser o mesmo pedaço de carne que o meu pai ocupou é mera coincidência. Pergunto-lhe:

— E agora?

— Acho que vou antecipar a minha saída do país.

— Você vai sumir de novo.

Ele está distraído e não parece registrar o meu comentário. Olha na minha direção em silêncio, sem me ver. Depois, apertando a ponte do nariz, diz pausadamente:

— Vai ser complicado transferir o dinheiro pra vocês. Não posso pedir nada pro Yoshua agora.

— Foi ele quem te meteu nessa?

— Não. Ele abriu uma porta. Eu escolhi atravessá-la. Ele não tem culpa de nada.

— O Yoshua é um estelionatário.

— Não. O Yoshua tem defeitos, mas esse não é um deles. Ele está numa cruzada maior do que si, mais importante do que qualquer coisa.

— Eu sou advogado. Posso garantir que o fato dele ser um fanático não muda a qualificação do que vocês fizeram como estelionato.

— Ele não ganhou nada com isso. Fez pelos outros. Ajudou milhares de pessoas.

— Ainda assim, é estelionato.

— Isso só prova as limitações da lei. O que o Yoshua fez foi bom, não há como contestar isso.

— É um santo. Ironicamente, vai te abandonar quando você mais precisa dele.

— Não, Daniel. Ninguém pode abandonar ninguém. Abandonar é um verbo que só existe na voz passiva.

— Quê?

— As pessoas seguem o seu caminho. Sempre. Nós nos sentimos abandonados por causa das nossas ilusões de compromisso. Da nossa presunção de que existe uma amarra entre duas almas.

— Essa é a idiotice mais grosseira e egoísta que eu já ouvi.

— Pode ser. Mas ainda assim é verdade. Somos faíscas, estilhaços de uma luz que já foi única. Não há força intensa o suficiente neste mundo para nos colar de volta. E todas as leis do universo conspiram contra essa ideia, é um princípio termodinâmico. Tudo tende à desorganização, à separação.

Ele pensa um pouco, olhando para a cena de filme do Tarantino à nossa volta. Dois corpos na sala. Uma moça morta no segundo andar. A casa vazia. A negação de qualquer forma de redenção. Ele não está feliz. Mas não pode aceitar ficar triste. O meu pai me chamou de fatalista. Mas ele é muito mais do que eu jamais poderei ser. Será que sempre foi assim? Ele continua, sem convicção:

— A única forma de reverter essa entropia é a reparação cósmica, o momento do *tikun olam*. Até lá estamos irremediavelmente sozinhos.

— Você acredita nisso?

— No *tikun olam*, na reparação?

— É.

Ele pensa um pouco, respira fundo e olha nos meus olhos como se procurasse alguma coisa dentro de mim.

— Não.

Raiva

O problema é de expectativa. Queremos protagonizar momentos cinematográficos. Somos todos celebridades em potencial morando às margens do lago Wobegon, onde as mulheres são fortes, os homens são bonitos e todas as crianças são acima da média. Temos muito a dizer; pelo menos até que nos perguntem o quê. Só estamos à espera da nossa deixa, do empurrãozinho de alguma circunstância extraordinária que nos coloque nos trilhos da Nossa História. Queremos a virada espetacular, a transformação e o final redentor: o arco completo, se possível em duas horas, como nos filmes de Hollywood. Mas cadê o roteiro, o diretor? Assistimos ao desenrolar do filme dos outros e pensamos: até quando podemos esperar pelo *Bildung* do nosso *Roman*? Até que idade temos o direito de nos identificar com o herói da história? Quando temos que jogar a toalha do desejo? Qual é a nossa deixa para entrar ou sair de cena? Isso aí é tudo?

Tudo bem, talvez eu seja dramático demais. Mas o fato é que não aguento mais esperar, estou cansado do roteiro tortuoso que só me leva a becos sem saída. Parece que a minha vida é uma sequência de prelúdios, sem nenhum sinal de conclusão. Quero o conforto de um evento definitivo que elimine a possibilidade de revisões, limite escolhas, impeça bifurcações. Mais do que nunca, sonho com epidemias e zumbis, holocaustos nucleares e invasões alienígenas, qualquer coisa que redefina as regras, apague esse mundo e permita uma revolução nos papéis. A vingança dos perdedores, a revanche dos preguiçosos. Quero a liberdade verdadeira: ser um graveto solto na correnteza, um bêbado dançando sem espelho.

Faz meia hora que o meu pai foi embora. Não nos abraçamos. Eu não quis, ele não insistiu. Melhor assim. Agora, sentado na ponta do sofá de couro preto rachado, com os cotovelos apoiados nas coxas e um copo de uísque entre as mãos, tento ignorar os dois corpos no chão. Faço pose de detetive de filme *noir* para uma câmera inexistente. A casa está sem gravidade, meus movimentos são lunares. Sou a única alma viva aqui e sinto que sou a última alma viva do mundo.

A Arlete aparece na sala, carregando uma malinha, cabisbaixa.

— Que coisa mais horrível! — ela diz casualmente, como se alguém tivesse batido o carro e amassado o para-lama.

— Acho que não fica mais horrível do que isto — digo, molhando o lábio no uísque.

— Eu falei pro seu Caleb que não dava pra confiar nesse sujeito.

Olhamos ao mesmo tempo para o corpo do Marrom, deitado no chão.

— Você vai ficar bem? — ela me pergunta.

Inspiro e expiro lentamente.

— Não sei.

— Ele é um homem bom, sabe?

Bebo um gole grande de uísque. Meu estomago dói. A Arlete se aproxima de mim e coloca a mão na minha cabeça. Encosto o rosto na barriga dela e ela me faz cafuné.

— O seu pai, menino. Ele é um homem bom.

Não tenho vontade de falar. Só quero sentir o calor dela. Enquanto penteia o meu cabelo com os dedos, ela diz, pausadamente:
— Ele disse que eu não precisava chamar a polícia, que você ia resolver tudo.
Desencosto a cabeça da barriga dela e a encaro.
— É.
— Tadinho — ela diz e arqueia as sobrancelhas como quem vai chorar.
Ela não chorou a morte da Amanda, não parece se incomodar com os dois cadáveres na sala e me falou do ex-marido alcoólatra como se estivesse falando do clima. Mas, por algum motivo, fica comovida com a minha situação. Aparentemente tenho uma habilidade extraordinária para despertar esse sentimento nas mulheres.
— Por que você sente pena de mim? Sua vida é muito mais difícil do que a minha.
Ela segura o meu rosto com a áspera palma das mãos.
— Tenho pena porque você fica triste. Você tem essa tristeza tão grande, o tempo todo...
Eu fico triste! Me sinto o pior ser humano do mundo. Eu fico triste! Não me dou o direito de chorar de novo. Levanto e abraço a Arlete. Esfrego a minha cara de sofredor com as mãos e faço uma cara de homem. Ignoro o meu estômago e ele logo para de reclamar. Tusso para limpar a garganta. Dou três petelecos no nariz, pensativo, e depois de recomposto pergunto-lhe com carinho:
— Você vai pro Rio?
— Vou amanhã. Vou dormir na casa da minha comadre esta noite. Você quer vir comigo?
— Não. Obrigado. Só espera um minutinho antes de ir.
Vou até a cozinha e pego um pedaço de papel para anotar o meu telefone. Começo a escrever o telefone da agência, mas não sei se vou voltar para lá. Também não posso voltar para o aparta-

mento. Escrevo o telefone da casa da minha mãe e entrego o pedaço de papel para a Arlete.

— Me liga se você precisar de alguma coisa, está bem?

— Você se cuida, meu filho — ela diz, guardando o papel no bolso.

Depois, aproxima o rosto de mim e, apesar de estarmos sozinhos, cochicha:

— Combinei com o seu Caleb que eu passei a tarde toda na casa da minha comadre.

— E eu nem conheço você. Infelizmente.

Ela me dá mais um abraço, antes de sair da casa.

Como incendiar uma casa dessas? Não há cortinas sobre as imensas vidraças, os tapetes são de sisal, as pilastras de sustentação são de madeira maciça como concreto. Levanto-me num suspiro e vou até a área de serviço, com a solidão pisando em meus calcanhares. Uma porta bate forte com o vento e o susto me rouba um compasso. Ponho o copo de uísque no tanque de lavar roupa, com a boca virada para o ralo, e abro o armário de produtos de limpeza. Não tenho energia para experimentações ou reflexões. Escolho a lata de cera líquida. Procuro uma caixa de fósforos, mas não encontro. Vou até a sala de estar e esguicho a cera no imenso pilar central da casa, de onde saem vigas de sustentação. Na cozinha, acendo um pedaço de papel-toalha na boca do fogão (o eco do acendedor elétrico é um besouro se debatendo contra o vidro da janela) e volto para a sala equilibrando a tocha precária. O fogo sobe pela trilha de cera líquida. Sento no sofá, observando a dança amarelada da chama, ansioso, um pouco orgulhoso, posando para aquela câmera imaginária. Em pouco tempo, as chamas se apagam, como se nem valesse a pena tentar. A frustração esquenta o meu sangue e enrubesce o meu rosto. Vergonha de quem? Eu sou a minha plateia. Olho ao redor e vejo a solução se aproximar como uma queda de montanha-russa. Empurro o cesto de lenha que fica ao lado da lareira e começo a empilhar as toras de madeira ao redor da base do pilar. Esvazio a lata de cera líquida sobre a lenha. Repito o ritual do papel-toalha, acendo a minha fogueira improvisada e saio pela porta da frente, com a satisfação ambivalente de uma vitória trapaceada. Canto baixinho o primeiro verso de Burning down the house, do Talking Heads.

Watch out, you might get what you're after.

Sem o sol, o frio avança implacável. As lâminas de grama ressecadas pelo inverno espetam de leve a sola dos meus pés descalços. O vento gelado queima as minhas orelhas e a ponta do meu nariz. A casa sopra forte a fumaça para cima, que depois lambe as copas dos jequitibás e dos ipês-roxos até se misturar com as nuvens escurecidas pelo crepúsculo. Cada crepitação, cada rangido da casa me amolece os ossos. Eu grito. Ou sonho que grito, do fundo dos pulmões, até esvaziá-los. Reparo que o fogaréu todo não me esquenta. Sinto um enjoo dolorido enquanto entrelaço os dedos e rogo para algum deus interceder por mim e impedir que o fogo se alastre pela mata. Enfim, a trilha sonora não rompe o silêncio, o meu cabelo não esvoaça ao vento, os créditos não rolam. Nada parece terminar.

A força do fogo começa a diminuir e finalmente expiro, longamente. Não serei responsável por diminuir ainda mais a cobertura de mata Atlântica do país. Já posso formular, sem culpa, o Grande Aprendizado a que tenho direito em troca da minha perda. Mas nada me ocorre. Sento no gramado e espero a epifania que não vem. Mais tarde redescobrirei, na pequena caixa de recordações que resumirá essa minha existência, a carta que o meu pai me escreveu no meu *bar mitsvá*. E perceberei que não ganhei uma ideia nova com o incêndio, ganhei olhos novos. Talvez não tenha ocorrido ao meu pai que eu esperava ganhar dele um envelope com um cheque ou uma nota de cem dólares. Talvez ele soubesse e ainda assim tenha preferido me presentear com uma carta, num gesto daqueles que são desperdiçados nos jovens demais para entendê-lo. Ali, no gramado do Vale da Cuca, pude compreendê-la pela primeira vez.

"Querido filho,
Hoje você passa a ser um homem. É uma data muito importante. Eu e sua mãe estamos muito orgulhosos. Sua avó também, por mais que torça o nariz que está colado naquela cabeça dura. Dan, nós te amamos muito e queremos que você tenha toda a felicidade e sucesso do mundo.

Treze anos sempre me pareceu cedo demais para um menino virar homem. Mas aprendi a aceitar a sabedoria da nossa religião. Sei que o rabino Ariel te disse que o questionamento e até a perplexidade são desejáveis em um homem judeu. É verdade, mas é preciso respeitar a sabedoria dos seus ancestrais, confiar na depuração secular dos questionamentos dos nossos *tsadikim*, nossos sábios. Se há algo que parece incompreensível, precisamos lembrar que o problema é do leitor e não do texto. Sempre achei essa postura útil para muitas coisas na vida, sabe? Agora, vendo você tão sério e compenetrado, sinto o peito estufar de orgulho pelo pequeno homem que ajudei a criar (mesmo com as ausências).

Queria aproveitar esta data para te dizer uma coisa muito importante, algo que talvez você só entenda plenamente com o tempo; como diz sua avó, algumas coisas são aprendidas não pelo ouvido, mas pela veia.

Dan, cada vez mais, você será obrigado a tomar decisões importantes para a sua vida. É normal que todo jovem — e muitos nem tão jovens assim — queira experimentar tudo, ser tudo-ao-mesmo-tempo-agora, sabe? Infelizmente isso não é possível. Quanto mais inteligente e introspectivo se é, mais inevitável é contemplar cada caminho não percorrido e ver murchar o desejo impossível de completude. Mas, filho, é preciso manter o olho no caminho. Aquilo que não foi só pode te incomodar, só pode existir, se você vivê-lo e remoê-lo na sua cabeça. Não caia nessa armadilha, Dan. Muito pior do que perder as coisas que você deixou de escolher na vida é estragar aquela singular estradinha que você escolheu trilhar.

Beijo do teu Pai."

Meu pai guru de autoajuda.

Não. Não é assim, eu sei. Às vezes não dá para varrer para debaixo do tapete, etiquetar e jogar numa pasta de arquivo morto. Eu sei, eu sei, agora eu sei. Pena que as pessoas à minha volta só se dignem a me ensinar as coisas pela ausência.

Ou talvez seja eu que insista em aprender assim.

Epílogo

É impossível um homem reunir as condições necessárias à felicidade da mesma maneira que nenhum país possui todos os bens de que necessita. Se conta com uns, está sempre privado de outros; o melhor será o que possuir maior número deles. Assim acontece com o homem: não há um que se baste a si mesmo. Se possui algumas vantagens, outras lhe faltam. Quem reúne o maior número e o conserva até o fim dos dias, deixando tranquilamente a vida, este, senhor, merece, na minha opinião, ser chamado feliz. Devemos considerar o término de todas as coisas e ver que nisso se encontra a única saída.

Heródoto, *Histórias* (Sólon a Cresus)

De volta do exílio das almas

O meu pai era um idiota. O meu pai era meu herói. O meu pai era um estranho. Eu sou o meu pai. Nessa ordem.

Hoje, escolho quem eu sou. Talvez não tenha controle efetivo sobre o que acabarei escolhendo, mas não quero me perder nesse labirinto de regressão infinita. O ponto é que uma ilusão de identidade é fundamental para a sanidade. Precisamos acreditar numa qualidade intrínseca, numa essência contínua em todas as coisas, especialmente em nós mesmos. Mesmo que a realidade não corrobore nossa tese, operamos no mundo como essencialistas.

Nunca vou poder explicar isso para o meu pai. E ele nunca vai me aconselhar ou me deixar ajudá-lo. Nunca vamos beber uísque juntos, em silêncio compartilhado. Nunca vamos rir carinhosamente juntos das manias da minha mãe. Se um dia eu tiver filhos, ele não vai poder mostrar as suas invenções, não vai ensinar os netos a usar um radioamador, nem vai poder aprender a jogar *video game* com eles e se frustrar secretamente quando perder uma partida. Ele nunca vai poder olhar para trás numa melancolia adocicada, caçando justificativas absurdas para não ter feito tudo que achava que podia fazer. Não vou poder dizer para ele que foi ele quem me ensinou a viver a vida como se ela fosse única. E ele não vai saber que o amor de verdade é feito da persistência da presença, do acúmulo das lembranças compartilhadas, de um compromisso.

Quando a minha mãe ler este livro e me perguntar se é verdade que reencontrei o meu pai numa casa no Vale da Cuca, não vou responder. Ela pode chorar ou espernear à vontade. Encontrar o Caleb foi o enterro de que eu precisava. Filosofia de botequim pode ser o meu fraco, mas acredito na necessidade do luto. E o luto verdadeiro é intransferível.

Acredito que toda grande cagada tem um limiar, por mais premeditada ou longa que seja. Há sempre a decisão, o apertar do gatilho, aquele desligar do senso crítico, um deixar-se se embriagar por uma ideia idiota. Sei que nenhuma culpa é reversível, que os erros não se apagam. Que a responsabilidade por nossos atos queima a fita que rola para o passado e corre com ela para fora do nosso alcance. Sei que é até possível perdoar, mas impossível desculpar.

Mas, acima de tudo, sei que, embora não haja maneira de rebobinar a vida, a fita roda ao redor de um único eixo e podemos voltar a uma posição muito parecida e tentar de novo. Mesmo que seja para errar outra vez e errar melhor.

Depois de voltar para o Rio de Janeiro, começo a recuperar mais lembranças do meu pai. A minha mãe acha mais fotos numa caixa de sapatos. Surpreendentemente, as fotografias iluminam aspectos positivos da minha infância com o meu pai, ou pelo menos produzem as lembranças artificiais dos momentos dignos de fotos. Acho ótimo. Reconstruir a nossa vida a partir de fotografias dos momentos felizes é um gesto insuspeitamente sábio.

Dizem que os pais ensinam mais aos filhos pelos atos do que pelo verbo. Muitas vezes ensinam com exemplos negativos. O meu pai, sozinho no mar, afogado em si mesmo. Pena. Ou talvez eu esteja enganado e ele saiba mais sobre ser feliz do que eu jamais poderei aprender. No final das contas, todo mundo é irremediavelmente incompreendido. Ou incompreensível. Inapreensível.

Largar o emprego na agência para escrever o livro na casa da minha mãe foi uma decisão inteligente. Com os meus novos olhos, passo a admirar a arquitetura incongruente do velho prédio da Rua Presidente Carlos de Campos. Agora consigo apreciar o pátio gelado e mofado e até as ninfas cobertas de líquen, que antes me pareciam constrangedoramente cafonas. Em meio a tantos lançamentos imobiliários contemporâneos feios e com nomes em francês, italiano e inglês aqui nas Laranjeiras, acho que o nosso predinho sem nome adquiriu um certo *status vintage*. O filho mais velho dos professores da cobertura até derrubou as paredes e fez um *loft*.

Tenho escutado as mesmas músicas que escutava na adolescência, achei CDs velhos e até umas fitas cassete da minha mãe. Continuo gostando das músicas, mas as letras já não me mobilizam tanto, as melodias não me transportam para longe como costumavam transportar. Devo estar com um temperamento menos nômade. Ou estou mais maduro, quem sabe?

Outro dia passei na barraca do Vânder. Ele não me cobrou pelo coco. Depois fui molhar os pés nas ondas. Ainda não perdi o medo do mar. Também acho que me tornei menos severo nos meus julgamentos. Tenho sido mais carinhoso com a minha mãe e estou caminhando lentamente com a Lisandra. A minha nova e revolucionária postura de honestidade total parece compensar em segurança e purgação de paranoias tudo que sacrifica em falso entusiasmo.

Não sei exatamente o próximo passo. A Lisandra tem falado em mudar-se para o Rio. Disse que não é por minha causa, mas sei que é (tenho certeza de que ela sabe que eu sei e confesso que sinto um certo orgulho pelo fato dela não conseguir assumir). Ela me disse que quer ter um filho. Disse que nem se incomodaria em tê-lo como produção independente. Ainda não decidi. Ser pai. Não sei. Também não registrei o sinistro da casa do Vale da Cuca. A apólice está no meu nome, mas tenho medo da seguradora investigar o incêndio e desenterrar alguma coisa das cinzas. Melhor deixar as cinzas para o vento, para o sopro.

P. Você disse às pessoas que não era um Rockefeller, da família de Nova York?

R. Eu nunca disse nada sobre isso, de um jeito ou de outro.

P. Vocês são parentes?

R. Até onde eu sei, não. Mas eu bem que poderia ser.

P. Como você ganhou esse nome?

R. Meu avô deu para mim.

P. O sobrenome dele era Rockefeller ou ele só te deu o nome?

R. Não, não. Ele insistiu que esse era o meu nome.

CLARK ROCKEFELLER, também conhecido como Christopher Chichester, na realidade Christian Gerhartsreiter, em entrevista ao *Boston Globe*.

Trilha sonora

Mestre Jonas
Sá e Guarabira
Paradis perdu
Jean Leloup
Between the devil and the deep blue sea
Harold Arlen / Ted Koehler
Ces petit riens
Serge Gainsbourg
Lover you should've come over
Jeff Buckley
Canto de Ossanha
Baden Powell e Vinicius de Moraes

Faixas extras:
Libertango
Astor Piazzolla
Burning down the house
David Byrne / Tina Weymouth / Chris Frantz / Jerry Harrison
Is that all there is?
Jerry Leiber / Mike Stoller

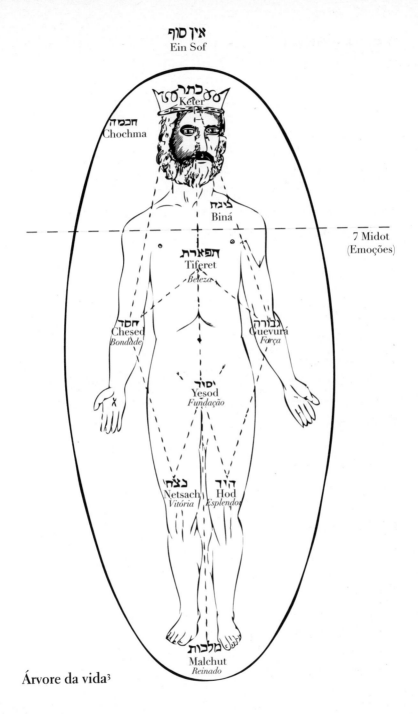

Árvore da vida[3]

Agradecimentos

Yesod (Fundamento ou Fundação)
Minha mãe, Lúcia, e meu pai, Roberto (que, como cantam os trovadores mirins, só têm qualidades, não têm defeitos); minha irmã Adriana; minha irmã Liliane; meu irmão Dan

Minha avó Sara e meu saudoso avô Berel

Meus tios Bete, Beto, Daniel e Eliane

Guevurá (Força)
Meu irmão Guilherme Nebel de Mello; meu irmão Marcelo Galdieri; meu sogro, Zilmo Stiefelmann, e minha sogra, Norma Stiefelmann

Chesed (Bondade)
Samuel Seibel e Ibraíma Dafonte Tavares

Chochma (Sabedoria)
Luiz Bras, Marne Lúcio Guedes e Alexandre Valuzuela

E, é claro, sempre:

Ohr Ein Sof (Luz infinita)
Minha esposa e parceira, Daniela; meu filho Rodrigo; minha filha Sofia e minha filha Alice

Notas

1 Ian McEwan, *Reparação*, trad. Paulo Henriques Britto (São Paulo: Companhia das Letras, 2002).
2 Thomas Mann, "Desilusão", em *Os famintos e outras histórias*, trad. Lya Luft. 2 ed. (Rio de Janeiro: Nova Fronteira, 2000).
3 Isaac Myer, *Qabbalah*, 1888.

Este livro, composto com tipografia Electra e
diagramado pela Alaúde Editorial Limitada, foi
impresso em papel Norbrite sessenta e seis gramas
pela Bartira Gráfica no septuagésimo terceiro ano da
publicação de *O deserto dos tártaros*, de Dino Buzzati.
São Paulo, novembro de dois mil e treze.